COLLECTION FOLIO

Javier Marías

Le roman d'Oxford

Traduit de l'espagnol
par Anne-Marie Geninet et Alain Keruzoré

Gallimard

Cet ouvrage a paru initialement aux Éditions Rivages
en 1989.

Titre original :

TODAS LAS ALMAS

Javier Marías, né à Madrid en 1951, est l'une des figures majeures de la littérature espagnole et européenne actuelle. Il est l'auteur d'une dizaine de romans, dont *L'homme sentimental*, prix Herralde du roman en 1986, *Le roman d'Oxford*, prix de la ville de Barcelone en 1989, *Un cœur si blanc*, prix de la Critique 1993 en Espagne et prix international de littérature Impac Dublin en 1997, et *Demain dans la bataille pense à moi*, prix Femina étranger en 1996.

Il est également traducteur, notamment de *Tristram Shandy* de Sterne pour lequel il reçut le prix national de la Traduction en 1979.

Il a enseigné la littérature à Oxford et à Wellesley College. Il vit actuellement à Madrid.

à Eric Southworth
à mes prédécesseurs Vicente et Félix
et à Elide

Deux sur trois sont morts depuis mon départ d'Oxford, et cela me fait penser, par superstition, qu'ils avaient peut-être attendu que j'y aille et que je consomme mon temps là-bas pour me donner l'occasion de les connaître et pouvoir parler d'eux aujourd'hui. Il se peut, donc, que — toujours par superstition — je sois obligé de parler d'eux. Ils ne sont morts qu'après que j'ai cessé de les voir. Si j'étais resté dans leurs vies et à Oxford (si j'étais resté tous les jours dans leurs vies), peut-être seraient-ils encore en vie. Cette pensée n'est pas seulement superstitieuse, elle est aussi vaniteuse. Mais je ne peux parler d'eux sans parler de moi et de mon séjour dans la ville d'Oxford. Pourtant celui qui parle n'est plus celui qui était là-bas. Malgré les apparences, ce n'est plus le même. Si je me désigne par *je*, ou si j'emploie un nom qui m'accompagne depuis ma naissance et par lequel certains se souviendront de moi, ou si je relate des faits qui coïncident avec des faits que d'autres m'attribueraient, ou si je nomme *ma maison* celle qu'après et avant d'autres j'ai habitée pendant deux ans, c'est simplement parce que je préfère parler à la première personne et non parce que je pense que la faculté de la mémoire suffise pour que quelqu'un reste le même en tout temps et en tout lieu. Celui qui raconte ici ce qu'il a vu et vécu n'est plus celui qui l'a vu et vécu, ni même son prolongement, son ombre, son héritier ou son usurpateur.

Ma maison était pyramidale et avait trois étages et j'y passais le plus clair de mon temps, car mes obligations dans la cité d'Oxford étaient quasiment nulles ou inexistantes. D'ailleurs, Oxford est certainement l'une des villes au monde où l'on travaille le moins, et le fait d'y être est beaucoup plus déterminant que celui de faire quelque chose ou même d'agir. Être à Oxford exige tant de concentration et de patience, il y faut un tel effort pour résister à l'assoupissement naturel de l'esprit, que prétendre de surcroît que ses habitants se montrent actifs, surtout en public, serait une exigence inconvenante, encore que certains collègues avaient coutume d'effectuer leurs déplacements d'un pas pressé pour donner l'impression d'être perpétuellement préoccupés et extrêmement affairés entre leurs cours, qui, du reste, s'étaient déroulés ou se dérouleraient dans le calme et l'insouciance les plus absolus, participant en cela de l'être et non du faire et pas même de l'agir. Ainsi était Cromer-Blake et ainsi était l'Inquisiteur — également surnommé l'Équarisseur ou l'Éventreur — dont le nom véritable était Alec Dewar.

Quelqu'un cependant refusait tout simulacre d'agitation et donnait corps et verbe à la pérennité ou à la stabilité de l'endroit, c'était Will, le vieux gardien de l'édifice (nommé avec pompe et latin Institutio Tayloriana) où je travaillais d'habitude avec calme et insouciance. Jamais je n'ai vu regard plus limpide (bien sûr pas à Madrid, ma ville, où les regards limpides *n'existent pas*) que celui de cet homme presque nonagénaire, menu et soigné dans son inévitable espèce de cotte bleue, à qui l'on permettait de rester des matinées entières dans sa guérite de verre et de donner le bonjour aux professeurs à mesure qu'ils entraient. Will ignorait réellement la date du jour, et ainsi, sans que personne puisse prévoir laquelle il avait choisie et encore moins savoir ce qui déterminait ce choix, il vivait chaque matin en une année différente, voyageant dans le temps en avant et en arrière au gré de sa volonté, ou plus probablement sans sa volonté. Certains jours il était, plutôt qu'il ne croyait être, vraiment en 1947, ou en 1914, ou en 1935, ou en 1960, ou en 1926, ou en l'une quelconque des années de sa très longue vie. On pouvait parfois deviner si Will se trouvait dans une mauvaise année à une légère expression de crainte (c'était un être trop pur pour connaître l'angoisse, car il manquait totalement de la vision du futur toujours associée à ce sentiment), expression qui pourtant n'allait jamais jusqu'à assombrir son regard confiant et satisfait. On pouvait présumer que telle matinée de 1940 était hantée par la peur des bombardements de la nuit précédente ou de celle qui viendrait, et qu'un matin de 1916 pouvait le trouver consterné par les mauvaises nouvelles de l'offensive de la Somme, ou encore qu'à l'aube d'une journée de 1930 il s'était éveillé sans un penny en poche et le regard évaluateur et timide de qui doit emprunter mais n'a pas encore décidé à qui. D'autres fois, l'imperceptible flétrissure de son immense sourire ou de l'éclat de ses yeux si affectueux était absolument indéchiffrable — pas même objet de fabulation — à cause sans doute de quelque souci ou contrariété de sa vie personnelle qui jamais n'eût intéressé un élève ou un professeur. De cet incessant voyage à travers son existence, presque tout restait impénétrable pour les autres (à la manière des portraits des siècles passés ou d'une photographie d'avant-hier). Quel moyen avions-nous de savoir en quelle journée chagrine de ses nombreux jours se trouvait Will lorsque nous le voyions nous saluer d'un demi-sourire au lieu de l'expression enthousiaste des jours gais ou simplement neutres ? Comment savoir quelle étape mélancolique de son interminable trajet il parcourait quand il n'élevait pas la main d'un geste enfantin en nous souhaitant le bonjour ? Cette main dressée verticalement qui faisait naître en vous la conviction que quelqu'un, dans cette ville inhospitalière, se réjouissait sincèrement de vous voir, même s'il ne savait pas qui vous étiez, ou plutôt vous voyait chaque matin comme un autre que la veille. Je n'ai su qu'une seule fois, grâce à Cromer-Blake, à quel moment précis de sa vie sans heurts, passée pour une si large part derrière les vitres de sa guérite, se trouvait Will. Cromer-Blake attendit à l'entrée que je l'eusse rejoint et attira mon attention :

— Dis quelque chose à Will, quelques mots de réconfort. On dirait ce matin qu'il revit le jour de 1962 où sa femme est morte, et il serait peiné si l'un d'entre nous ne lui montrait pas qu'il l'a remarqué. Il est très triste mais sa bonne humeur naturelle lui permet quand même de savourer suffisamment son rôle de vedette du jour pour ne pas perdre totalement le sourire. De sorte qu'en un certain sens, il est enchanté aussi. Puis, sans plus me regarder, caressant ses cheveux prématurément chenus, Cromer-Blake ajouta : — Espérons qu'il ne lui prendra pas l'idée de rester désormais à cette date : nous devrions passer le seuil chaque matin une condoléance à la bouche.

Sous sa cotte bleue Will portait une chemise blanche et une cravate noire, et ses yeux si clairs semblaient encore plus transparents et liquides que d'habitude, peut-être sous l'effet d'une nuit passée dans les larmes et pour avoir vu mourir. Je m'approchai jusqu'à la porte ouverte de la guérite et lui mis la main sur l'épaule. Je sentis ses os. Je ne savais trop que dire.

— Bonjour, Will, quoique pour vous ce soit un bien mauvais jour. Je viens d'apprendre... je suis profondément désolé, que pourrais-je vous dire ?

Will sourit doucement et à nouveau son visage rose s'illumina, si rose qu'il en paraissait lustré. Il posa sa main sur la mienne et la tapota légèrement, comme si c'était lui qui me consolait. Cromer-Blake, sa toge sur l'épaule, nous observait (Cromer-Blake portait toujours sa toge sur l'épaule et toujours observait).

— Merci, Mr Trevor. C'est bien vrai, ce que vous dites, ce jour ne peut pas être pire pour moi. Elle est morte dans la nuit, vous savez ? Sur le matin. Elle était un peu malade depuis quelque temps, mais pas tant que ça. Ce matin je me suis réveillé et elle était en train de mourir. Elle est morte d'un coup, sans prévenir, comme ça, peut-être qu'elle ne voulait pas me réveiller. Je lui ai demandé d'attendre, mais elle n'a pas pu. Je n'ai même pas eu le temps de me lever. Will s'interrompit un instant et demanda : — Comment est ma cravate, Mr Trevor ? Je ne suis pas habitué à en porter. Puis il sourit et ajouta : — Mais elle a eu une belle vie, du moins je le crois, et pas courte non plus. Il faut que vous sachiez qu'elle avait cinq ans de plus que moi. Cinq années, ça n'a plus d'importance que je le dise à présent. Maintenant je serai plus vieux, peut-être ? J'aurai d'autres anniversaires et peut-être que je serai plus vieux qu'elle ne le fut jamais. Il porta une main hésitante à sa cravate. — Et puis, même si elle est mauvaise pour moi, il n'y a aucune raison pour que je ne vous souhaite pas une bonne journée. Bonjour, Mr Trevor.

Sa main, quittant la mienne sur son épaule, ne s'éleva pas aussi légère que les autres fois, mais elle s'éleva en un salut vertical.

Ce matin-là nous étions en 1962, c'est pourquoi j'étais Mr Trevor. Will se serait trouvé dans les années trente, j'aurais été le docteur Nott, dans les années cinquante il aurait vu en moi Mr Renner. Pendant la guerre de 14 je me transformais en docteur Ashmore-Jones, dans les années vingt j'étais Mr Brome, quarante, le docteur Myer, et pour les années soixante-dix et quatre-vingt, le docteur Magill, et c'était là chaque matin l'unique moyen de savoir pour quelle décennie avait finalement opté Will, le voyageur du temps. Pour lui j'étais chaque jour un membre de la faculté appartenant au passé, bien que toujours le même pour chaque période que son esprit choisissait d'habiter. Et il ne se trompait jamais. À travers moi, à ses yeux purs et intemporels, revivaient leur passé routinier tous ces Dr Magill, et Dr Myer, et Mr Brome, et Dr Ashmore-Jones, et Mr Renner, et le Dr Nott, et Mr Trevor, les uns morts déjà, d'autres à la retraite ou simplement mutés ou disparus sans laisser d'autre souvenir que celui de leur nom, ou peut-être même expulsés de l'université pour quelque manquement grave dont le pauvre Will, dans son éternelle guérite, n'avait jamais eu vent.

Et étrangement, quelquefois, revécut en moi un certain Mr Branshaw dont personne ne se souvenait ni n'avait la moindre idée, ce qui — chaque matin que je m'entendais appeler ainsi : Bonjour, Mr Branshaw ! — me faisait me demander si le don de Will de se mouvoir dans le temps ne s'étendait pas aussi à l'avenir (peut-être le plus immédiat, celui qui recouvrirait les jours qui lui restaient à vivre) et si, installé dans les années quatre-vingt-dix, il n'était pas en train de saluer quelqu'un qui n'était pas encore venu à Oxford et qui peut-être, où qu'il se trouvât, ignorait encore qu'il lui faudrait vivre dans cette cité inhospitalière et conservée dans le sirop, selon la formule déjà ancienne de l'un de mes prédécesseurs. Quelqu'un que Will sans doute ne reconnaîtrait pas non plus de ses yeux rêveurs et diaphanes et à qui peut-être il donnerait mon nom, que je ne lui entendis jamais prononcer, quand il le saluerait d'une main allègre à l'entrée de la Tayloriana.

Mes obligations dans cette ville d'Oxford étaient, comme je l'ai dit, tout à fait réduites, ce qui me donnait souvent l'impression d'être un personnage décoratif. Conscient, cependant, de ce que ma seule présence pouvait difficilement décorer quoi que ce fût, je revêtais volontiers de temps en temps la toge noire (obligatoire de nos jours en de rares occasions seulement) dans le but principal de satisfaire les nombreux touristes que je croisais inévitablement sur le trajet qui me menait de la maison pyramidale à la Tayloriana, et accessoirement pour me sentir déguisé et plus conforme à ma qualité d'ornement. J'arrivais donc parfois, ainsi déguisé, dans la salle où je dispensais mes rares cours ou conférences à divers groupes d'étudiants, tous faisant preuve à mon endroit d'un respect excessif et d'une indifférence encore plus grande. Par l'âge j'étais bien plus proche d'eux que de la majorité des membres de la congrégation (puisque c'est ainsi que l'on nomme l'ensemble des *dons* ou professeurs de l'université, suivant la forte tradition cléricale du lieu), mais il suffisait que je sois nerveusement juché sur une estrade pendant les quelques heures où j'établissais un contact visuel avec eux pour que la distance entre les élèves et moi fût quasi monarchique. J'étais en haut et eux en bas, j'avais un beau lutrin devant moi et eux de vulgaires pupitres couverts d'entailles, j'étais revêtu de ma longue toge noire (avec les rubans de Cambridge et pas d'Oxford, bien sûr, pour plus de réserve) et eux non, et c'était là un motif déjà bien suffisant pour qu'ils ne discutent pas mes tendancieuses affirmations ni ne me posent de questions quand je pérorais à propos de l'obscure littérature espagnole de l'après-guerre pendant une heure qui me semblait aussi interminable que ce même après-guerre pour ses écrivains (les rares opposants au régime).

C'est, en revanche, pendant les cours de traduction que je leur donnais, assisté alternativement par l'un ou l'autre de mes collègues anglais, que les étudiants posaient des questions. Les textes que lesdits collègues choisissaient pour ces cours (dont je préfère taire le nom extravagant pour ne pas créer d'énigme gratuite et tout à fait mineure) étaient si recherchés ou si « costumbristes » que j'étais fréquemment contraint d'improviser des définitions bâtardes pour des mots hermétiques ou désuets que je n'avais jamais vus ni entendus de ma vie et que, bien évidemment, mes étudiants ne reverraient ni ne réentendraient de la leur. Des mots présomptueux et mémorables (sans doute conçus par des cerveaux malades), parmi lesquels je me souviens avec un enthousiasme tout particulier de *praseodimio*[1], *jarampero*[2], *guadameco*[3] et *engibacaire*[4] (je n'ai jamais pu oublier non plus la *briaga*[5] trouvée dans un passage vinicole de la plus haute élégance). Au risque de passer pour niais maintenant que je les ai traduits en anglais et que je sais parfaitement ce qu'ils signifient, j'avoue qu'alors j'en ignorais complètement l'existence. Je m'étonne même encore qu'ils puissent exister. Mon rôle dans ces cours était plus hasardeux que dans les conférences car je devais y assumer ceux de grammaire et de dictionnaire vivants, avec tout ce que cela comportait d'éprouvant pour mes réflexes. Les demandes les plus ardues concernaient l'étymologie, mais très vite, porté par l'impatience et le désir de plaire, je n'eus aucun scrupule à inventer impromptu de délirants étymons pour me tirer d'affaire, confiant qu'aucun élève ni mon collè-

1. Praséodyme. *(Toutes les notes sont des traducteurs.)*
2. Embarcation de contrebandiers à Gibraltar.
3. Ancienne parure féminine.
4. Rufian.
5. Corde retenant le raisin dans le pressoir.

gue de service ce jour-là n'auraient jamais la curiosité suffisante pour aller vérifier la véracité de mes assertions. (Et même s'ils l'avaient eue, j'étais convaincu qu'ils auraient assez de compassion pour ne pas m'infliger un camouflet le lendemain.) Ainsi, à certaines questions que je jugeais absurdes et malveillantes comme celle de l'origine du mot *papirotazo*[1], je ne voyais aucun inconvénient à servir des réponses encore plus absurdes et malveillantes.

— *Papirotazo*, en effet ! Eh bien, on nomme ainsi cette sorte de coup administré avec l'index parce que c'était de cette façon que l'on tapotait les papyrus découverts en Égypte au début du XIXe siècle pour éprouver leur résistance et faire ainsi une première évaluation de leur ancienneté.

Et voyant que personne ne réagissait violemment ou n'avait l'idée de faire remarquer qu'une seule de ces chiquenaudes aurait transformé en confetti n'importe quel papyrus dynastique, mais que les élèves prenaient note et, tandis que le collègue anglais — étourdi sans doute par la rude sonorité du mot et peut-être grisé par la soudaine vision d'une Égypte napoléonienne — approuvait mon explication (« Vous entendez ? *papirotazo* vient du mot *papyrus*, papi-ro, pa-pi-ro-ta-zo »), je trouvais encore assez

1. Chiquenaude.

d'audace pour insister et renchérir par une remarque érudite :

— C'est donc un mot d'apparition récente, que l'on a assimilé au plus ancien *capirotazo*, du nom de ce coup douloureux et vexatoire — et je faisais une pause pour illustrer mon propos d'une chiquenaude en l'air — que l'on avait coutume de dispenser aux pénitents encapuchonnés au cours des processions de la Semaine sainte, sur la pointe de leur cagoule ou « capirote », pour les humilier.

Mon collègue ne manquait jamais d'approuver (« Entendez-vous ? ca-pi-ro-te, ca-pi-ro-tazo »). La délectation avec laquelle quelques-uns des professeurs britanniques proféraient des mots saugrenus en espagnol ne laissait pas de m'émouvoir, et ceux qui les satisfaisaient le plus étaient ceux qui comportaient au moins quatre syllabes. Je me souviens que l'Équarisseur y prenait un tel plaisir qu'il en oubliait les convenances et, relevant la jambe — découvrant ainsi son blanchissime tibia par la faute de chaussettes bien trop courtes dans de gros souliers voraces — il l'appuyait avec désinvolture, mais non sans grâce, sur un pupitre inoccupé et la balançait au rythme de sa scansion euphorique (« Ve-ri-cue-to[1], ve-ri-cue-to. Mo-fle-tu-do[2], mo-

1. Sentier escarpé.
2. Joufflu.

fle-tu-do »). En réalité, j'en vins à soupçonner, plus tard, que l'adhésion de mes collègues à mes étymologies fantaisistes n'était que le fruit de leur excellente éducation, de leur sens de la solidarité et du divertissement. À Oxford, personne ne parle clair (la franchise serait la plus impardonnable des fautes, et la plus déconcertante), et c'est bien ainsi que je le pris lorsque, faisant mes adieux à Dewar, l'Inquisiteur, à la fin de mes deux années là-bas, il me dit pompeusement :

— Je vais regretter tes fantastiques connaissances en étymologie. Tu m'as toujours extraordinairement surpris. Je me rappelle encore mon étonnement lorsque tu expliquais que le mot *papirotazo* venait de *papo*[1], pour désigner un coup que l'on donnait sur la gorge de l'adversaire : j'en étais bouche bée. Il s'arrêta un instant pour savourer ma confusion ; il fit claquer sa langue contre son palais et ajouta :

— L'étymologie est une science passionnante, il est dommage que les étudiants, pauvres jeunes gens sans discernement, oublient quatre-vingt-quinze pour cent des merveilles que nous leur enseignons, et que nos brillantes trouvailles ne les éblouissent que pendant quelques minutes, jusqu'à la fin du cours tout au plus. Mais moi, je m'en souviendrai : pa-pa-da, pa-pi-ro-ta-

1. Gorge, double menton.

zo — et il fléchit un peu la jambe. — Qui l'aurait dit. Fantastique !

Je crois que je rougis considérablement, et dès que je le pus, je courus à la bibliothèque consulter le dictionnaire pour découvrir qu'en effet, le fameux mot *papirotazo* venait de *papo*, la gorge sur laquelle autrefois on donnait le coup ignominieux. Je me suis alors senti plus imposteur que jamais, mais ma conscience se tranquillisa en partie car je jugeai que mes étymologies démentes n'étaient pas plus extravagantes ni moins vraisemblables que les vraies. Celle-ci me paraissait pour le moins aussi biscornue que celle que j'avais improvisée. De toute façon, comme l'avait signalé l'Éventreur, ce genre de connaissances ornementales ne duraient que quelques minutes, qu'elles fussent fausses, authentiques ou à demi vraies. Parfois le vrai savoir est sans importance, et on peut alors l'inventer.

Pour avoir parcouru Oxford interminablement, je connais presque tous ses recoins, et jusqu'à ses confins : Headington, Kidlington, Wolvercote, Littlemore, aux noms proparoxytons (Abingdon, Cuddesdon, déjà plus éloignés). Je suis même parvenu à connaître tous ses visages d'il y a trois et deux ans, pour aussi difficile qu'il me soit de les retrouver. La plupart du temps j'allais au hasard et sans but précis ; pourtant je me souviens que pendant une dizaine de jours de ma seconde période d'enseignement (celle que l'on nomme Hilary et qui comprend huit semaines entre janvier et mars), mes promenades eurent une motivation bien peu adulte et — tant qu'elle dura — que je ne m'avouais même pas. C'était peu de temps avant que je fasse la connaissance de Clare et d'Edward Bayes, et en fait je suis convaincu que cette rencontre a été bien plus déterminante dans l'interruption, ou plutôt l'abandon de ce projet (oui, il s'agissait bien d'un abandon), que la réalisation — en même temps que la frustration — de son accomplissement dans Broad Street, un après-midi de grand vent à peu près à la même date.

Une dizaine de jours avant que Clare et Edward Bayes me soient présentés et que je commence à les fréquenter, je revenais de Londres — un vendredi — par le dernier train du soir, qui quittait la gare de Paddington aux alentours de minuit. C'était le train que j'avais coutume de prendre chaque vendredi ou samedi pour revenir de la capitale où je n'avais nulle part où passer la nuit hormis à l'hôtel, ce que je ne pouvais me permettre que de loin en loin. Habituellement, je préférais rentrer chez moi et, au besoin, retourner à Londres le lendemain — à peine une heure par train direct — si quelque chose ou quelqu'un le justifiait. Toutefois, ce dernier train pour Oxford n'était pas direct. La gêne que cela supposait était en revanche compensée par la perspective de disposer d'une heure de plus en compagnie de Guillermo et de Miriam, un couple ami de South Kensington qui m'offrait sa conversation et son hospitalité en dernière étape à mes vagabondages londoniens. Ce dernier train de la mi-nuit obligeait à effectuer un changement dans la localité de Didcot, dont je n'ai jamais connu que la gare sinistre, et toujours après le crépuscule. Parfois le deuxième train, qui nous emmenait avec un flegme insensé jusqu'à Oxford, n'était pas à quai quand arrivaient les six ou sept passagers de Londres, dont j'étais, et qui attendaient la correspondance (la « British Rail » devait considérer comme des noctambules invétérés pouvant bien se coucher encore plus tard, les voyageurs de ce train tardif), et il nous fallait patienter dans cette gare silencieuse et vide qui, dans la mesure où nous pouvions en distinguer les contours dans l'obscurité, semblait comme arrachée à la ville à laquelle elle appartenait, au beau milieu des champs, comme une halte fantôme.

En Angleterre, il n'est pas courant que des inconnus s'adressent la parole, pas même dans les trains ni pendant les longues attentes, et le silence nocturne de la gare de Didcot est l'un des plus vastes que j'aie jamais connus. Le silence est d'autant plus vaste quand il est troué par des cris, des bruits isolés et sans suite, comme le crissement d'un wagon qui soudain se déplace énigmatiquement de quelques mètres à peine et s'arrête, ou l'inintelligible cri d'un porteur que le froid réveille de sa brève torpeur pour lui épargner un mauvais rêve, ou le claquement sec et lointain de quelque caisse que des mains invisibles décident gratuitement de déplacer alors que rien ne presse, que tout peut attendre, ou le son métallique d'une boîte de bière que l'on froisse et jette dans une corbeille, ou le modeste envol d'une feuille de journal, ou bien mes propres pas qui pour tromper l'attente me conduisent inutilement au bord de la plate-forme, comme disent les Anglais. Quelques rares ampoules, espacées de dizaines de mètres par souci d'économie, éclairent timidement ces quais où le balai n'est pas encore passé et qui évoquent la rue que vient d'abandonner une humble fête populaire. (Ils ne seront balayés que demain matin par des femmes qui, pour l'heure, rêvent dans l'inconnue Didcot.) C'est à peine si l'on distingue les maigres trouées de pierres et de rails que chacune éclaire en clignotant, et l'une d'elles éclaire aussi mon visage qui émerge d'un manteau bleu marine au col relevé, et les chaussures et les chevilles d'une femme noyée dans l'ombre. Je ne vois d'elle qu'une vague silhouette en gabardine, assise, et la braise des cigarettes qu'elle consume, comme moi, pendant l'attente, plus longue cette nuit-là que de coutume. Les chaussures marquaient discrètement un rythme sur le pavé, comme si celle qui les portait avait encore dans l'oreille la musique sur laquelle, peut-être, elle avait dansé toute la soirée, et c'était des chaussures d'adolescente ou de danseuse ingénue, à boucles et talons très plats et à bouts ronds. Chaussures anglaises à n'en pas douter, qui retinrent mon regard sur la droite et rendirent l'heure immobile de la gare de Didcot plus supportable. Nos cigarettes respectives, devenues mégots, se rejoignaient sur le sol, les miennes projetées d'une simple chiquenaude vers le bord du quai, d'où elles ne tombaient pas toujours, les siennes, dans la même direction, du même mouvement sans force que pour faire rouler une balle. À la faveur de ce geste, la main entrait dans le faisceau de lumière et je pouvais voir un bracelet, l'espace de quelques dixièmes de seconde. Je me levais de temps à autre, en partie pour scruter l'obscurité des voies dans le lointain, en partie pour essayer de voir un peu plus de la femme qui fumait et battait un rythme inconnu — les jambes croisées ou non, alternativement — de la pointe de ses pieds éclairés. Je faisais deux ou trois pas, passant devant elle, et revenais à ma place, mais je ne réussissais qu'à voir de face les chaussures anglaises et les chevilles que la pénombre affinait. Jusqu'au moment où enfin, juste une minute ou deux avant que n'apparaisse indolent et fatigué le train retardataire, elle se leva à son tour et marcha posément le long du quai, tandis que la voix morne et amplifiée d'un cheminot indien, à l'accent si prononcé qu'il était tout juste possible à un étranger de deviner ce qu'il disait, annonçait l'entrée du train en gare de Didcot et ses prochains arrêts : Banbury,

Leamington, Warwick, Birmingham (ou bien était-ce Swindon, Chippenham, Bath, Bristol ? Je n'ai pas envie de regarder la carte ; j'ai les deux séries en tête, peut-être mêlées). Elle resta debout, un petit sac à la main qu'elle balançait en attendant. Je lui ouvris la portière.

J'ai totalement oublié son visage mais non ses couleurs (jaune, bleu, rose, blanc, rouge), et je sais que de toute ma jeunesse, c'est la femme qui dès le premier regard m'a le plus bouleversé, j'ai parfaitement conscience malgré tout que ce genre de commentaire ne peut guère se référer, selon la tradition de la littérature et de la réalité, qu'à ces femmes que les jeunes gens ne parviennent jamais à connaître. Je ne sais plus non plus comment je lui ai adressé la parole, ni de quoi nous avons parlé pendant la courte demi-heure de trajet entre Didcot et Oxford ou l'un de ses arrêts. Peut-être n'avons-nous même pas eu de conversation mais seulement échangé quelques phrases décousues. En revanche, je me souviens que, même si elle n'avait plus l'âge d'être une élève, elle était encore très jeune, donc pas très élégante, et le col de sa gabardine était suffisamment ouvert pour me permettre de contempler le collier de perles (vraies ou fausses, je ne saurais dire) que, selon la mode d'il y a quelques années, les jeunes filles anglaises les plus soignées portaient volontiers, même si pour le reste elles étaient vêtues de la manière la plus excentrique ou apparemment négligée (elle était donc plutôt soignée, pas élégante). Je me souviens aussi que cette femme, avec ses cheveux courts et ses traits aujourd'hui oubliés, me parut sortir tout droit des années trente. Peut-être Will, le gardien, voyait-il ainsi toutes les femmes les jours où il se trouvait dans cette décennie ? Les propos échangés ne furent cependant pas assez personnels pour rien m'apprendre d'elle. Il se peut que ses yeux clairs se soient fermés de fatigue et que je n'aie pas osé les en empêcher. Il se peut qu'en cette demi-heure de parcours tardif mon désir de contemplation ait été beaucoup plus fort que ma curiosité et ma capacité de calcul. Ou bien peut-être n'avons-nous parlé que de Didcot, de sa gare ténébreuse et froide laissée derrière nous et où tous deux nous aurions à revenir. Elle descendit à Oxford, mais je n'avais pas su préparer le terrain : je ne lui ai même pas offert de profiter de mon taxi.

À partir de ce soir-là et pendant une dizaine de jours, je parcourus donc Oxford dans le but ou l'espoir inconscient de la revoir, ce qui n'était pas tellement improbable si elle n'y était pas venue en visite et si elle y habitait. Je passai dans les rues bien plus de temps que de coutume, et chaque jour son visage s'estompait un peu plus dans ma mémoire ou se fondait en d'autres, comme il arrive en général avec les choses que l'on veut se rappeler à toute force, avec toutes ces images envers lesquelles la mémoire (restant passive) ne montre aucun respect. Il n'y a donc rien d'étonnant à ce qu'aujourd'hui je ne voie plus aucun de ses traits — c'est un tableau inachevé, aux volumes esquissés mais non peints, aux couleurs choisies mais dans leur distribution seulement — l'ayant pourtant revue à coup sûr une deuxième fois et vraisemblablement une troisième et peut-être même une quatrième.

En fait, cette seconde fois dont je suis certain — dix jours plus tard — ce fut très rapide et de plus il faisait grand vent. Je sortais de la librairie Blackwell's à peine trop tard pour arriver à temps à l'un de mes cours de traduction, avec l'exigeant Dewar. Je me hâtais, regardant droit devant moi, pris dans une bourrasque qui s'était déchaînée pendant que je furetais chez Blackwell's. Je fis une vingtaine de pas et à la hauteur de Trinity College je croisai deux silhouettes féminines tout aussi pressées que moi, la tête engoncée pour esquiver le vent. Ce ne fut qu'après avoir fait encore quatre ou cinq pas (lui tournant le dos) que je la reconnus et me retournai. Ce qui me surprit le plus ce fut qu'ayant fait quatre ou cinq pas de leur côté, elles s'étaient elles aussi arrêtées et retournées. À cette distance de huit ou dix pas nous nous vîmes vraiment. Elle sourit et cria, plus pour se faire reconnaître que pour m'avoir reconnu : « Dans le train ! À Didcot ! » J'hésitai une seconde à m'approcher, mais cela suffit à son amie pour la tirer par la manche et l'inciter à reprendre son chemin. Le vent agitait sa jupe, et aussi ses cheveux courts. Je m'en souviens car pendant ces très brefs instants où elle était arrêtée dans Broad Street et criait : « Dans le train ! À Didcot ! », elle avait une main dans sa chevelure pour en dégager son front, et l'autre sur sa jupe pour la maintenir contre le temps. « Dans le train ! À Didcot ! » répétai-je, lui confirmant ainsi que je la reconnaissais (les pans de mon manteau bleu battant contre mes jambes) ; mais déjà l'odieuse et pressante amie dont je ne vis pas le visage, l'entraînait dans la direction opposée à celle qu'immédiatement j'allais reprendre, vers Dewar et la Tayloriana. Je ne la revis pas avec certitude de tout le reste de l'année, ni l'année suivante au terme de laquelle je quittai Oxford, pas pour rentrer — pas encore — définitivement à Madrid, comme assurément je l'ai fait à présent. Ce que je regrette le plus c'est de n'avoir pas eu le temps, lors de cette seconde rencontre bien réelle, de regarder ses chaussures anglaises et ses chevilles, qui sans doute m'auraient paru fragilisées par le vent. J'étais trop attentif au vol entravé de sa jupe.

Les chaussures que portait Clare Bayes n'étaient jamais anglaises, toujours italiennes, et jamais elles n'avaient de talons plats, de boucles ni de bouts ronds. Quand elle venait chez moi (pas si souvent), ou quand nous parvenions à aller ensemble jusque chez elle (encore plus rarement), ou encore quand nous nous rencontrions dans quelque hôtel de Londres ou de Reading ou même de Brighton (une seule fois à Brighton), la première chose qu'elle faisait était de s'en débarrasser de deux coups de pied se servant de l'empeigne pour les projeter contre le mur, comme quelqu'un qui en a d'innombrables paires et se moque bien de les abîmer. Je les ramassais immédiatement et les mettais hors de notre vue : la vision de chaussures vides me les fait imaginer aux pieds de la personne qui les a portées ou pourrait les porter, et la voir réellement à côté de moi — *hors* de ses chaussures — ou ne pas la voir du tout crée en moi un terrible malaise (c'est d'ailleurs la raison pour laquelle je ne peux regarder la vitrine d'un chausseur traditionnel sans me représenter aussitôt une foule de gens serrés, raides et guindés). Clare Bayes avait cette habitude — sans doute acquise pendant quelques années de son enfance passées à Delhi et au Caire — de marcher pieds nus quelle que soit la nature du sol (mais en Angleterre il s'agit presque toujours de moquette), et ainsi le souvenir de ses jambes qui prédomine en moi n'est pas — comme pour tant d'autres, je suppose — celui de jambes un peu musclées et fermes, comme lorsqu'elle était en talons hauts, mais plutôt de jambes sveltes et presque enfantines dans leurs mouvements, comme lorsqu'elle était nu-pieds. Elle fumait et parlait pendant des heures allongée sur mon lit ou sur le sien ou sur celui d'un hôtel, et comme elle gardait toujours sa jupe, celle-ci bien sûr toujours remontait, laissant voir ses cuisses et la partie plus foncée de ses collants, ou bien ses cuisses nues. Ses collants elle les filait souvent car elle ne prenait pas garde à ses gestes, et parfois elle les découvrait brûlés par le frôlement fugace et imperceptible de ses cigarettes, qu'elle brandissait en une gesticulation insolite en Angleterre (peut-être apprise dans les pays méridionaux de son enfance), et au son, d'ailleurs, des nombreux bracelets qui ornaient ses avant-bras et qu'elle n'enlevait pas toujours. (Rien d'étonnant à ce qu'elle sème ainsi mille étincelles.) Tout en elle était expansif, excessif, un être nerveux, un de ces êtres pour lesquels le temps n'est pas fait, pour qui la notion même de temps, de passage, est une offense, puisqu'ils ont besoin de fragments d'éternité pour toute chose, ou plutôt, de contenus éternels pour emplir et déborder le temps. Plus d'une fois pour cette raison, pour avoir éternisé ce que nous avions commencé, nous avons couru le risque que ne saute aux yeux d'Edward Bayes, son mari, quelque indice, quelque trace de ce qu'il savait certainement et devait sans cesse tenter de nier ou peut-être même d'oublier. C'était donc moi qui devais interrompre les interminables divagations de Clare Bayes, le contenu éternisable de tout moment, ses commentaires ou sa logorrhée infinie alors qu'elle restait étendue sur le lit, en train de fumer et de faire de grands gestes, pontifiant, croisant les jambes, les décroisant, les repliant sous elle, vitupérant ou exaltant son passé et son présent, passant d'un projet à un autre pour son avenir le plus immédiat, sans jamais en mener un seul à son terme. C'était moi qui devais mettre le réveil à sonner ou surveiller la montre sur la table de chevet et décider qu'il fallait nous séparer, ou bien prêter l'oreille (à Oxford) aux obsessionnelles cloches d'Oxford qui donnent les heures et les demies et les quarts et de plus carillonnent inconsidérément à la tombée du jour ; et la presser, chercher ses chaussures cachées à son arrivée et lisser sa jupe et la lui rajuster, la prier de ne pas oublier son parapluie ni sa broche piquée dans le tapis, ni son alliance laissée sur le lavabo, ni son sac rempli de curieux achats qu'elle transportait toujours avec elle, où que nous soyons et même le dimanche (chez elle jeter les mégots, l'aider à changer les draps, ouvrir la fenêtre et laver mon verre). Clare Bayes avait de tout avec elle et elle étalait tout où qu'elle se trouvât comme si elle allait y rester toute sa vie, alors que souvent nous ne disposions pas même d'une heure, entre l'un de mes cours et l'un des siens. (Finalement je me suis retrouvé avec une paire de boucles d'oreilles, qu'elle n'a jamais pu trouver le moyen de remporter.) Par chance — par éducation — elle était incapable de sortir sans maquillage, et sa coiffure consistait en une longue chevelure artificiellement embroussaillée à laquelle mes caresses ou le contact ou écrasement prolongé contre l'oreiller ne pouvaient faire grand dommage. Je n'avais pas besoin d'y retoucher avant notre séparation ; en revanche, il me fallait veiller à ce que cette particulière éternité instaurée et maintenue pendant le temps passé en ma compagnie se soit effacée de son visage, veiller à ce que celui-ci ne soit pas enflammé ni ses yeux trop évanescents. M'assurer que le bonheur s'était dissipé (les distances à Oxford sont très courtes et ne laissent pas le temps de se recomposer un visage). À cette fin je n'avais qu'à pratiquer brièvement avec elle l'exercice intellectuel qui facilite l'adultère : l'aider à inventer des histoires sans failles pour Edward Bayes, et faire attention à ce qu'elle ne se coupe pas en les racontant, bien qu'elle jugeât cet exercice inutile et ennuyeux (son expression immanquablement assombrie en me quittant, à cause de mon insistance). Elle était négligeante, légère, gaie et oublieuse, et si j'étais Edward Bayes — pensais-je alors — il ne me faudrait que peu de ruse ou d'efforts pour percer chacune de ses pensées et vérifier chacun de ses actes. Mais je n'étais pas Edward Bayes et peut-être que si je l'avais été les activités et intentions de Clare Bayes m'auraient été absolument impénétrables. Peut-être n'aurais-je pas voulu les connaître, ou me serais-je contenté de les imaginer. Toujours est-il que c'était à moi de tout remettre en ordre après son passage véhément, et c'est tout juste si je ne devais pas la chasser de force de la maison pyramidale aux étages de plus en plus étroits ou de l'hôtel visité, ou m'arracher à ses attachantes effusions de dernière minute (la peine du temps qui s'achève) et neutraliser ses témérités lorsque je m'étais aventuré chez elle en l'absence d'Edward Bayes. (L'adultère n'est pas de tout repos.)

Clare Bayes n'avait pas beaucoup de scrupules, mais la connaissant on ne pouvait pas non plus lui demander d'en avoir, car pour une large part son charme résidait précisément dans ce manque de considération envers les autres et envers elle-même. Clare Bayes me faisait souvent rire, c'est ce que j'apprécie le plus, mais je sais que je n'ai jamais eu pour elle — non plus, je crois, qu'elle pour moi — de faiblesse suffisamment prolongée ou constante pour être en danger d'aucune sorte (si je n'étais pas Edward Bayes, je ne fus jamais en danger de le supplanter non plus). Il m'est toujours apparu comme un excès d'ingénuité de penser que quelqu'un — parce qu'il nous aime, c'est-à-dire parce que *tout seul* il a *décidé* de nous aimer transitoirement et *ensuite* nous en a *fait part* — va se comporter différemment avec nous d'avec les autres, comme si nous n'étions pas destinés à être les autres immédiatement après la détermination solitaire et l'annonce de l'autre, comme si en fait nous n'étions pas toujours aussi les autres en plus de nous-mêmes. Ce qui m'aurait déplu au plus haut point — tout au moins pendant les jours blêmes où j'ai vécu à Oxford, avec une identité brumeuse — aurait été de me voir traiter par Clare Bayes comme elle traitait Edward Bayes, ou son père, ou même l'ironique Cromer-Blake, qui était à la fois paternel et filial envers elle, alors que son père était simplement paternel et son mari simplement marital. Je suppose que j'ai été éminemment fraternel, selon mon inclination, comme je l'ai été habituellement avec les femmes que j'ai bien connues, peut-être pour n'avoir pas eu de sœurs et en avoir ressenti le manque. Certes, Clare Bayes était une personne que je voyais de façon sporadique, mais que j'ai observée de près et, bien que je n'aie nul désir d'en dire du mal ou — si l'on veut — de dire des choses qui pourraient paraître négatives à qui les apprendrait de moi, je me suis assez souvent mis à la place des autres — de son père, d'Edward Bayes, et même de l'ironique Cromer-Blake — pour savoir avec certitude qu'elle manquait d'égards. Je me mettais surtout à la place de Bayes, et je me souviens d'un 5 novembre, neuf mois après notre première rencontre — je me souviens de la date car c'est le jour de Guy Fawkes en Angleterre, et de la fenêtre du bureau de Clare Bayes, à All Souls, dans Catte Street, en face de l'ancienne bibliothèque bodléienne et de la Radcliffe Camera, je voyais des petits Anglais réclamer quelques pennies pour le mannequin qu'ils confectionnent ce jour-là à l'aide de chiffons, de ficelle et de vieux vêtements pour figurer le conspirateur pendu Guy Fawkes, que l'on brûle le soir sur les bûchers : ce souvenir est un effet du réel —, où Clare Bayes me confondit avec son mari, tellement je m'étais mis à sa place (à la place qui lui était attribuée, qu'il n'avait peut-être jamais occupée).

Nous devions nous retrouver là tous les quatre, Bayes, Cromer-Blake, elle et moi, pour aller déjeuner, et j'étais arrivé le premier au rendez-vous de Catte Street, avec vingt minutes d'avance délibérée. La veille au soir Clare Bayes et moi étions restés bien trop tard dans un hôtel de Reading, si bien que, contrairement à notre habitude quand nous nous rendions dans la cité voisine, nous étions rentrés par le même train (nous ne prenions la voiture de Clare que lorsque Edward Bayes était absent, sinon nous voyagions dans des trains différents, à destination de Londres ou de Reading, à l'aller comme au retour). Nous étions donc arrivés ensemble à la gare d'Oxford et avions cheminé ensemble sous une lune pulpeuse et mouvante, face au vent, pour nous séparer à un coin de rue encore assez éloigné de nos maisons respectives. Pendant le trajet dans le train nous avions aussi voyagé côte à côte, car étant amis aux yeux du monde, le contraire eût été bien plus étrange pour ceux qui auraient pu nous voir. Un membre du département de russe, Rook, nous avait forcément vus. Il était, affalé et somnolent, l'unique passager du wagon de première où nous étions montés le croyant vide depuis le quai. Nos regards se croisèrent alors que nous étions déjà engagés dans la travée riant de façon compromettante ou trop franche pour l'Angleterre, et lui, avec probablement une inclinaison de sa tête engoncée, dit « Mrs Bayes » d'abord, s'adressant à Clare, puis — sans doute parce que ne sachant pas bien prononcer mon nom, ou parce qu'il lui était difficile à mémoriser — « Bonsoir » sans plus, s'adressant à moi. Nous continuâmes jusqu'aux places les plus éloignées de Rook, mais nous n'osions plus nous parler que par des phrases courtes et neutres et à voix très basse. Plus tard, alors que pour la première fois nous marchions seuls et ensemble par les rues d'Oxford sous la lune pulpeuse et mouvante, face au vent, nous entendîmes ses pas à courte distance, derrière, résonnant au même rythme que les nôtres, ou du moins c'est ce que nous imaginâmes — nous imaginâmes que c'étaient les siens, et non l'écho des nôtres. Nous ne nous retournâmes pas ni n'échangeâmes un seul mot jusqu'au moment de nous quitter, et alors nous nous dîmes seulement « au revoir », sans nous arrêter et sans nous regarder (la tristesse du secret). Je n'entendis plus que les pas pressés de Clare Bayes s'éloignant pendant un instant, elle ne dut pas entendre le martèlement las des miens.

Ce Rook avait une grande notoriété car il travaillait depuis douze ans à une nouvelle traduction *d'Anna Karénine*, et il avait connu et fréquenté Nabokov pendant une année universitaire passée en Amérique. Sa traduction allait être — personne n'en avait encore vu une ligne, pas même l'éditeur — canonique et incomparable, à commencer par l'innovation fondamentale au sujet du titre, car la forme correcte, selon Rook et selon Nabokov — qu'il appelait invariablement « Vladimir Vladimirovitch » afin de bien souligner sa familiarité avec lui et avec les formes appellatives russes — était *Karenin* et non *Karénine*, Anna n'étant pas une danseuse, ni une chanteuse ni une actrice, seules femmes, aussi russes fussent-elles, dont on eût pu admettre dans un texte anglais ou de toute autre langue occidentale, de féminiser le nom. Plus d'une fois nous nous étions trouvés ensemble lui et moi dans la Senior Common Room ou salle des professeurs de la Tayloriana, alors que nous traînassions en feignant de mettre la dernière main à la préparation de nos cours respectifs à grand renfort de tasses de café cachexique, et jetant de temps à autre un coup d'œil négligeant et fielleux au docte contenu de nos serviettes. Rook — homme à tête volumineuse et corps fluet, une grosse tête, en somme — était toujours disposé à parler de Nabokov ou à m'éclairer sur Lermontov ou Gogol, mais sa vie personnelle restait une inconnue pour les autres membres de la congrégation. C'est pour cela même que l'on pouvait lui attribuer impunément n'importe quelle manie ou n'importe quel trait particulier, et il avait la réputation d'être un sacré bavard. Une telle réputation à Oxford n'a en réalité pas grande signification, c'est plutôt de ne pas l'avoir qui est extraordinaire : celui qui ne serait pas médisant ou tout au moins malicieux y aurait une existence aussi marginale et décriée que celui qui viendrait d'une université autre que celle de Cambridge ou même d'Oxford. Et il ne s'adapterait jamais, parce qu'il ne serait jamais accepté. Le seul véritable sujet d'intérêt à Oxford, c'est l'argent, suivi à quelque distance par l'information, qui peut toujours être source d'argent. Peu importe que l'information soit importante ou superflue, utile ou frivole, politique ou économique, diplomatique ou épistémologique, psychologique ou généalogique, familiale ou ancillaire, historique ou sexuelle, sociale ou professionnelle, anthropologique ou méthodologique, phénoménologique, technologique ou carrément phallique, mais qui veut y survivre se doit de posséder (ou d'obtenir sur-le-champ) une information transmissible, quelle qu'elle soit. Transmettre une information sur tel ou tel sujet est, en outre, la seule manière de ne pas avoir à en transmettre sur soi-même, et donc, plus un Oxonien sera misanthrope, indépendant, solitaire ou mystérieux, plus on supposera qu'il transmet à ces mêmes autres de l'information sur les autres pour se faire pardonner sa réserve et gagner le droit de passer sa propre intimité sous silence. Plus on en sait et on en raconte sur autrui, plus on est dispensé d'en raconter sur son propre compte. Tout Oxford, par conséquent, est totalement et continuellement occupée à se cacher ou à dénicher et en même temps à vérifier la plus grande quantité possible de données sur les autres, d'où la tradition — avérée — et la légende — avérée — des grandes qualité, efficacité et virtuosité des *dons* ou professeurs d'Oxford et de Cambridge dans les tâches les plus sales de l'espionnage et de leur utilisation continuelle et disputée par les gouvernements britannique et soviétique comme prestigieux agents simples, doubles ou triples (les Oxoniens ont l'ouïe plus fine, les Cantabrigiens sont plus vils). Cette situation fait, cependant, que ce fameux privilège de passer sous silence sa propre intimité se réduit littéralement à cela-même, c'est-à-dire à s'épargner l'humiliation et la honte de devoir soi-même la confesser ou la divulguer puisque, justement par ce besoin que tout le monde a de donner des informations sur les autres pour ne pas avoir à en donner sur soi-même, cette information que chacun évite de donner est convoitée, épiée, pourchassée, pistée, obtenue et enfin donnée par les autres (une multitude) leur évitant ainsi de donner celle qu'ils ont sur eux-mêmes. Quelques faibles esprits (rares) rendent les armes dès le début et clament sans ambages leur vie privée avec un manque blâmable de résistance et de pudeur. Ceci n'est pas très bien vu, pour être une attitude franche et désinvolte et fausser les règles du jeu, mais c'est toléré, pour ce que cela représente de reddition inconditionnelle et de soumission abjecte. En revanche, quelques virtuoses parviennent, malgré tout, à garder secrets leurs habitudes, vices, goûts et pratiques (peut-être au prix du renoncement à toute habitude, tout vice, tout goût et toute pratique), ce qui n'empêche nullement qu'on leur en attribue des plus variés ; mais ces mêmes variété et contradiction qui résultent des ragots incongrus et bigarrés font douter de leur véracité, et parfois les virtuoses (mais il faut être *vraiment* virtuose) tirent leur épingle du jeu et personne ne sait rien d'eux avec certitude. Rook était sans aucun doute un virtuose éminent (un maître, comme s'il avait suivi un entraînement soviétique) : hormis sa totale abnégation à la traduction cyclopéenne et sa fréquentation passée de Vladimir Vladimirovitch dans les anciennes colonies, on ne savait rien de lui (sa vie personnelle était un blanc), et pourtant on pouvait affirmer qu'en revanche, tout ce qu'il saurait ferait partie à coup sûr du savoir scientifico-populaire dès qu'il le saurait.

Le lendemain matin du jour où nous l'avions

vu affalé et somnolent dans le train de Londres, et où nous avions cru entendre ses pas derrière nous dans les rues venteuses de notre ville déserte, Clare Bayes lisait tranquillement le journal quand j'arrivai à son bureau de Catte Street avec vingt minutes d'avance. (Elle m'ouvrit la porte un doigt glissé entre deux pages. Elle ne m'embrassa pas.) Elle semblait avoir dormi suffisamment et moi j'avais à peine dormi, il me fut donc impossible de chercher un préambule avant de lui poser la question que je m'étais sans cesse posée pendant cette nuit sans sommeil (« Avait-elle dit ou n'avait-elle pas dit à Ted qu'elle était à Reading hier soir ? »).

— Bien sûr que non, il ne m'a rien demandé non plus.

— Tu es folle. C'est pire. S'il ne le sait déjà, il va le savoir tout de suite par Rook.

— Par Rook directement non. C'est à peine s'ils se connaissent.

— Ici c'est à peine si les gens se connaissent. Ça ne les empêche pas de s'adresser la parole à tout moment pour dire la première chose qui leur passe par la tête. Il suffirait que Rook se soit trouvé ce matin dans un couloir ou dans la rue en même temps que Ted. Dites à votre femme que j'avais bien l'intention de la ramener de la gare dans mon taxi hier soir. Nous avons voyagé dans le même train depuis Reading, mais elle est sortie si rapidement qu'elle ne m'a pas laissé le temps de le lui proposer. De toute façon, je suppose que le jeune homme espagnol devait l'accompagner. Bien élevé, ce jeune homme espagnol, j'ai échangé quelques propos avec lui. Bref, tu vas te retrouver avec une liste de questions toute prête, et je me demande ce que tu vas répondre.

— Quelles questions ? Ted pose peu de questions. Il attend qu'on lui parle. Il n'y a pas de quoi s'inquiéter autant.

C'était toujours moi qui m'inquiétais pour elle. Je tenais mon rôle et parfois aussi le sien. Maintenant je tenais les trois, le mien, le sien et celui d'Edward Bayes, ou celui que ne tenait pas Edward Bayes, selon elle.

— Quelles questions ? Que faisais-tu hier soir à Reading avec notre jeune homme espagnol ? D'où veniez-vous ? Pourquoi êtes-vous sortis si vite de la gare ? Rook vous a vus. Pourquoi ne m'as-tu pas dit que tu allais à Reading ? Pourquoi ne m'as-tu pas dit que tu étais allée à Reading ? Rook t'a vue. Rook. Reading.

— Je me débrouillerai.

— Débrouille-toi tout de suite. Dis-moi comment tu répondrais à ces questions. Ce sont des questions concrètes, simples, conjugales.

Clare Bayes était comme toujours pieds nus. Elle s'était assise derrière son bureau le journal à la main (l'index encore glissé entre les pages : je me suis demandé ce qu'elle pouvait bien lire pour ne pas le lâcher) et moi j'étais debout, les coudes appuyés sur le rebord de la fenêtre qui était en face d'elle. De là je voyais bien la pointe de ses orteils, assombris par la partie plus foncée (renforcée) de ses bas sombres. Ils dépassaient sous le bureau, sur la moquette. J'avais envie de toucher ses pieds sombres, mais Edward Bayes ou Cromer-Blake pouvaient arriver à tout instant. Clare Bayes me voyait à contre-jour. De l'autre main elle fumait. Le cendrier était plus loin.

— Ted peut arriver à tout instant, dis-je, et s'il a rencontré Rook ce matin il peut aussi bien nous poser ces questions à tous les deux dès qu'il aura passé la porte. Il vaut mieux que nous préparions quelque chose tout de suite, j'ai passé toute la nuit à chercher des réponses. M'as-tu rencontré à Reading ? À la gare de Reading ? Pourquoi es-tu rentrée si tard ? Qu'allais-tu y faire ? Des achats non, que peut-on acheter à Reading ?

— Tu es un imbécile, me dit Clare Bayes. Heureusement que tu n'es pas mon mari. Tu es un imbécile à l'esprit de détective, et avec ce genre d'imbécile on ne peut pas être mariée. C'est pour ça que tu ne te marieras jamais. Un imbécile détective est un imbécile intelligent, un imbécile logique, les pires, parce que la logique des hommes, au lieu de compenser leur imbécillité, la double et la triple et la rend agressive. L'imbécillité de Ted n'est pas agressive, et c'est ce qui me permet et fait qu'il me plaît de vivre avec lui. Il a assumé la sienne lui, et toi pas encore. Tu es un tel imbécile que tu crois encore en la possibilité de ne pas l'être. Tu t'y efforces, toujours. Lui non.

— Tous les hommes sont des imbéciles.

— Tout le monde est imbécile. Moi aussi. — De l'index elle fit tomber la cendre de sa cigarette, mais elle avait mal calculé et elle tomba sur la moquette, tout près de ses pieds nus. Je regardais les pieds désirés et sombres et je regardais la cendre, attendant le moment où ceux-ci l'écraseraient et se tacheraient de gris. — Si tu étais Ted tu ne me poserais pas ces questions parce que tu saurais que je pourrais y répondre ou ne pas y répondre et qu'à la longue cela reviendrait au même, on cherche la paix avec la personne avec laquelle on vit quand on partage avec elle la vie de tous les jours. Si je te répondais, je pourrais mentir (et tu serais obligé d'accepter le mensonge comme vérité) ou te dire la vérité (et tu ne serais pas sûr de vouloir la vérité). Si je ne te répondais pas, tu pourrais continuer à insister et moi je pourrais me fâcher et discuter avec toi ou te faire des reproches et continuer à ne pas répondre, ou encore te regarder perplexe et rester muette pendant des jours et continuer aussi à ne pas répondre, jusqu'à ce que tu te lasses de mon regard et de ne pas entendre ma voix. Nous nous condamnons toujours par ce que nous disons, non par ce que nous faisons. Par ce que nous disons ou par ce que nous disons que nous faisons, pas par ce que disent les autres ni par ce que nous avons fait. On ne peut obliger personne à répondre à quelque question que ce soit, et si tu étais Ted ou si tu étais marié tu le saurais pertinemment. Le monde est plein de bâtards ignorés qui héritent la fortune ou la misère de ceux qui ne les ont pas engendrés. Aucun homme n'a jamais su s'il était le père de ses enfants, malgré les ressemblances. Dans les ménages personne ne répond s'il ne le veut pas, et c'est pourquoi on finit par se poser peu de questions. Il y en a qui ne se parlent même pas, ce n'est pas si rare.

— Et s'il prenait aujourd'hui à Ted l'envie d'être comme moi et que malgré tout il pose des questions ? Que lui dirais-tu si en entrant par cette porte il te soumettait à un interrogatoire ? Que faisiez-vous ensemble hier soir à Reading ? D'où veniez-vous ? Vous avez couché ensemble ? C'est ton amant ? Vous couchez ensemble ? Depuis quand ?

— Tu es un imbécile, voilà ce que je lui dirais, comme à toi.

Elle laissa le journal et se leva et marcha sur la cendre qu'elle avait continué à répandre sans s'en rendre compte à ses pieds. Elle s'approcha de l'endroit où j'étais et je me retournai et ensemble nous regardâmes en silence par la fenêtre : on voyait le soleil et des nuages ; sa poitrine frôlait mon dos ; les enfants anglais réclamaient des pennies pour leur mannequin pendu sur les marches de la Radcliffe Camera. J'ouvris la fenêtre et leur lançai une pièce dont le tintement sur le sol de pierre fit tourner la tête de notre côté à quatre d'entre eux ; mais j'avais déjà refermé et ils ne pourraient que nous deviner derrière les carreaux. Clare Bayes me caressa la nuque de sa main et la chaussure de son pied nu. Je pensai qu'elle devait penser à son fils. Ma chaussure se tacha de gris.

Voici ce qu'écrivit Cromer-Blake dans son journal, ce même 5 novembre, et que je traduis et retranscris aujourd'hui.

« Ce qui me surprend le plus c'est que la maladie ne m'empêche pas, pour le moment, de m'intéresser aux affaires des autres. J'ai décidé de me comporter comme s'il ne m'arrivait rien et de ne rien dire à personne excepté à B, et à B seulement si le pire se confirmait. Ce n'est pas difficile, une fois la décision prise. Et l'étrange n'est pas que je sache me comporter avec dissimulation et comme il faut, mais mon propre intérêt infrangible pour tout ce qui m'entoure. Tout m'importe, tout m'affecte. Au fond, je n'ai même pas à dissimuler puisque je ne parviens pas à me convaincre que cela puisse ou soit en train de m'arriver à moi. Je ne parviens pas à me faire à l'idée que selon le tour que prendront les choses, cela pourrait s'achever par ma mort ! et que, si cela arrivait (je croise les doigts), je n'aurais dès cet instant plus aucune connaissance de ce qui arriverait aux autres. Comme si l'on m'ôtait des mains un livre que je serais en train de lire avec une infinie curiosité. C'est inconcevable. Encore que si ce n'était que cela ce ne serait pas grave, l'ennui c'est que jamais plus il n'y aurait d'autres livres, la vie comme seul codex.

La vie est encore moyenâgeuse.

À moi, bien entendu, il n'arriverait plus rien, ma mort serait advenue, c'est bien suffisant. Je ne parviens pas à me faire à cette idée et c'est pour cette raison que pour l'instant je ne veux pas retourner chez le médecin, ni que Dayanand me voie qui de son terrible œil clinique doit déjà soupçonner quelque chose de mon état de santé. Voilà pourquoi j'accorde tant d'importance à ce qui dans ce cas n'en aurait plus, que deviendra B ? (impossible d'imaginer que je n'assiste pas à sa vie, la mort ne nous prive pas seulement de notre propre vie, mais de celle des autres), et Dayanand, et Roger, et Ted, et Clare et notre cher Espagnol. Je les ai vus aujourd'hui, ils étaient l'un près de l'autre, tout juste dégagés d'une étreinte, à côté de la fenêtre, moins amoureux qu'amusés, et même un peu mélancoliques, comme s'ils regrettaient de ne pouvoir s'aimer davantage. Une chance que je sois arrivé le premier et non Ted. J'ignore ce qu'ils cherchent ou ce que cherche Clare et pourquoi ils ont fait de moi leur confident et un peu leur complice, je préférerais être dans la même ignorance que Ted. L'autre jour, Clare est venue me voir dans mon bureau, entre deux leçons, plus nerveuse qu'à l'accoutumée, et très pressée de parler. Je ne lui accordai pas plus de trois minutes, six en fin de compte (le jeune Bottomley impatienté, attendant derrière la porte l'air arrogant et réprobateur), pendant lesquelles elle ne m'a rien dit de vraiment concret ni de cohérent, mais elle n'a pas cessé de parler de Ted, on aurait dit que c'était tout ce qui lui importait au monde. Par la suite elle ne m'a pas appelé pour en reparler, silence, rien. Et voilà qu'aujourd'hui, en revanche, au cours du déjeuner, j'ai soudain senti un pied, son pied, sur mon mollet droit sous la table, à mon grand étonnement. Le pied de Clare caressant mon mollet. Par chance, nous étions au Halifax où les nappes sont longues. J'ai tout de suite compris que ce qu'elle cherchait en fait c'était la jambe gauche de notre Espagnol assis à côté de moi ; alors, la fixant en ouvrant grand les yeux avec un petit air de réprobation, j'ai saisi discrètement son pied et l'ai conduit à son but véritable et tant convoité, le genou étranger. Ensuite, évidemment, je me suis désintéressé des manœuvres souterraines ; j'ai même aussitôt lancé un nouveau sujet de conversation avec Ted, par crainte qu'il ne s'aperçût de ce qui se passait dans les profondeurs. Ce fut très gênant et en même temps très amusant, ce qui me culpabilise. Je suis préoccupé par eux tous, par eux trois, et je me demande comment tout cela va se terminer. Il nous reste encore des mois, nous ne sommes qu'à la moitié de Michaelmas. Mais je ne peux m'empêcher de voir le côté comique de l'affaire, malgré mon amitié de longue date pour Ted, mon affection pour Clare et ma maladie. Finalement, la première chose que j'ai racontée ce soir à B comme le grand événement de la journée ou du moins susceptible de le distraire au mieux de ses frustrations, a été le quiproquo des extrémités. Je reste égal à moi-même, passant de la colère au rire selon les circonstances, sans moyen terme, ce sont les deux modes complémentaires de ma relation au monde et ma façon de m'y comporter. Ou j'enrage ou je ris, ou les deux à la fois, et les deux intérieurement. Je ne change pas. La maladie devrait me faire changer, me rendre plus réfléchi et plus mesuré. La maladie, pourtant, ne produit en moi ni rage ni rire. Si elle continue sa progression, si elle se confirme (encore une fois je croise les doigts), je m'observerai. Je suis effrayé. »

Cromer-Blake fut mon guide et mon protecteur dans la ville d'Oxford, et c'est lui qui me fit connaître Clare Bayes quatre mois après mon arrivée, neuf avant ce 5 novembre, au cours d'un de ces dîners grandiloquents que l'on connaît là-bas sous le nom de *high tables.* Ces dîners ont lieu dans les immenses réfectoires des différents *colleges,* et chaque *college* tient le sien une fois par semaine. Si on les nomme littéralement *hautes tables,* c'est davantage parce que la table autour de laquelle prennent place les amphitryons et leurs invités respectifs se trouve sur une estrade et domine les autres (où les étudiants dînent avec une rapidité suspecte et qu'ils fuient au plus vite dès qu'ils ont terminé, laissant de plus en plus seuls les hauts commensaux, et s'épargnant ainsi le spectacle que ces derniers finissent par donner), que parce que la qualité des mets ou des conversations y est très élevée. Ce sont des dîners selon l'étiquette (oxonienne), et pour les membres de la congrégation il est obligatoire d'y assister en toge. En principe ils sont aussi très stricts, mais leur interminable durée laisse apparaître et se développer un sérieux effritement des bonnes manières, du vocabulaire, de la diction, de la fluidité discursive, du maintien, de la mise, de la retenue et du comportement général des commensaux, habituellement au nombre d'une vingtaine. Au début tout est solennel et tout est réglé jusque dans le moindre détail. Les commensaux, qui pour moitié sont membres du *college* qui offre le dîner et pour moitié membres d'autres *colleges* (plus quelque étranger de passage) que les premiers ont invités dans l'espoir d'être à leur tour invités par les seconds dans leurs propres *colleges* (de sorte que la composition de ces diverses *high tables* varie peu et que les commensaux finissent par être presque toujours les mêmes, la seule différence étant que tantôt ils dînent dans un *college* et tantôt dans un autre, et que certains finissent par dîner ensemble dix ou douze fois dans la même année universitaire et en viennent ainsi à se détester ou à ne plus se supporter), doivent d'abord se réunir dans un élégant petit salon contigu où ils savourent un rapide sherry, et ce n'est que lorsque tout le monde est arrivé que l'on passe au réfectoire (jamais à sept heures précises comme stipulé), en rangs par deux (chaque amphitryon avec son invité) et dans l'ordre strictement hiérarchique du *college*. Se souvenir en un instant de l'ancienneté et des titres de dix ou douze personnes de mérite pointilleuses à l'extrême n'est pas chose facile, ce qui fait qu'avant même d'entrer il se produit généralement quelque discussion ou dispute, bourrade, contorsion ou coup de coude, de la part des membres ou *fellows* ambitieux ou oublieux qui, pour ainsi dire, tentent de torpiller le protocole et de se pousser dans le rang pour gagner du prestige. Les étudiants, qui attendent (affamés) déjà assis dans la salle à manger, se lèvent hypocritement et respectueusement en voyant enfin défiler les *dons* entogés et les invités occasionnels et déconcertés qui les accompagnent, chacun posant religieusement les mains sur le dossier de la chaise qui lui a été préalablement assignée. Le *warden*, directeur ou administrateur du *college* (très souvent un membre bâillant de la noblesse) préside la haute table qui à son tour préside les autres tables, ce qui fait qu'il préside deux fois, et dès avant que nous nous asseyions inaugure l'aspect le plus sensible de sa double présidence, c'est-à-dire son inévitable série de coups de maillet et de sentences latines, qui se prolongera, provoquant notre alarme et la terreur des étrangers, tout au long du repas. En effet, le *warden* a tout près de lui un petit maillet (ainsi qu'un socle de bois posé sur la table pour recevoir le maillet, comme en ont les juges) qui lui sert à déclarer le dîner ouvert, à décider et à annoncer les nombreux changements de vins et de plats, et à jouer distraitement et dangereusement avec quand l'entourage l'ennuie (presque toujours). Une fois qu'il a prononcé la première phrase en latin anglicisé, la totalité du réfectoire debout et au milieu d'un silence qui sent l'encensoir, le premier coup sec du maillet et le cliquetis de la cristallerie fine qui s'ensuit déchaînent le vacarme des avides *dons* et des étudiants encore plus avides prenant place, vociférant, se disputant l'attention des serveurs et abattant une main rougeaude armée d'une cuillère sur la soupe ou le bouillon et l'autre sur les verres de vin rouge. Il est stipulé que chaque (haut) convive doit parler pendant sept minutes à la personne qui se trouve à sa droite ou à sa gauche, selon la façon dont ont été formés les couples au départ, pour ensuite en consacrer cinq à celle qui est de l'autre côté, et ainsi de suite en une alternance calculée pendant les deux heures que dure la première phase de la *high table.* Il est en revanche formellement déconseillé d'adresser la parole à celui qui est assis en face, à moins que l'un et l'autre des commensaux aient été victimes en même temps d'une erreur de chronométrage de leurs voisins et soient restés momentanément sans interlocuteur, ce qui est à Oxford une situation très désobligeante, voire vexante. Les professeurs d'Oxford sont de ce fait passés maîtres dans l'art de parler, manger, boire et compter les minutes simultanément, les trois premières choses avec une grande rapidité et la quatrième avec une infinie précision, car à un ordre en forme de sentence latine et de coup de maillet du capricieux *warden*, les serveurs viendront diligemment retirer les assiettes et le vin de tous les commensaux sans se préoccuper de savoir si celles-ci sont saucées, vides, à moitié pleines ou n'ont pas encore été touchées. Au cours de mes premières *high tables* c'est à peine si j'ai pu prendre une bouchée, occupé que j'étais à calculer les minutes écoulées et à tenir un simulacre de conversation à droite et à gauche avec une imparfaite parité duodécimale. Les serveurs se saisissaient de mes assiettes intactes, l'une après l'autre, et puis de mes verres, ceux-ci vidés et jusqu'à la dernière goutte, car dans mon désespoir chronologique et dialogique la seule chose qui m'était possible entre une phrase et un calcul était de me livrer sans retenue à la boisson.

Clare Bayes, lors de mon deuxième dîner à une *high table*, m'observait du coin de l'œil de l'autre côté de la table, presque en face de moi, mi-amusée mi-compatissante en voyant ma mine déconfite quand je voyais disparaître de débordantes assiettes que je n'avais même pas eu le loisir de considérer, malgré mon ivresse et ma faim sans cesse grandissantes (je me revois bel et bien, fourchette et couteau immobiles en permanence entre les mains et prêts à tout, mais à chaque fois que j'allais couper ou piquer quelque morceau il me fallait regarder ma montre, ou bien je remarquais que mon voisin de droite commençait à marmonner des mots inintelligibles — blasphèmes ou jurons très certainement — ou à faire trop de vacarme en mangeant — j'ai même cru entendre parfois des gargarismes — pour m'avertir qu'il m'attendait avec impatience, le tour de son précédent interlocuteur étant passé). Les plats principaux qui composaient la première phase du dîner étaient au nombre de trois ou quatre ou cinq (selon la richesse ou l'avarice du *college)*, et il fallait bien pour les consommer, surtout à cause des longues pauses entre chacun d'eux (pendant lesquelles on restait désespérément seul à seul avec son verre de vin), près de deux heures, comme je l'ai dit. Ainsi, pendant ces deux premières heures on était condamné à ne parler qu'à deux personnes, dont l'une était forcément le collègue qui avait transmis l'invitation — à gauche — et l'autre celle que désignait le hasard, ou plus exactement, l'habituelle mauvaise volonté du *warden* chargé de répartir les places. Pour ce repas-là mon amphitryon était Cromer-Blake, et il m'avisa qu'à ma droite j'aurais un jeune économiste prometteur dont le seul défaut (lors d'une *high table)* était de ne consentir à s'entretenir que sur le sujet traité dans sa très récente thèse de doctorat.

— Et quel est ce sujet ? demandai-je alors que nous cherchions dans la bousculade notre place dans la double file, avant d'entrer dans le réfectoire.

Cromer-Blake caressa ses cheveux blancs, comme il le faisait d'habitude chaque fois qu'il devait répondre à quelqu'un ou donner son opinion ou raconter une anecdote, et me dit en souriant :

— Eh bien, disons que c'est un sujet plutôt singulier. Mais je suis certain que tu auras largement le temps de t'en rendre compte.

Ce jeune économiste, nommé Halliwell, était obèse et roux et portait une petite moustache militaire mais clairsemée — embryonnaire, ou trop vite inaugurée — et n'avait, en effet, aucune curiosité pour ma personne ou mon pays (souvent une planche de salut, mon pays, dans les hautes conversations), et il me revint par conséquent de commencer un interrogatoire de courtoisie qui déboucha dès la quatrième question, comme prévu, sur le très original sujet de sa thèse de doctorat, à savoir : certain impôt assez particulier à ce qu'il semblait, qui entre 1760 et 1767 avait existé en Angleterre sur le cidre.

— Uniquement sur le cidre ?

— Uniquement sur le cidre, répondait satisfait le jeune économiste Halliwell.

— Ah ! très intéressant, qui l'aurait dit, reprenais-je. Et comment se fait-il qu'il n'ait porté que sur le cidre ?

— Surpris, hein ? disait le jeune économiste Halliwell avec délectation, et il se mettait à m'expliquer par le menu les causes et caractéristiques de cet insolite impôt qui n'éveillait en moi pas le moindre intérêt.

— C'est passionnant, continuez, disais-je.

Par bonheur il est facile, dans une langue qui n'est pas la sienne, de feindre que l'on écoute et d'acquiescer ou de louer ou d'ouvrir la bouche (servilement) de temps à autre intuitivement, et c'est ce que je fis tout au long de ces interminables périodes de sept minutes qu'après les cinq consacrées à Cromer-Blake, je devais au jeune Halliwell. Pendant que cet économiste prometteur pérorait sur le cidre sans modération et n'avait même pas la délicatesse de me poser une seule question, je pus me consacrer, malgré mon ébriété progressive (mais j'ai la chance de ne rien laisser paraître ni dans ma conduite ni dans mon apparence extérieure du processus qui s'empare de moi quand je m'enivre), à l'observation du reste des commensaux avec lesquels il m'était interdit de m'entretenir directement avant le dessert et, pendant les périodes de conversation dues à Cromer-Blake, l'interroger sur eux et me défouler un peu en vouant aux gémonies (ceci en espagnol) le jeune économiste Halliwell. Je dois avouer que, de même que Clare Bayes m'observait du coin de l'œil avec un mélange de moquerie et de commisération, je l'observais de mon côté avec grand plaisir et, plus tard, quand le laisser-aller eut gagné toute la table, avec une admiration sexuelle non dissimulée. Elle était l'une des cinq femmes de la tablée, et l'une des deux dont l'âge fût inférieur à cinquante ans. C'était également la seule à laisser paraître sous sa toge noire un décolleté du meilleur goût et par principe je n'en dirai pas davantage, car ayant été son amant pendant un certain temps, il serait prétentieux de ma part de passer maintenant ses charmes en revue. Le reste de la table était occupé par des messieurs eux aussi entogés à l'exception d'un seul, et le *warden* était lord Rymer, membre de la Chambre des lords et intrigant notoire des villes de Londres, Oxford, Bruxelles, Strasbourg et Genève. Entre lui et moi il y avait deux commensaux, et Clare Bayes, de l'autre côté de la table, n'était séparée du haut bout que par un seul convive.

En Angleterre, c'est bien connu, on regarde à peine, ou bien on regarde de façon si voilée et si peu intentionnelle qu'on n'est jamais sûr que quelqu'un soit véritablement en train de regarder ce qu'il semble regarder, tellement les yeux savent se faire opaques dans leur activité naturelle. De ce fait, un regard continental (le mien par exemple) peut provoquer un trouble chez la personne regardée, même si ce regard peut être considéré, parmi tous les regards possibles d'un Espagnol ou d'un continental, comme neutre, distant ou même respectueux. Ainsi donc, lorsqu'un regard insulaire ou anglais se défait provisoirement du voile qui le couvre d'habitude, l'effet en est scandaleux, et pourrait être à l'origine d'une dispute et d'une discussion, n'eût été que les regards qui auraient précisément pu voir ce regard dépouillé de voile ayant gardé le leur, ils n'ont pas vu ni regardé ce qui pour d'autres yeux sans brume (continentaux par exemple) eût été évident et peut-être insultant. Bien qu'ayant tant soit peu appris pendant ces deux années à regarder de façon opaque, non seulement mon regard n'était pas en mesure de se censurer — de ma propre volonté — mais encore, comme je l'ai déjà laissé entendre au cours de ces dîners inoubliables, mon seul recours contre la faim et l'ennui était souvent — hormis le vin rouge, le vin rosé et le vin blanc — d'ouvrir l'œil et de me livrer à l'observation. Or donc, si mon regard (je le remarquais moi-même) fut à partir d'un moment donné plein d'admiration sexuelle envers Clare Bayes, celui du *warden* lord Rymer fut, à partir du coup de maillet et de la sentence latine initiaux, tout de lascivité torride et non dissimulée envers la même Clare Bayes.

Mais de même que l'impudeur du mien était annulée par la pudeur de celui des autres me regardant (y compris celui de lord Rymer qui reprenait son voile insulaire dès qu'il quittait des yeux le décolleté ou le visage de Clare Bayes), la luxure offensive de celui du *warden* était patente pour le mien, qui, en revanche, dès qu'il s'écartait à son tour du décolleté ou du visage de Clare Bayes, devenait manifestement agonisant (sous l'effet de l'ennui que me causait Halliwell) et torve (sous l'effet de la concupiscence animale qu'il m'était donné de contempler dans celui de lord Rymer). Le problème principal, cependant, était que le propre regard de Clare Bayes n'était pas totalement anglais, en raison (comme je l'appris plus tard) des quelques années d'enfance passées à Delhi et au Caire, où l'on ne regarde ni comme aux îles ni comme sur notre continent ; et par conséquent, elle était capable, elle, de percevoir non seulement les regards bestialement salaces du *warden* mais aussi les miens, sexuellement admiratifs. Le second problème (mineur) était qu'à l'autre bout de la table, occupé par une célèbre autorité littéraire proche de la retraite que j'ai beaucoup aimée et dont je parlerai plus tard, de mon côté, se trouvait Edward Bayes, membre au même titre que Cromer-Blake du *college* amphitryon ; et bien que son regard ait toujours été purement insulaire, il est possible que, les deux uniques regards non voilés de la table s'étant adressés à sa femme, il ait été à son tour obligé de retirer son propre voile afin de percevoir les désirs, sauvages ou non, des autres. Mais je me suis mal exprimé, car en fait, et étant donné sa situation à table, du même côté que moi, Edward Bayes ne pouvait absolument pas voir mon regard, alors qu'il pouvait très bien voir celui de Clare Bayes ainsi que celui de lord Rymer sans que son champ visuel pût être obstrué. Il vit certainement que sa femme était par moments sur le point de rougir, mais sans doute l'attribua-t-il aux vins et à l'attitude baveuse et indigne du *warden*, homme gigantesque et à la peau très lisse — je crois qu'il était glabre — et on ne peut plus ivre. Et si Edward Bayes vit le regard de sa femme dirigé de temps en temps vers moi, il dut penser que celui qu'elle regardait en réalité, à la recherche de protection ou du moins de complicité, était leur ami commun Cromer-Blake, assis, comme je l'ai dit, immédiatement à ma gauche. Il y avait tout de même un quatrième regard — un cinquième si celui d'Edward Bayes s'était effectivement dépouillé de son tulle anglais — qui pouvait ne pas être nécessairement voilé, c'était celui de Dayanand, le médecin d'origine indienne ami de Cromer-Blake, qui se trouvait placé à la gauche de Clare Bayes, c'est-à-dire exactement en face de moi. Bien qu'il vécût à

Oxford depuis des dizaines d'années, ses yeux avaient gardé la luminosité et la transparence de son pays natal, et dans le cadre de ce dîner ils paraissaient ardents. Toutes les cinq ou sept minutes, au moment où il passait calmement de sa conversation avec Clare Bayes à son laconisme avec l'unique invité sans toge (un professeur de minéralogie très laid de l'université de Leyde dont le regard, bien qu'étranger, était aussi voilé par d'énormes loupes rectangulaires qu'il portait en guise de lunettes), il posait un instant sur moi ses yeux noirs et légèrement aqueux et me toisait de haut en bas avec une expression pharmaceutique, comme si ma façon de regarder ouvertement à droite et à gauche mais surtout Clare Bayes révélait une maladie connue et simple à guérir, mais éradiquée de ces contrées. Le regard de Dayanand était insoutenable, et chaque fois que mes yeux croisaient les siens je n'avais d'autre recours que de les tourner vers Halliwell et de feindre un intérêt croissant pour le verbiage qu'il m'imposait. Ces yeux de Dayanand devenaient en revanche incandescents quand il les tournait vers Clare Bayes et le bout de la table et que lord Rymer entrait dans son champ visuel, lequel cependant n'avait aucun problème pour soutenir son regard, puisque probablement — il se sentait invulnérable — il ne le percevait même pas : le *warden*, obligé de parler avec ses voisins immédiats qui visiblement l'ennuyaient (à sa droite une harpie, *warden* d'un *college* féminin ; à sa gauche une sommité pontifiante et méprisante des sciences sociales nommée Atwater), négligea peu à peu le protocole et commença à intervenir à tort et à travers dans les conversations de Clare Bayes et de Cromer-Blake, ses seconds voisins de chaque côté de la table. Mais voyant que ni l'un ni l'autre n'étaient particulièrement disposés à le laisser s'y introduire, il fit comme s'il écoutait la harpie ou la sommité et se mit à jouer du maillet contre le socle, comme le font fréquemment les *wardens* assommés ou enivrés des hautes tables. Et, soûl et mécontent qu'il était, il ne se rendit compte à aucun moment que son indolente percussion initiale sur le socle (il tambourinait avec lassitude) devenait une série de coups de plus en plus brutaux (habilement manié maintenant le maillet) mais suffisamment espacés pour provoquer — outre certaine distraction — une énorme confusion, car en les entendant des serveurs s'empressaient de retirer les assiettes qu'ils venaient d'apporter pendant que d'autres, plus habitués et sachant que ces coups de marteau ne faisaient pas partie de la cérémonie, tentaient de les leur arracher pour les restituer à leurs destinataires qui parfois n'avaient même pas eu le temps de les humer. Après la fracassante chute d'une ou deux assiettes, résultat de ces luttes domestiques, il arriva un moment où les cinq garçons qui servaient la table cessèrent de le faire et tinrent conciliabule dans un coin du réfectoire s'accusant mutuellement d'ineptie, pendant que commençaient à s'élever des protestations (entre les dents toutefois) de la part des convives qui se retrouvaient avec des couverts à poisson pour attaquer un filet de bœuf, des plats jonchés de restes froids abandonnés et encombrant la table (du jamais vu dans une *high table)*, des assiettes entamées ou à peine touchées par d'autres placées sous leur nez et (le plus grave) des verres vides ou des vins mélangés. Lord Rymer ne se rendait compte de rien, et à chaque coup de maillet sur le socle ou sur la table (il ne visait pas toujours très bien), ce qui avait pour conséquence de faire résonner et se fendre le bois noble, sursauter les petits pois et les champignons et renverser quelques verres, je ne pouvais m'empêcher de calculer l'éventuelle trajectoire que selon sa position ou plutôt son inclinaison (le *warden* sans retenue s'affalait progressivement sur la table) pourrait bien prendre le maillet s'il lui échappait et volait à travers la pièce. Je me reculai un peu dans l'espoir non seulement de l'esquiver mais aussi d'augmenter la probabilité qu'il vienne s'écraser contre le front du jeune économiste Halliwell le laissant sinistré, car le jeune économiste Halliwell, indifférent à tout, continuait à me submerger de cidre vieux ou piqué après chaque aparté et pause avec Cromer-Blake, et rien ne m'aurait réconforté autant que de le voir sans connaissance.

— Étonnante votre histoire de cidre, disais-je. Et cet impôt singulier, c'était seulement en Angleterre ?

— C'était seulement en Angleterre, répondait Halliwell, enthousiaste.

Je notai que Clare Bayes remarquait mon mouvement de recul (donc elle me prêtait quelque attention, en ces circonstances) et qu'elle faisait de même, bien que je ne sache pas si c'était pour exposer elle aussi l'un de ses voisins ou pour soustraire à la vue de lord Rymer son décolleté et son visage ou voir si de cette manière le *warden* parvenait à émerger de son hébétude et à se reprendre. Mais l'intrigant lord Rymer avançait à son tour son gigantesque torse (le coude gauche balayant la table, la partie antérieure de sa toge traînant sur son filet de bœuf intact et désarçonnant les petits pois) n'admettant pas de perdre de vue ce qui lui plaisait tant et qu'il s'obstinait à contempler. Vint un moment où lord Rymer, le regard perpétuellement égaré dans le décolleté et sur le visage de Clare Bayes, devint totalement absent, et ce qui jusque-là avait été — comme je l'ai dit — des coups espacés, impulsifs et arythmiques se transforma en un martellement continu et mécanique, dont il n'avait pas la moindre conscience. L'effet des coups de maillet ne se faisait que trop sentir à table, où s'étaient accumulés les restes de plusieurs plats, où sautillaient non seulement des miettes, des champignons et des petits pois (si prompts à sautiller), mais aussi des morceaux de pommes vapeur, des arêtes de soles, des dégoulinades de sauces épaisses, les lunettes de l'affreux professeur de Leyde (encore plus affreux sans elles) et des vins de différentes couleurs. (Par chance les toges remplissent, outre des missions clandestines et esthétiques, celle de préserver les élégants habits que l'on met pour ces hautes tables, de la saleté incroyable et incompréhensible que ces dernières entraînent parfois.) Les cinq serveurs, enfin d'accord, s'employaient pourtant de leurs dix mains à maintenir la table à l'autre bout — décoiffant l'autorité littéraire qui y siégeait — afin que les vibrations et le poids du corps énorme de lord Rymer, de plus en plus avachi à sa place, ne fissent de plus grands dégâts. Peu à peu (mais ce fut une question de secondes) le silence se fit dans le réfectoire, pas tout à fait complet, car tant le fervent Halliwell que le déplaisant Atwater étaient incapables de rester cois ne fût-ce qu'un instant, et pendant que le premier continuait à m'abreuver : (« Même le vicomte Pitt dut intervenir dans l'affaire du cidre ! Sterne mentionne cet impôt dans l'un de ses sermons ! », s'exclamait-il transporté), le second, les pouces passés dans les plis de sa toge à la hauteur de la poitrine, continuait à adresser un discours emphatique au *warden*, persuadé que c'était lui qu'il regardait de ses yeux fixes et bestiaux et non le décolleté et le visage si convoités de Clare Bayes. Quoique le martellement n'ait pas dépassé une minute dans sa phase la plus sauvage, la situation devint insoutenable (pendant cette minute). Mais comme nous, seuls commensaux dont les regards n'étaient pas voilés, n'étions pas à même de prendre quelque disposition que ce fût à cause de notre toute petite place dans la hiérarchie, et que les autres regards plus autorisés avaient justement cette gaze les empêchant de voir que lord Rymer avait perdu son bon sens et qu'il fallait le rappeler à l'ordre ou le relever tout bonnement de la présidence (mais lord Rymer, outre *warden*, était un politicien influent connu pour ses opiniâtres vengeances), le silence se fit de plus en plus vaste, brisé seulement — en dehors du maillet — par les imperturbables murmures d'Halliwell et de la sommité Atwater et par les cris de la harpie assise à la droite du *warden*, laquelle, bien qu'adulatrice comme il était patent et donc incapable de secouer lord Rymer au risque de l'indisposer, ne pouvait éviter un haut-le-corps à chaque coup de maillet, tant son buste proéminent et sûrement siliconé se trouvait proche du socle martyrisé.

Pendant cette interminable minute j'eus tout le loisir d'observer les commensaux qui s'offraient à ma vue : l'autorité littéraire du bout de la table opposé tapait du plat de la main les serveurs qui, dans leur effort pour maintenir l'équilibre de la table, l'écrasaient, ébouriffant encore plus sa chevelure, et le gratifiaient de coups de coude dans les oreilles de leurs dix bras tendus ; à sa droite, madame Wetenhall regrettait de ne pas avoir davantage de mains dans sa triple tentative de se boucher les oreilles, de retenir deux bouteilles qui déjà roulaient (à demi pleines) en direction du *warden*, et de maintenir un précaire postiche à mèches (peut-être neuf) qui commençait à donner de la bande, pendant que son autre voisin, le chef de mon département (le professeur Kavanagh, un Irlandais désinvolte s'intéressant au plus haut point aux romans d'horreur et à succès qu'il écrivait sous pseudonyme, mal vu des collègues et subordonnés précisément parce qu'irlandais, auteur de romans et désinvolte), semblait amusé et d'ailleurs contribuait ironiquement au vacarme du *warden* en tapant avec une petite cuillère sur son verre de vin au même rythme, comme on le fait encore aujourd'hui au dessert pour annoncer un discours ; à sa droite se trouvaient deux membres du *college* (dénommés Brownjohn et Willis, hommes de science d'âge moyen et de ce fait, aux réflexes émoussés) qui ne se risquaient à regarder lord Rymer que du coin de l'œil et essayaient de capturer les verres malmenés de leur invité hollandais, qui, bien qu'assis et en sûreté sur son siège, avait étendu les bras dès qu'il les avait perdus (renversant par la même occasion tout ce qui était resté debout devant lui) comme s'il avait eu peur de trébucher à tout moment, à la façon des aveugles démunis de leur canne ; Dayanand, lui aussi membre du *college* et individu de caractère, était l'un des rares qui auraient pu interrompre les tapements du *warden*, mais à la vérité, contrairement à ce que laissait penser son attitude, il se contentait de lui lancer des œillades mortifères et d'ouvrir et fermer les poings sur la table (« ce médecin indien va le lui faire payer cher, dût-il attendre dix ans », pensai-je ; « ce médecin indien est redoutable ») ; la sommité Atwater et l'économiste Halliwell avaient finalement cessé leur verbiage, et le seul fait de se taire semblait les déconcerter plus encore que le martellement du *warden*, dont ils ne s'étaient probablement pas aperçus jusqu'à cette minute de fracas et de silence ; j'ai déjà parlé de la craintive harpie ; quant à Cromer-Blake, son visage était énigmatique : tirant sur son menton de cire, il semblait attendre, ébauchant un sourire (celui d'un homme dont la colère s'accroît ou peut-être sur le point d'éclater de rire) comme s'il savait, en connaisseur des habitudes de son *warden*, que la minute allait bien durer une minute. Les quatre autres commensaux, parmi lesquels se trouvait Edward Bayes à gauche du bout de table opposé, échappaient à ma vue. Mais dans ce regard circulaire qui dura soixante secondes et que je rappelle à présent, après tant de temps et en beaucoup plus de temps et dans cette ville de Madrid où je suis revenu, j'ai délibérément passé Clare Bayes sous silence.

En réalité on peut dire que pendant cette minute personne ne faisait réellement attention — visuellement s'entend — à lord Rymer : une partie de la table le regardait à la dérobée et avec appréhension mais sans le voir, comme je l'ai déjà expliqué ; une autre partie était trop occupée à garder son sang-froid et à essayer de faire en sorte qu'au moins les bouteilles, les lunettes et les verres qui roulaient, secoués par les coups de maillet ne tombent pas de la table ; quant à ceux de la troisième partie ils en profitèrent pour échanger des regards, ou, ce qui revient au même, pour se regarder les uns les autres en face sans voile d'aucune sorte. Parmi les premiers, la harpie, le romancier d'horreur Kavanagh, la sommité des Sciences Sociales Atwater et l'économiste du cidre Halliwell, ces deux derniers, en tant que membres du *college*, hésitant peut-être (mais peu) à intervenir et à confisquer l'instrument à lord Rymer ou à rester les bras croisés et à attendre que d'autres courent le risque d'être martelés dans leur audacieuse tentative, ou encore — plus tard — de faire l'objet de représailles ; parmi les seconds se trouvaient l'autorité littéraire ou déjà presque émérite professeur Toby Rylands, les scientifiques Brownjohn et Willis, l'emperruquée madame Wetenhall et l'horrible minéralogiste enténébré ; et parmi les troisièmes, d'après ce que je pus voir pendant les dernières secondes de cette minute, Dayanand et Cromer-Blake, Clare Bayes et moi et sans doute son mari — sûrement d'ailleurs. Le regard atténué (seulement soupçonneux ou sévère), que Dayanand m'avait adressé de temps à autre tout au long du dîner et que maintenant il concentrait avec intensité sur lord Rymer, se transporta soudain, inchangé, sur son ami Cromer-Blake : autrement dit, Dayanand lui lança ce qu'auparavant j'ai appelé une œillade mortifère pendant qu'il continuait à ouvrir et fermer les mains ou les poings sur la table en un geste propre à l'homme excédé qui se contient à grand-peine ; et Cromer-Blake, à son tour, sentant sur lui le regard ardent du médecin indien, leva les yeux et, bien que je n'aie pu les voir correctement puisqu'il était de profil et que par conséquent seul le droit m'était visible, je remarquai que son ébauche de sourire se changeait en cette ligne d'extrême dureté que ses lèvres fines qui paraissaient exsangues savaient exprimer parfois.

Alors je me mis à regarder ouvertement le visage de Clare Bayes et, sans la connaître, je la vis comme quelqu'un qui appartenait déjà à mon passé. Je veux dire comme quelqu'un qui ne faisait *plus* partie de mon présent, comme quelqu'un qui vous a beaucoup intéressé et a cessé de vous intéresser ou qui est mort, comme quelqu'un qui *fut* ou qu'un jour déjà lointain vous avez condamné à *avoir été*, peut-être parce que cette personne vous avait vous-même condamné à cesser d'être bien avant. Cette robe décolletée qui apparaissait sous la toge et qui indirectement avait causé tant de ravages était d'une autre époque, comme le sont si souvent les habits de gala en Angleterre. Même le visage de Clare Bayes était un peu suranné, avec ses lèvres trop épaisses et ses pommettes si hautes. Mais ce n'était pas cela. Elle aussi regardait, et elle me regardait comme si elle me connaissait depuis bien longtemps, presque comme une de ces figures dévouées et secondaires qui peuplent notre enfance et sont incapables, plus tard, de nous voir en adultes détestables que nous sommes, mais, heureusement pour nous, continueront éternellement à nous voir enfants de leur regard inerte déformé par la mémoire. Cette incapacité bénie se rencontre plus chez les femmes que chez les hommes, dans la mesure où pour les hommes les enfants sont d'irritantes ébauches d'adultes, alors que pour les femmes ce sont des êtres parfaits destinés à se gâter et à s'abrutir, et de ce fait leur rétine s'efforce de garder l'image de la déité transitoire condamnée à cesser de l'être, et si cette rétine ne l'a pas connue, alors elles reportent tout l'effort imaginatif que suppose le fait de fréquenter quelqu'un dans la représentation de cet enfant qu'elles n'ont connu qu'en photographie ou dans l'estampe endormie de celui qui a grandi, et qui a vieilli peut-être, ou dans les paresseux récits que l'usurpateur s'est aventuré à leur confier sur un lit, unique endroit où les hommes se montrent disposés à remémorer à voix haute les souvenirs lointains. C'est ainsi que me regardait Clare Bayes, comme si elle connaissait mon enfance à Madrid et comme si elle avait assisté dans ma propre langue à mes jeux avec mes frères et à mes peurs nocturnes et à mes pugilats en règle à la sortie de l'école. Et cette façon de me voir me fit la voir de la même manière. J'ai su plus tard — quand je l'ai mieux connue — que pendant ces dernières secondes d'une minute qui n'existe que maintenant, j'avais contemplé des rafales de son enfance en Inde, avec l'expression pensive de la petite fille qui n'avait pas grand-chose à faire dans ces villes méridionales et qui regardait couler une rivière, gardée par les voix brunes de serviteurs souriants. Je ne me doutais pas de ce que j'étais en train de voir (et de ce fait je me trompe peut-être ou je mens et je n'étais *pas* en train de le voir et je n'ai pas à en parler), mais je dois tout de même dire qu'à travers ces yeux sombres et bleus passait cette rivière brillante et claire dans la nuit, la Yamuna ou Jumna qui traverse Delhi, mouchetée de gabarres rudimentaires qui portent au fil de l'eau des céréales, du coton et du bois et de la pierre aussi, bercée depuis les rives par des chants insignifiants, criblée par les cailloux qui tombent de ses falaises quand elle laisse derrière elle la ville, de la même façon que dans mes yeux se dessinaient peut-être des images madrilènes de la rue de Génova et de la rue de Covarrubias et de Miguel-Ángel, qu'elle n'avait jamais parcourues ni vues : peut-être l'image de quatre enfants allant par ces rues avec une vieille servante. Et il y avait probablement aussi l'énorme pont ferroviaire qui enjambe la Yamuna à la hauteur de la ville, toujours observé de loin et du haut duquel, comme le lui contait la nurse d'une voix mystérieuse quand elles étaient seules, s'étaient jetés plus d'un couple d'amants malheureux : la large rivière aux eaux bleues coupée par le long pont aux poutrelles de fer en diagonales entrecroisées, la plupart du temps vide, enténébré, oisif et flou, exactement comme l'une de ces figures dévouées et secondaires de l'enfance qui se dérobent pour réapparaître et s'illuminer juste un instant, longtemps après lorsqu'on les appelle, et qui retournent se perdre aussitôt dans l'obscurité de leurs existences ignorées et interchangeables après avoir accompli leur bref service ou révélé le secret que soudain on exige d'elles. Et elles existent seulement pour qu'à travers elles transite, chaque fois qu'il en aura besoin, l'enfant. L'enfant anglaise regarde maintenant le noir pont de fer, attendant que le traverse un train pour le voir tout illuminé et reflété dans l'eau, l'un de ces trains aux couleurs vives, pleins de lumière et de bruit inaudible, qui traversent la Yamuna de soir en soir, la Jumna qu'elle regarde patiemment de sa maison sur la hauteur pendant que la nurse lui murmure quelque chose ou que le père diplomate la contemple de dos de la lisière du jardin, alors qu'il fait déjà nuit, en tenue de soirée pour le dîner et un verre à la main. L'heure approche pour l'enfant d'aller se coucher, mais avant un autre train doit passer, encore un, car l'image récente du train qui passe et de la rivière éclairée par ses fenêtres (les hommes des gabarres se déséquilibrent, regardant vers le haut) l'aide à trouver le sommeil et à se faire à l'idée du lendemain dans une ville à laquelle elle n'appartient pas et qu'elle ne reconnaîtra comme sienne que lorsqu'elle l'aura quittée et qu'elle n'aura d'autre possibilité de la remémorer à voix haute qu'avec son fils ou avec un amant. Tous trois attendent, l'enfant, la nurse et le père mélancolique, jusqu'à ce que le train postal qui vient de Moradabad et arrive toujours avec un retard incalculable traverse rapidement le pont de fer l'occupant tout entier, de bout en bout, avec ses wagons bringuebalants aux mille couleurs que l'on distingue à peine sous la lune comme une écharde ; et Clare Bayes, alors, après avoir perdu de vue la lanterne oscillante du dernier wagon auquel de la main elle a fait un au revoir qui ne demandait pas de réponse, se relève et se chausse, et sur la pointe des pieds embrasse le père silencieux qui sent le tabac, la liqueur et la menthe, et disparaît enfin à l'intérieur de la maison tenant la main de la nurse qui peut-être lui fera entendre, avant qu'elle ne s'endorme, quelque chant insignifiant. C'est ainsi que me regardait Clare Bayes et que je la regardais, comme si nous étions le regard vigilant et compatissant l'un de l'autre, le regard qui vient du passé et qui ne suscite plus la gêne parce qu'il sait bien comment il doit voir l'autre, depuis longtemps : peut-être nous regardions-nous comme si frère et sœur nous étions chacun l'aîné de l'autre. Et bien que ne la connaissant pas encore, je sus que je la connaîtrai et que je finirai par lui raconter sur un lit les détails que je lui confiai —

de la rue de Génova, et de celle de Covarrubias, et de Miguel-Ángel — tout au long de tant de mois de rencontres désordonnées et intermittentes dans ma maison pyramidale d'Oxford et aussi chez elle, dans les hôtels monotones de Londres et de Reading et dans un autre de Brighton.

Elle dévia son regard. Soudain le *warden* lord Rymer parut s'éveiller de son rêve luxurieux, il brandit le maillet énergiquement et, constatant autour de lui un aussi grand silence (il n'y avait plus aucun murmure, et tous les étudiants avaient expédié leur misérable dîner et fui depuis longtemps les basses tables, emportant au passage quelques couteaux en guise de compensation), il fit une grimace méprisante et vague, et en pointant sur nous le manche, il dit :

— Que vous arrive-t-il donc ? N'avez-vous rien à vous dire ou bien un ange est-il passé ? Et se mettant debout, il écarta de la hanche (une poussée de dégoût) l'assiette de son filet de bœuf intact aux petits pois fantassins, lança une grossière phrase latine sans faire le moindre effort pour donner tant soit peu de vraisemblance à la prononciation, donna un dernier et furieux coup sur le socle dévasté et s'écria euphorique : — Dessert !

C'est là un moment de grande solennité et de grande beauté (plastique) des hauts dîners, car c'est le signal pour que les commensaux se lèvent et, à nouveau en rangs (maintenant irréguliers, chancelants et anarchiques il est vrai), ils passent dans un petit salon, moins cérémonieux et plus accueillant que le réfectoire, où pendant une heure et demie on grignote fruits de saison, fruits tropicaux, fruits secs, glaces, pâtisseries, tartes, sorbets, bonbons acidulés, gâteaux secs, oublies et bonbons fourrés à la liqueur et à la menthe pendant que circulent dans le sens des aiguilles d'une montre et très rapidement diverses bouteilles ou plutôt carafes de différents portos extraordinaires que l'on ne trouve pas dans le commerce. Pendant cette deuxième phase du dîner, plus joviale, plus médiévale que dix-huitième siècle et connue localement sous le nom *d'ingestion de bananes à la lueur de la lune*, on change enfin d'interlocuteurs, il n'y a plus de limite de temps pour bavarder avec eux et, à mesure que le porto aiguise le désir de se rattraper et augmente le relâchement verbal causé par les vins de la première phase, la conversation prend un tour plus général, insubordonné, bousculé et même chaotique, voire indécent. Il existe en outre la lointaine possibilité que le *warden* (ceci étant, comme le reste, à sa discrétion) décide tout à coup de porter un toast à la Reine, ce qui signifie que l'on peut enfin fumer. Mais le moment de grande solennité et de grande beauté (plastique) se produit au sortir du réfectoire, car, ce faisant, les commensaux doivent conserver par-devers eux, à la main, la serviette qu'ils ont utilisée jusqu'alors, aussi tachée et froissée qu'elle soit ; et le va-et-vient du minuscule tissu blanc (un peu martial comme à chaque fois que l'on marche en rangs) contraste de façon sublime avec le lent et très ample envol des interminables toges noires. Clare Bayes poussa l'ironie jusqu'à mettre sa serviette comme un bavoir, recouvrant son décolleté pendant la marche. Elle se mit à rire et je crois que c'était à mon intention. Puis, assise loin de moi pendant le dessert, à côté de l'autorité littéraire Toby Rylands et près de son mari, elle ne me regarda plus de toute la soirée. Au bout d'un moment je me mis à fumer sans arrêt grâce à la tolérance imprévue ou à la dévotion monarchique du *warden* lord Rymer.

C'est ce soir-là que je me rendis compte que mon séjour à Oxford serait certainement, à son terme, l'histoire d'une perturbation ; et que tout ce qui y commencerait ou y surviendrait serait touché ou coloré par cette perturbation globale et ainsi, condamné à n'être rien dans l'ensemble de ma vie, qui elle *n'est pas* perturbée : à se dissiper et tomber dans l'oubli comme ce que racontent les romans ou comme presque tous les rêves. C'est pour cette raison que je fais aujourd'hui cet effort de mémoire et cet effort d'écriture, car je sais qu'autrement je finirais par tout effacer. Y compris les morts, qui sont la moitié de nos vies, ce qui fait la vie en même temps que les vivants, sans qu'il soit facile cependant de savoir ce qui les sépare et les distingue les uns des autres ; je veux dire les vivants des morts que nous avons connus vivants. Et je finirais par effacer les morts d'Oxford. Mes morts. Mon exemple.

Que mon séjour dans cette ville se révèle un jour être une perturbation n'avait en un sens rien de particulier, dans la mesure où tous ceux qui y vivent sont perturbés ou sont des perturbés. Car *ils ne sont pas dans le monde,* et cela suffit pour que, quand ils y entrent (en allant à Londres par exemple), l'air leur manque, leurs oreilles bourdonnent, ils perdent le sens de l'équilibre, ils fassent des faux pas et doivent revenir en toute hâte dans la ville qui les rend possibles et les garde : là ils ne sont même pas dans le temps. Moi si, j'étais généralement dans le temps et aussi dans le monde (à Madrid par exemple), et par conséquent ma perturbation, comme je le découvris ce soir-là, devait être d'une autre nature, peut-être contraire à ce qui était la norme. Ayant toujours été dans le monde (ayant passé ma vie dans le monde), je me voyais soudain *hors du monde,* comme si je m'étais retrouvé dans un autre élément, l'eau. Peut-être la pleine conscience de ma condition perturbée m'était-elle venue de l'apparition inattendue de mon enfance dans le regard de Clare Bayes, car c'est pendant l'enfance qu'on est le plus installé dans le monde, ou, pour le dire justement de façon infantile, quand le monde est plus monde, que le temps a plus de substance, et que les morts ne sont pas encore devenus la moitié de la vie.

Après le dîner je montai un moment dans les

appartements de Cromer-Blake au *college*, pour prendre un dernier verre avant d'aller me coucher, et pendant qu'il préparait les verres et ouvrait une bouteille avec des gestes sûrs et méthodiques, toujours revêtu de sa toge, je pensai : « Ici non seulement je suis un étranger dont personne ne sait rien et qui n'intéresse personne, dont on ne sait biographiquement rien d'important sinon qu'il ne restera pas éternellement, mais le plus grave et le plus déterminant c'est qu'ici il n'y a pas une seule personne qui m'ait connu dans ma jeunesse ou dans mon enfance. C'est cela qui est perturbateur pour moi, cesser d'être dans le monde et ne pas avoir été auparavant dans *ce* monde. Qu'il n'y ait aucun témoin de ma continuité, ne pas avoir toujours été dans l'eau. Cromer-Blake sait quelques petites choses de moi, depuis un certain temps, par mes prédécesseurs de Madrid et de Barcelone. Mais c'est tout, des données reçues quand je n'avais pas encore de visage, un nom seulement. Cependant c'est là une raison suffisante — l'amitié déléguée — pour qu'il soit condamné à être mon lien le plus fort avec cette ville, la personne à qui je poserai les questions qu'il faudra et à laquelle j'aurai toujours recours si survient quelque problème, quelque maladie, quelque infamie ou quelque crise sérieuse. C'est la personne à qui je vais poser dès maintenant des questions sur la femme de ce dîner, Clare Bayes, et dès qu'il aura rempli les verres et qu'il se sera assis je l'interrogerai sur elle et sur son mari. Cromer-Blake, avec ces cheveux blancs et ce visage pâle, avec cette moustache qu'en un doute perpétuel il laisse pousser et rase au bout de quelques semaines, avec son inimitable diction anglaise qui selon les élèves admiratifs rappelle la B.B.C. "d'autrefois", avec sa mordacité et ses extraordinaires interprétations de Valle-Inclán, avec son aspect d'homme d'église expulsé de son sein et son sens nul de la famille, il est condamné à être ma figure paternelle et aussi ma figure maternelle en cette ville, même s'il ne m'a pas connu — absolument pas — pendant mon enfance ni pendant ma jeunesse (j'ai plus de trente ans, il ne m'a pas connu dans ma jeunesse). La femme du dîner non plus ne les a pas connues, mais, je ne sais comment, elle a *vu* mon enfance et m'a permis de voir la sienne, de la voir enfant. Pourtant, je sais que je ne pourrai pas compter sur elle pour incarner dans cette ville la figure paternelle ni même maternelle nécessaire à chacun en tout temps et en tout lieu, quels que soient notre âge et notre degré d'autonomie. Même les hommes les plus vieux et les plus puissants ont besoin, jusqu'à la fin de leurs jours, de ces figures, et leur difficulté ou incapacité à les faire s'incarner en quelqu'un n'empêche pas ce besoin ni qu'ils ne s'illusionnent à leur quête ni le sentiment de leur manque : l'exigence et l'attente et la représentation qu'ils en ont. »

Cromer-Blake, en s'excusant, me servit un verre de porto de qualité inférieure à celui que nous avions bu pendant le dessert et s'assit dans un fauteuil. J'étais déjà assis, en face, sur son canapé, toujours revêtu moi aussi de la toge cérémonielle. Nous avions tous deux déjà beaucoup bu, mais cela n'a jamais constitué pour lui un obstacle pour soutenir une conversation. Parfois nous parlions en anglais et parfois en espagnol, parfois chacun parlait dans sa langue.

— À ta santé, dit-il, et il aspira littéralement une goutte de vin. Ça n'a pas été trop dur, n'est-ce pas ? À part le baptême du cidre auquel, console-toi, personne dans ce *college* n'a échappé depuis le début de l'année. N'y vois pas malice, tu étais pratiquement le seul de la tablée à ne pas l'avoir reçu, c'est pour ça qu'on t'a mis à côté de lui. Halliwell est nouveau ici, et c'est là sa très longue carte de présentation. L'inconvénient c'est que d'habitude il ne va pas au-delà, personne ne lui donne une deuxième chance, le pauvre.

— Finalement ça n'a pas été le pire, commençai-je. Mais Cromer-Blake, pour qui il était évident que le charme de ces hauts dîners résidait en grande partie dans les commentaires ultérieurs, ne me laissa pas le loisir de dire ce qui pour moi avait été le pire.

— Le pire a été Dayanand, affirma-t-il.

Je voulais faire allusion à la conduite salace et insensée du *warden* et en profiter pour interroger Cromer-Blake sur Clare et Edward Bayes, mais apparemment tout cela manquait pour lui de nouveauté et d'intérêt. Je le regardai pendant qu'il aspirait de petites gouttes de porto, les jambes croisées et allongées, le pan de la toge les enveloppant en cascade, sa noire silhouette couronnée de blanc encadrée par les étagères pleines de livres espagnols et anglais, comme si son attitude, son aspect, sa posture et son environnement formaient un déguisement esthétique. Il n'était pas ridicule, et je pensai : « Les femmes et tout ce qu'elles suscitent n'ont aucune importance pour Cromer-Blake, même si elles peuvent représenter une figure maternelle ou même paternelle et aussi filiale pour lui. Mais de même que ces figures sont indispensables tout au long de la vie, elles ne sont pas à même de créer des conflits ou des inquiétudes graves et par conséquent ne sont pas dignes de commentaires après les dîners. Clare Bayes peut être une telle figure pour Cromer-Blake, alors que pour moi elle ne pourrait l'être, de toute façon, que très occasionnellement ou dans la mesure où un jour elle serait définitivement dépossédée de l'autre figure, quelle qu'elle ait pu être — conflictuelle et inquiétante —, que je lui aurais attribuée. Que je lui attribuerai. En revanche, les ennemis sont dignes de tous les commentaires, exhaustifs et obsessifs, après les dîners. Il n'y a de pire ennemi que celui qui est aussi un ami. Dayanand, le médecin indien, m'a toujours été présenté par Cromer-Blake comme un grand ami, ce qui le prédispose — le rend particulièrement apte — à être un ennemi acharné. Quant au *warden*, Cromer-Blake doit être habitué. »

— Je n'ai pas eu l'occasion de parler avec lui.

— Ça vaut mieux pour toi. Tu as vu comme il nous regardait tout au long du repas ?

— Oui, j'ai remarqué. J'ai capté quelques-uns de ses appels, je suppose qu'il trouvait déplacé que j'admire ouvertement, moi aussi, votre amie Clare.

— Je ne crois pas que ce soit cela. Il nous a tous trois regardés du même air furieux le *warden*, toi et moi. Mais crois-tu qu'il attache de l'importance à ce que peut faire Rymer pendant les dîners ? En d'autres occasions cela a été bien pire : une fois, pendant le dessert, il s'est mis dans la tête de confectionner avec des tranches de mandarine un collier sur la poitrine de la femme du doyen d'York. Il opérait à la vue de tous, nous ne savions plus où nous mettre, mais personne ne fit ni ne dit rien qui pût montrer que les convives s'étaient rendu compte de la soudaine passion de notre imaginatif *warden* pour la bijouterie fruitière. Il faut dire que le doyen fit preuve de sang-froid, de force et probablement de tempérance, observant la scène de l'autre bout de la table avec une attention impartiale, presque comme s'il ne voyait que le côté positif de l'affaire, comme si on aplanissait pour lui une difficulté imminente ou comme si on lui donnait une bonne idée. Dayanand éclatait de rire le lendemain en rappelant l'impavidité infinie du doyen d'York et celle encore plus méritoire de la doyenne, une femme replète qui se laissait parer avec un sourire ruborescent et des protestations pudiques, rien de plus. Et tu crois que Clare ne savait pas ce qu'elle faisait en mettant cette robe ? Pousser Rymer est l'un de nos plus vieux amusements. Non, Dayanand t'a lancé ces regards furieux parce que tu étais *mon* invité de ce soir, et à lord Rymer parce qu'il sait qu'en ce moment je lui rends quelques services, ou plutôt, nous nous rendons quelques services. Ces temps-ci nous sommes comme les deux doigts de la main. Tous les regards de Dayanand étaient pour moi, j'en suis certain. D'abord par personnes interposées, puis il m'a crucifié avec des clous portés au rouge. Comment ose-t-il ?

La question finale, Cromer-Blake se l'était faite comme pour lui-même.

— Je croyais que vous étiez amis.

— Oh ! oui, nous le sommes. Et de plus c'est mon médecin et un médecin magnifique que je ne voudrais pas perdre. Dès que la gorge me picote un petit peu, je suis chez lui pour qu'il me mette la cuillère sur la langue et me donne quelque pilule. Je suis perpétuellement en dette envers lui, mais pas au point de devoir la payer en supportant des regards affolés à table, avec vingt personnes pour témoins.

En d'autres circonstances j'aurais tout de suite demandé la cause de ces regards qui avaient tant indigné et offensé Cromer-Blake et que cependant il semblait si bien comprendre, mais j'étais pressé d'obtenir des informations sur Clare Bayes et j'étais à l'affût du moindre interstice de la conversation qui me permît d'en revenir à elle. Ne le trouvant pas, je me tus, et Cromer-Blake adopta, comme il le faisait parfois, un air de gravité apparemment sans lien avec ce qui l'entourait ni avec ce que disait son interlocuteur : c'était une gravité surgie de lui-même, comme une imposture, de même nature que celle qui au théâtre précède et accompagne les soliloques. Et à mesure qu'il parlait, il parlait davantage pour lui-même et son menton s'inclinait peu à peu :

—Je ne peux pas déterminer mes goûts et mon désir par rapport aux siens, je veux dire que je ne peux éviter d'avoir les mêmes que lui ; si je le faisais, je passerais ma vie les mains liées et frustré, lui demandant sa permission pour la moindre passade ou pour la moindre passion avant de prendre une initiative dans cette ville ; écartant les offres les plus tentantes, suspendant les meilleures prémices de séduction pour courir à ses appartements et lui demander, avant de concrétiser, s'il voit quelque inconvénient à ce que je mène à bien mes imminentes intentions, et s'il a quelque chose à objecter, si mes actes sexuels ou mes simples affections heurtent sa vie passée ou ses projets d'avenir, si je peux le blesser rétrospectivement ou par anticipation, s'il s'intéresse déjà ou s'il pense s'intéresser à tel ou tel joli visage ou corps athlétique qui en ce moment est dans mon alcôve à ma disposition. Ce serait ridicule : ça ne t'ennuie pas, Dayanand, que je couche avec cette personne qui est nue dans ma chambre ? Regarde-la bien et décide, ne va pas ensuite changer d'avis. Ce serait ridicule. Mais il va falloir faire quelque chose, il l'a vraiment mal pris. Pour qui se prend-il pour se comporter ainsi ? Pour qui se prend-il pour me poser des questions directes sur des sujets intimes ? Pour qui se prend-il pour me parler sur ce ton désespéré ? Je *ne peux pas* être la cause de son désespoir, je ne le suis pas. Pour qui se prend-il pour me demander des comptes ? À la fin du dîner, c'est incroyable. Qu'il parle à Jack. — Cromer-Blake fit une pause, comme si le nom qu'il avait prononcé était le signal interne de la fin du soliloque et de l'atténuation de sa gravité ; il

passa une main sur ses cheveux cotonneux, vida son verre d'un trait et, pendant qu'il s'en servait un autre le poignet mal assuré, il ajouta :
— Il est fou de jalousie, c'est un fanatique.

L'alcool me rend laconique, mais je reste très attentif. Il n'empêchait pas Cromer-Blake de parler sans aucune hésitation, mais en revanche il lui faisait momentanément oublier avec qui il bavardait et aborder des sujets dont il ne m'épargnait aucun secret (certainement parce que je n'allais pas rester là éternellement) mais sur lesquels il ne se serait sans doute pas étendu si ouvertement s'il avait été sobre. Si j'avais été malicieux (ce que je ne suis pas), j'aurais fait les commentaires nécessaires pour le pousser à exprimer sa mauvaise humeur et lui faire raconter jusqu'au plus petit détail cette brouille causée par une rivalité sentimentale ou sexuelle. À dire vrai, ce soir-là ces détails ne m'intéressaient pas, même si plus tard je me suis souvent interrogé sur eux avec plus que de la curiosité, c'est-à-dire avec un véritable désir de savoir. J'ai voulu savoir qui était la personne (« Jack ») à laquelle Dayanand et Cromer-Blake prétendaient ces jours-là ou que peut-être, plutôt, ils prétendaient conserver ; j'ai voulu savoir qui incarnait le lien si important qui les avait unis, et il semble probable que c'était cette personne pour laquelle en cette soirée d'hiver je n'avais ressenti que peu de curiosité qui les ait liés pour la vie ou la mort éternelle, même si l'un est encore parmi les vivants et l'autre déjà avec les morts.

— Et Edward Bayes ? est-ce un fanatique lui aussi ? ou est-il plutôt comme le doyen d'York ?

Cromer-Blake eut un rire placide et bref et sa bonne humeur initiale lui revint d'un coup.

— Nous pouvons tous être parfois comme le doyen d'York. Tu penses sérieusement à Clare.

— En réalité non. Je crois que je pense encore à une jeune fille que j'ai vue il y a quelques jours dans le train de Londres et que j'ai revue hier dans Broad Street. Mais comme je ne sais pas qui elle est et qu'il est possible que je ne la revoie jamais, je crois que je pourrais commencer à penser aussi à ton amie Clare. « Quel idiot, me dis-je, pourquoi ne puis-je pas penser à des choses plus fructueuses et plus intéressantes ? Les relations non consanguines ne le sont jamais, la variété possible des conduites est minime, les surprises sont feintes, les pas sont des démarches, tout est puéril : les approches, les accomplissements, les éloignements ; la plénitude, le combat, les doutes ; les certitudes, la jalousie, l'abandon, le rire ; tout fatigue avant de commencer. Je suis perturbé par mon absence au monde, et je ne sais plus distinguer ce à quoi l'on peut consacrer sa pensée et ce à quoi le faire est une perte déplorable de temps et de concentration. Je suis décentré, je ne dois pas penser à cette fille ni à Clare Bayes. Je dois faire n'importe quoi à leur propos sauf *penser* à elles. Je suis ivre et je suis perturbé, j'ai tout le temps du monde, je suis en train de devenir idiot dans cette ville immobile où je suis venu échouer. » Je fis à Cromer-Blake un résumé à voix haute de mes pensées : — Je ne devrais pas penser à ces choses-là, je devrais penser à des choses plus intéressantes. En parler surtout. Excuse-moi.

— Tu crois qu'il y en a ? Cromer-Blake avait retrouvé son air grave, mais moins qu'auparavant, sans perdre sa gaieté ni sa bonne humeur. C'était là les commentaires d'après le dîner. Il avait tiré une cigarette du paquet que j'avais posé sur la table et l'avait mal allumée avec mon briquet. Il n'avait jamais ni tabac ni feu sur lui. Il tenait la cigarette comme s'il se fût agi d'un crayon. Il n'avalait pas la fumée. Il ne savait pas fumer.

— Ma foi, dis-je, et je vidai mon verre de vin tout en cherchant des réponses ; Cromer-Blake me le remplit à nouveau. Son poignet avait retrouvé sa fermeté. J'allumai correctement sa cigarette.

— Merci. Regarde-moi, regarde Dayanand, regarde Rymer, regarde Kavanagh, regarde même Toby ou l'Éventreur, qui par leur âge ou par leur caractère mènent probablement une vie chaste. Regarde, bien sûr, Ted. Bon, tu ne les connais pas assez, mais moi si. Je les connais. Personne ne pense à autre chose qu'aux femmes et aux hommes, la totalité de la journée n'est qu'un long cheminement pour s'arrêter à un moment donné et se mettre à y penser, le but de cet arrêt dans le travail ou l'étude n'est autre qu'y *penser*, même avec eux on pense à eux, moi tout au moins. Ce ne sont pas eux les parenthèses, mais les cours et les recherches, les lectures et les écrits, les conférences et les cérémonies, les dîners et les réunions, les finances et les politiquailleries, la totalité de ce que nous considérons comme une activité. L'activité productive, celle qui rapporte argent et sécurité et estime et nous permet de vivre, celle qui fait qu'une ville ou un pays marche, est organisé. Celle qui nous permet, ensuite, de nous consacrer à penser à eux avec toute l'intensité requise. Même dans ce pays c'est comme ça, malgré notre prétention, notre réputation, malgré ce qu'à nous-mêmes il nous plaît de croire. C'est cela la parenthèse et non l'inverse. Tout ce qui se fait, tout ce qui se pense, tout le reste qui se pense et se trame est un *moyen* pour penser à eux. On fait même des guerres pour pouvoir à nouveau y *penser*, pour renouveler cette pensée fixée sur nos hommes et sur nos femmes, ceux qui ont été à nous ou pourraient l'être, ceux que nous connaissons déjà et ceux que nous ne connaîtrons jamais, ceux qui furent jeunes et ceux qui le seront, ceux qui ont déjà été dans nos lits et ceux qui jamais n'y passeront.

— C'est une agréable exagération.

— Peut-être, mais c'est ce que je vois en moi-même et autour de moi. Je le vois même dans cette ville où l'étude, on peut le supposer, ne laisse ni temps ni lieu pour autre chose. Et il en sera toujours ainsi. Je sais que quand je serai vieux, quand je serai retraité et que je ne pourrai plus m'occuper qu'à recevoir des honneurs insincères et à faire mon jardin, je continuerai à penser à eux et à m'arrêter dans la rue pour admirer des gens qui ne sont pas encore nés. C'est la seule chose qui ne changera pas, j'en suis sûr. C'est pour cela, aussi, que je pense maintenant si intensément. Je produis et stocke de futurs souvenirs me préparant un peu de variété pour ma vieillesse. Ma vieillesse sera solitaire, comme celle de Toby. Tu devrais te lier d'amitié avec lui.

— Dois-je aussi m'intéresser à Clare Bayes ? À qui pense-t-elle ?

— Oh ! je ne sais pas, je parlais des pensées des hommes, des mâles, les seuls que je connaisse bien, les seuls dont je suis sûr de savoir comment ils sont, à quelques légères variations près de peu d'importance. Je suppose que Clare pense à son mari, à son fils aussi, sans doute à son père avec lequel elle entretient une relation intense et ambiguë pour autant que je sache : ressentiment et inconditionnalité, espérance et indignation, quelque chose dans le genre. Je suppose que pour elle il n'y a que les hommes, comme pour moi. Elle a passé son enfance entourée de femmes en Égypte et en Inde ; en revanche, la principale, sa mère, lui a manqué. Jamais elle n'en parle, tout au moins jamais elle n'a parlé de sa mère ; j'imagine qu'elle est morte quand elle était toute petite, je me demande si ce n'est pas à l'accouchement, je ne sais pas, elle n'y a jamais fait allusion devant moi. Son père, diplomate, elle le voyait très peu. D'après ce qu'elle dit, dans son enfance il y a toujours eu auprès d'elle une nurse brune drapée dans un long vêtement : son regard s'adoucit lorsqu'elle voit dans la rue une immigrante qui n'a pas encore perdu les somptueux habits de la terre abandonnée. Sa vie a été étrange, comme pour tant d'Anglais pour qui ce pays n'a été qu'un nom jusqu'à ce qu'ils y reviennent une fois adultes, ou y viennent pour la première fois. Maintenant il n'y en a plus guère, c'est une espèce en voie d'extinction. Elle est venue ici pour étudier et elle a fini par y enseigner. Ce n'est pas courant. La plupart de nos étudiants s'arrangent habituellement pour se placer là où il y a vraiment de l'argent, dans les finances ou dans l'administration, même si leur spécialité est Góngora ou

Cervantes. C'est le privilège d'avoir étudié ici, on suppose qu'après avoir enduré nos méthodes et notre persécution, de moins en moins intense, ils sont aptes à n'importe quelle tâche, même s'ils se sont contentés de scander des sonnets ou de balbutier des incongruités aux oraux sur Calderón ou sur Montaigne. Seuls les plus inaptes à la vie du monde, comme moi, finissent par revenir la toge sur l'épaule. Cromer-Blake quitta enfin la sienne en disant ces mots, j'en profitai pour en faire autant de la mienne ne m'y étant jamais habitué en privé et en laquelle — sur moi — je voyais parfois une ressemblance suspecte et désagréable avec la ridicule cape typique de mon pays heureusement abolie. Cromer-Blake suspendit avec soin les étoffes noires derrière la porte et se rassit. Il continuait à boire du porto et passa de ma première cigarette à une deuxième, qu'il manqua d'allumer par le milieu. Il emplissait l'air de fumée non filtrée par les poumons, beaucoup plus voyante et dense que celle que j'exhalais (filtrée) de temps à autre. Cromer-Blake était ivre, probablement beaucoup plus que moi, mais il continuait à parler avec autant de détermination et d'aisance que lorsqu'il voulait enfoncer un collègue d'une autre université invité aux séminaires qui se tenaient chaque semaine dans la bibliothèque de la Tayloriana (il était très cruel avec les hagiographes de García Lorca, qu'il considérait comme un jobard, une bille : il adorait employer de vieux mots d'argot dans ma langue).

— Le cas de Clare est différent, elle sait manœuvrer dans le monde et aurait pu faire une belle carrière diplomatique, comme son père, qui l'aurait aidée. Je ne sais pas pourquoi elle a échoué ici, peut-être à cause de Ted ; quant à l'enseignement je n'ai pas l'impression que ce soit une passion chez elle. Malgré notre amitié déjà ancienne, malgré notre merveilleuse entente et tout ce que nous avons partagé, je crois que je ne la connais pas très bien. Il y a en elle quelque chose de bizarre, quelque chose d'opaque ou de trouble, comme si son passé étranger empêchait qu'on la voie nettement et la rendait finalement incompréhensible. Pour la plupart des gens, on sait ou on devine intuitivement, à partir d'un certain âge, ce qu'ils veulent ou ce qu'ils se proposent, ce qui les intéresse vraiment ou au moins ce à quoi ils aiment occuper leur temps. Pour elle, je ne sais pas bien, pas avec certitude. Je reconnais que je pense seulement à mes jeunes, passés, présents et à venir. En réalité c'est même tout, même si par mes activités et ma profession j'ai l'air de m'intéresser à la littérature espagnole (qui ne m'intéresse absolument pas, ou pas plus que celle de n'importe quel autre endroit, en fait plutôt moins que celle de certains) et à la promotion académique (qui ne m'intéresse qu'à moitié, non par ambition, mais pour m'éviter des risques et faire mon travail plus commodément) et aux intrigues qui se trament sans arrêt dans cette ville. Celles-ci m'intéressent davantage, je l'avoue, mais je ne m'y consacre pas corps et âme, comme tant d'autres. En fin de compte, l'objet ultime de toutes ces intrigues est monétaire, ce n'est que l'argent, mais les grosses sommes que manipulent les *colleges* sont toujours institutionnelles, personne ne peut se les approprier ni en tirer profit : moi-même j'ai à ma disposition beaucoup d'argent, j'en manipule beaucoup sous forme de bourses d'études, de recherche et de voyages, mais je ne suis qu'un usufruitier, comme le sont aussi le trésorier et le *warden*. Certains trésoriers ont fait passer par leurs mains et par leurs décisions des millions de livres qu'ils ont même eu la gentillesse de multiplier pendant leur gestion ; et puis, pour payer leur enterrement, il a fallu faire des collectes. Dès que quelqu'un prend sa retraite, ou meurt, l'argent qu'il administre, répartit, distribue, attribue, voit, touche et fait fructifier, disparaît sans laisser aucun bénéfice personnel ni de trace, il passe à un nouvel usufruitier. Ici seules comptent les institutions, et on peut devenir très puissant en tant que membre ou représentant d'une institution, mais on ne peut arriver à rien sans elles ou hors d'elles. C'est pour cela qu'il faut toujours être en bons termes avec le *warden*, et avec le trésorier cela va sans dire. Tout ce que nous avons, tout ce dont nous jouissons, y compris les influences londoniennes, politiques et financières, dure ce que durent notre fonction, notre activité ou notre vie, pas plus. L'une des choses que regrette le plus Toby c'est qu'on ne le consulte plus guère de Londres. La destitution est possible, mais pas l'héritage. C'est sans doute l'une des raisons, à mon avis, de tant de célibat ici. Savoir que, après toute une vie de discipline et de dévouement mais aussi d'autorité et de richesse, on ne pourra laisser à sa famille qu'une misérable pension d'obscur professeur universitaire, n'encourage pas à fonder un foyer. Néanmoins, j'aspire à devenir un jour le trésorier de ce *college*. Je sais qu'il ne me sera pas trop difficile de renoncer à l'argent le moment venu. Je sais surtout qu'il n'y aura aucun fils mal élevé ou trop gâté pour venir me le reprocher, je veux parler de l'extrême pauvreté qui nous guetterait après les années fastes. Il n'y a aucun danger pour que je fonde une famille.

Bursar, c'était le mot très oxonien qu'employait Cromer-Blake pour nommer ce qu'il voulait devenir. « Cromer-Blake ne veut pas me parler ni rien me raconter de Clare Bayes », pensai-je. « Il est capable de pérorer pendant des heures sur n'importe quel sujet pourvu qu'il donne l'*impression* de me parler de Clare Bayes, mais il ne m'a encore pas dit mot de ce que je voudrais entendre ; il est capable de me révéler ses désirs les plus intimes et ses ambitions les plus vraies, de me faire toutes sortes de confessions que je ne lui demande pas pour ne rien me dire de décisif sur son amie Clare Bayes. S'il cherche à me distraire, à me dissuader et à la protéger de toute tentative de séduction de ma part, il se trompe de méthode. Plus il élude ou retarde le moment de me dire ce qui m'intéresse, plus cet intérêt sera grand, urgent, exclusif, total. J'en arrive même à oublier la fille du train, trop potentielle, trop jeune, trop autonome, trop inconsciente de sa propre présence. Clare Bayes n'est pas comme ça. Clare Bayes en sait plus long sur elle-même, et c'est cette connaissance qui rend les personnes attractives, qui leur confère leur valeur : qu'elles puissent se diriger, qu'elles puissent préparer et conduire leurs actions. Ce qui émeut c'est d'agir en sachant que ce que l'on fait ou ne fait pas a un poids et une signification. Le hasard n'émeut pas, et l'innocence ne renferme d'autre promesse que la forme sous laquelle elle cessera de l'être. Clare Bayes doit avoir des amants, même si Cromer-Blake ne veut pas me le dire, sans doute par amitié et respect envers son mari, plus que par discrétion (Cromer-Blake, d'après ce qu'il a raconté, ses besoins et ses goûts, doit être dépendant de l'indiscrétion). Que m'importe à moi son mari, que je ne connais ni — si je peux l'éviter — ne pense jamais connaître ? Que m'importent les liens établis dans cette ville à laquelle je n'appartiens pas et où je ne resterai pas ? Quelle influence ou quel poids peut avoir ce qui s'est passé avant mon arrivée, avant moi ? Ici je ne porte pas la responsabilité d'avoir assisté à quoi que ce soit, je n'ai assisté à rien. Ce lieu immobile s'est mis en marche le jour où j'en ai foulé le sol pour la première fois, mais je ne l'ai su que le soir de cette perturbation. Et une fois que je serai parti, quelle importance aura ce qui se passe maintenant ? Je ne laisserai aucune trace. Pour moi ce territoire est un territoire de passage, mais il s'agit d'un passage suffisamment long pour que je doive connaître ce qui s'appelle *un amour* pendant que je suis ici. Je ne peux me permettre de disposer de tout mon temps et de n'avoir à *qui* penser, parce que sinon, si je ne pense à personne mais seulement *aux choses,* si je ne vis pas mon séjour et ma vie dans le conflit avec quelqu'un ou dans sa prévision ou anticipation, je finirai par ne penser à rien, désintéressé de tout ce qui m'entoure mais aussi de tout ce qui pourrait venir de moi. Peut-être Cromer-Blake a-t-il raison, au moins en partie : peut-être le plus pernicieux, et de plus, impossible, est-il de ne pas penser aux femmes ou dans son cas aux hommes, à une femme, comme s'il y avait une partie de notre cerveau réservée à cette sorte de pensées refusées des autres parties et peut-être même méprisées, mais sans lesquelles elles non plus ne pourraient fonctionner de façon féconde, correcte. Comme si ne penser à personne (même au cas où personne serait multiple) empêchait de penser à quoi que ce fût. C'est au moins ce qui arrive avec les personnes qui ne sont pas sérieuses. Je ne suis pas sérieux, en réalité on ne peut pas me prendre au sérieux, ma pensée est vagabonde, mon caractère faible, mais peu de gens le savent, et, surtout, personne ici ne le sait, sans doute personne ne s'est-il posé la question. Donc, je vais demander directement à Cromer-Blake, profitant du fait que nous sommes soûls et que question d'ivrogne obtient toujours réponse, je vais lui demander immédiatement si Clare Bayes a ou a eu des amants, si elle est amoureuse de son mari, s'il croit que j'ai quelque chance de succès si j'essaie d'en faire la personne à laquelle je penserai pendant les deux ans (bien moins, bien moins) que je vais passer ici. Ces deux années qui seront une perturbation. Puisqu'il est destiné à être l'image paternelle et l'image maternelle, je vais demander conseil à Cromer-Blake et je vais lui demander si je peux être l'usufruitier de Clare Bayes pendant ce temps, simplement l'usufruitier, sans bénéfice personnel ni trace. Je vais le lui demander sur-le-champ, sans reprendre la conversation, à brûle-pourpoint, comme on ne demande jamais en Angleterre mais à Madrid, même si Cromer-Blake vient de dire plusieurs fois le mot *bursar* et semble étranger et à cent lieues de ce qu'il m'intéresse de savoir. Je vais le lui demander sans ambages et il n'aura d'autre solution que de me répondre oui ou non. Il doit bien le savoir, bien qu'il puisse me répondre je n'en sais rien. »

— Clare Bayes a des amants ? dis-je. Et il est certain que quand je l'ai dit je ne m'étais pas encore suffisamment préparé à le dire, cela m'a échappé malgré moi.

— Hein ! dit Cromer-Blake. Oui. Non. Je n'en sais rien.

les explorer exhaustivement, le marché réduit mais puissant et actif qu'elles représentent, en font un domaine sans cesse surprenant et rémunérateur. Pendant mes deux années de battue et de chasse avec mes mains gantées, j'ai trouvé des merveilles introuvables à des prix dérisoires, comme les dix-sept tomes de la première et unique édition complète de la traduction des *Mille et Une Nuits* de Sir Richard Francis Burton (plus connu des libraires sous le nom de Captain Burton), qui fut publiée il y a déjà plus d'un siècle en tirage limité de mille exemplaires numérotés de chaque volume, destinés aux seuls adhérents du Burton Club et avec l'engagement (tenu) de ne jamais l'augmenter ni de la republier : jamais plus, en effet, la totalité de cet exubérant texte victorien n'a été réimprimée, hormis des morceaux choisis ou des éditions bâtardes qui, se prétendant complètes, avaient en réalité été expurgées de tout ce qu'en leur temps on considérait (ou que la femme de Burton considérait) comme des obscénités. Le chasseur de livres est condamné à se limiter, pour ses proies principales, à celles qu'il traque avec le plus d'acharnement mais dans le même temps, il finit par devenir, irrémédiablement, toujours plus indulgent et accommodant avec ses goûts, au fur et à mesure que se développe en lui le virus effréné de la collectionnite. Il en fut ainsi pour moi et en même temps que ma curiosité croissait et se diversifiait, je décidai de prendre cinq ou six auteurs pour objectif systématique et primordial de mes recherches, sans que dans leur choix le désir de lire et de posséder leurs livres intervînt davantage que la difficulté même de les trouver. Des auteurs de second ordre, étranges, ratés, tombés dans l'oubli ou jamais estimés, connus d'un petit nombre et qui le plus souvent ne sont même pas réédités dans leur pays d'origine, parmi lesquels le plus célèbre et le moins secondaire (mais beaucoup plus célèbre dans mon pays que dans le sien) le Gallois Arthur Machen, cet écrivain singulier au style raffiné et aux subtiles horreurs qui, dans une enquête faite auprès de cinquante lettrés britanniques pendant notre Guerre civile, fut l'unique qui, — peut-être pour ne pas renier ses affinités pour la terreur la plus pure — rendit publiques ses préférences pour le parti de Franco. Ses livres, malgré sa célébrité, ne sont pas faciles à trouver dans leurs versions anglaises originales, et encore moins dans d'anciennes éditions très prisées des collectionneurs, de telle sorte qu'à partir d'un certain moment, en vertu du mal que j'avais à trouver les nombreux titres qui me manquaient, je priai quelques libraires de me les réserver s'ils venaient à les rencontrer sur leur chemin et même de me les chercher.

Les bouquinistes anglais voyagent encore à

travers le pays, visitant les librairies vétustes des villes reléguées et des villages perdus, accourant à la maison de campagne d'un mort instruit qui laisse une descendance illettrée, enchérissant avantageusement dans de misérables ventes locales, ne manquant aucune foire aux livres de province, improvisée ou spontanée (se tenant souvent dans des lieux tels que la remise des pompiers, le hall d'un hôtel sans clients ou le cloître d'une église). Ils voyagent et furètent et flairent sans cesse, et c'est pour cela que leur faire part de ce que l'on cherche n'est pas dénué de sens, car il est fort probable qu'ils le trouvent. Parmi ces libraires que j'ai tant fréquentés, il y avait un couple du nom d'Alabaster qui contribua de façon notable aux extravagances de ma bibliothèque. Leur boutique était petite, confortable et sombre, innocente et malsaine, lieu à la fois accueillant et d'épouvante, avec de beaux rayonnages de bois noble complètement gauchis et à peine visibles sous le poids et l'inconcevable désordre de milliers de livres qui, plus qu'ils ne les occupaient, les opprimaient et les ensevelissaient. Ils devaient gagner pas mal d'argent, car à l'intérieur de ce local rance, poussiéreux et obscur, éclairé par deux lampes aux abat-jour de verre jusqu'aux heures les plus claires de la matinée, brillait de sa propre lueur un appareil de télévision qui, en circuit très fermé, leur permettait de voir le sous-sol de la boutique et tout ce qui s'y passait sous son unique ampoule clignotante, sans avoir à descendre et monter l'escalier chaque fois qu'un éventuel acheteur se risquait à l'explorer. Ce couple semblait — comme s'il voulait participer de la modernité avec laquelle sa marchandise était si fâchée — passer la journée à regarder à la télévision (en noir et blanc) ce qu'il avait à quelques mètres sous ses pieds (en couleur). Madame Alabaster était souriante et autoritaire, arborant un de ces sourires anglais que l'on a tant vu prodiguer au cinéma, par les étrangleurs de ce pays quand ils jettent leur dévolu sur une nouvelle victime. D'âge moyen, le cheveu blanc, le regard véhément et les dents rechapées, elle portait en permanence un châle de laine rose, et, assise derrière une table, elle écrivait inlassablement dans un énorme registre de comptabilité. À en juger par son activité constante, seulement interrompue (souvent) pour contempler avec attention et intérêt par l'intermédiaire de son moniteur l'étage inférieur de la librairie (presque toujours vide, où il ne se passait jamais rien), les sommes que manipulait le couple Alabaster devaient être considérables et leur écriture compliquée. Monsieur Alabaster, le mari et titulaire original du nom, était également souriant, mais son sourire correspondait plutôt à celui de l'anonyme victime de l'étrangleur, juste avant qu'elle ne comprenne son sort. C'était un homme bien mis (vêtements sport) et de belle prestance, avec sa chevelure grise intacte et soigneusement peignée et un certain air de vieux conquistador théorique (de ceux à qui l'extraction sociale ou un mariage précoce et sans souplesse n'ont pas laissé éprouver leurs charmes) que n'ont abandonné ni la coquetterie ni le parfum d'eau de Cologne de ses années moins hypothétiques. Mais, bien qu'il fût là invariablement lui aussi, je n'ai pas souvenir qu'il eût jamais répondu à mes questions ni à mes demandes. Il souriait et saluait en homme énergique et vif d'esprit (son attitude tout entière était intrépide) mais pour toute affaire ou réponse, aussi insignifiante qu'elle fût, il s'en remettait à l'autorité et au savoir plus grands de son épouse. Il se tournait vers elle et répétait avec vivacité — en se l'appropriant, comme s'il était lui-même l'intéressé — la question qu'on venait de lui poser, telle quelle (« Est-ce que nous avons reçu quelque chose de Vernon Lee, chérie ? »), se bornant à y ajouter le mot *darling* à la fin. Puisqu'elle bénéficiait de la table et d'un fauteuil confortable, il devait, lui, se contenter pour s'asseoir de l'un des degrés de l'échelle d'où, à mon tour, avec un certain sentiment de culpabilité, je venais souvent le déloger pour fouiner dans les rayons les plus oubliés et inaccessibles. Il restait debout jusqu'à ce que j'aie terminé sur les hauteurs, puis, après avoir passé un chiffon sur le seul degré qui lui servait de siège, il reprenait sa place sans impatience. Chaque fois que j'entrais, je les trouvais ainsi, dans les mêmes position et disposition immuables, elle, écrivant des chiffres dans son grand cahier ou surveillant la télévision de ses yeux véhéments, lui, appuyé tant bien que mal sur l'échelle, les bras croisés (je ne l'ai jamais vu lisant l'un de ses livres ou feuilletant un journal, et encore moins conversant avec madame Alabaster) et dans une attitude d'attente, regardant de la même façon l'étage inférieur (indirectement) comme maximum possible de son activité. La joie et la civilité avec lesquelles monsieur Alabaster saluait chaque client qui entrait indiquait que dans sa passivité subalterne, la simple apparition de quelqu'un à la porte du magasin devait être l'événement du jour, et son chaleureux salut à cette personne, le moment le plus lumineux et sociable de sa journée. Car à la vérité, comme je l'ai déjà dit, il était ensuite incapable de répondre à une question toute simple ou de signaler du doigt (« Avons-nous un rayon voyage, chérie ? ») l'étagère appropriée à ce que recherchait l'acheteur. Absorbé dans l'observation télévisuelle de son sous-sol comme il l'était, j'en vins à me demander si le couple Alabaster n'avait pas la faculté de voir ce qui restait invisible aux autres humains. Plus d'une fois, en inspectant le sous-sol, j'en ai scruté les recoins et le sol plus que les livres, dans l'espoir d'y découvrir quelque animal minuscule qu'ils y auraient gardé ou d'y percevoir la faible respiration d'un fantôme. Je n'ai jamais rien vu ni entendu, de sorte que lorsque je descendais dans cette salle aux toiles d'araignée pour y fouiller dans la pénombre, j'imaginais l'excitation du couple Alabaster, retenant son souffle devant l'apparition de ma propre silhouette — qu'ils venaient de voir là-haut — sur leur morne écran, et plus d'une fois je fus tenté de commettre quelque ânerie, ou de dérober un volume pour leur offrir un peu de diversion ou d'alarme. Je n'allais pas jusque-là, mais j'essayais tout de même de m'amuser et de rendre mes mouvements attrayants, comme de me déplacer à travers la cave de façon rapide et illogique, ôter et remettre mes gants plusieurs fois, ouvrir et refermer mon manteau, me lisser les cheveux, faire beaucoup de bruit en secouant la poussière des livres, les feuilleter avec ostentation ou lenteur, prendre des notes sur mon agenda, taper du pied pour feindre l'impatience ou le doute, tousser, soupirer, marmonner, lancer des exclamations en espagnol et leur en offrir le meilleur choix dans le spectacle exigu que sans doute je donnais à ces deux paires d'yeux (l'une ingénue et l'autre malsaine) qui me scrutaient tandis que je chassais le livre.

Peu de temps après les avoir informés de mon intérêt pour n'importe quel titre de Machen qu'ils pourraient trouver (bien qu'à la vérité, ils ne semblaient pas s'éloigner d'un mille de la ville d'Oxford), je remarquai, pendant plusieurs jours de vagabondages livresques, un individu qui paraissait faire, avec un léger retard, très exactement les mêmes parcours que moi. Je le vis fouiner dans la gigantesque librairie de l'antiquaire Waterfield, à l'étage mystérieux de la boutique de gravures Sanders, chez Swift et chez Titles, voisins de Turl Street, dans la section d'occasion de la monumentale et très complète Blackwell's, dans les trois étages de Thornton's, dans la lointaine Artemis, et même dans la minuscule Classic Bookshop spécialisée dans les textes latins et grecs. Je ne me tiens pas pour piètre observateur, mais je n'avais aucun mérite à reconnaître cet homme : en soi il était assez singulier, mais ce qui attirait le plus l'attention c'était le chien qui toujours l'accompagnait et qui attendait dehors à la porte des librairies. C'était un joli terrier couleur d'acajou et à l'expression éveillée auquel il manquait une patte — la patte arrière gauche —, proprement amputée. C'est pourquoi il attendait toujours couché, mais il se relevait aussitôt qu'il sentait que quelqu'un allait franchir la porte près de laquelle il était resté attaché, persuadé, je suppose, qu'il s'agissait de son bibliomane de maître. Comme d'ordinaire j'arrivais avant lui dans les librairies, j'en sortais aussi avant, et chaque fois le terrier était là, se redressant et laissant voir son petit moignon lisse, comme un aileron atrophié. Alors je lui caressais la tête et le chien retournait s'asseoir. Jamais je ne l'ai entendu aboyer ni grogner qu'il pleuve ou que cingle le vent, jamais je ne lui vis une mauvaise grimace. L'homme qu'il accompagnait, à peu près de mon âge, n'avait pas quant à lui une jambe de moins, mais il illustrait le précepte qui veut que les maîtres présentent une certaine ressemblance avec leurs animaux par une notable claudication, également du côté gauche. Bien que pendant ces deux ou trois jours je n'aie pas eu l'occasion de les voir ensemble (l'homme toujours à l'intérieur et le chien à l'extérieur), il était facile de les associer, et la réitération de leurs deux présences ôtait toute équivoque. L'homme portait des vêtements corrects bien qu'un peu défraîchis, il portait le chapeau avec naturel, et son teint et la couleur de ses cheveux tenaient de l'Irlandais. Il avait attiré mon attention — peu, mais infailliblement — à l'intérieur des librairies, car même dans les plus vastes et les plus labyrinthiques, je m'étais trouvé avec lui à un moment ou à un autre fouillant les mêmes rayonnages. Nous n'avions échangé que des regards fugaces et neutres, c'est-à-dire voilés. Pas un instant il ne m'est venu à l'idée que cet individu avait quelque chose à voir avec mes déambulations imprévisibles, encore moins qu'il était en train de les suivre, bien qu'il fût étrange que, étant si reconnaissable, je ne l'aie jamais vu avant ces jours-là précisément, pas même en me promenant en ville, et qu'en revanche il m'arrivât à présent de le rencontrer assez souvent pour que ces deux silhouettes étriquées, pourtant peu remarquées, m'inquiètent momentanément un peu. Peut-être étaient-ils de passage, un libraire de Londres faisant une battue à Oxford.

Un matin de l'un de ces dimanches bannis de l'infini, je travaillais dans ma maison pyramidale et peu accueillante, et de temps en temps, je quittais des yeux mes papiers pour regarder par la fenêtre, selon mon habitude ce jour-là de la semaine, une jeune et agréable fleuriste gitane qui, chaussée de bottes, vêtue de jeans et d'un blouson de cuir, s'installait régulièrement sur le trottoir d'en face les jours fériés — qu'il pleuve à verse ou qu'il neige — et à qui j'achetais parfois un bouquet pour échanger quelques mots au sein de mon exil. En levant les yeux pour la énième fois pour une brève pause, je vis s'avancer dans la rue qu'on appelle St Giles' l'homme et le chien boiteux, le premier montrant clairement son défaut, le second une remarquable absence. Ils étaient sur le trottoir d'en face, et je pus pendant un bon moment les voir s'approcher en clopinant de l'éventaire de la fleuriste, devant lequel ils s'arrêtèrent. « Cet homme sort le dimanche, pensai-je, quand toutes les librairies sont fermées. » Je le vis ôter son chapeau pour acheter quelque chose ou bien pour parler avec la jeune fille et je revins à mon ennuyeuse tâche universitaire. Quelques secondes plus tard j'entendis sonner à ma porte, et j'ai pensé que ce pouvait être la fleuriste qui venait me demander un verre d'eau, comme elle le faisait quelquefois dans l'espoir d'obtenir à la place un coca-cola ou une bière, mais en levant les yeux avant de descendre je constatai qu'elle était toujours à son poste dans la rue. Je descendis et ouvris, et l'homme au chien sans patte arrière gauche me sourit timidement au pied du perron, son chapeau marron à la main serré contre sa poitrine.

— Bonjour, dit-il. Je m'appelle Alan Marriott. J'aurais dû téléphoner. Mais je n'ai pas votre numéro. Seulement votre adresse. Je n'ai pas non plus le téléphone. J'aimerais parler un moment avec vous. Si vous n'êtes pas trop occupé. J'ai attendu le dimanche. C'est le jour où les gens sont le moins occupés. En général. Pouvons-nous entrer ? Il parlait en ponctuant chaque phrase et avec une rare utilisation des conjonctions, comme si son parler souffrait aussi de claudication. Il ne portait pas de cravate mais en donnait l'illusion, peut-être à cause du chapeau, peut-être parce que sa chemise était bleu nuit et boutonnée jusqu'au cou. Il n'avait rien d'un universitaire pas plus que d'un pauvre ou d'un chômeur. Il portait deux bagues — il avait mauvais goût — à la main qui soutenait le chapeau. Il y avait en lui quelque chose de misérable et d'inachevé, peut-être était-ce seulement dû à sa claudication.

— Voudriez-vous me dire de quoi il s'agit ? Si c'est à propos de religion je n'ai pas le temps.

— Oh ! non. Rien à voir avec la religion. À moins que l'on considère ainsi la littérature. Je ne le crois pas. C'est littéraire.

— Qu'est-il arrivé au chien ?

— Une bagarre.

— Ah bon. Montez et vous me raconterez.

Je les fis entrer et les conduisis vers l'escalier en colimaçon, mais avant de commencer à monter, comme s'il connaissait ou imaginait la maison, le boiteux fit un pas en direction de la cuisine et me demanda poliment :

— Je laisse le chien dans la cuisine ?

J'ai regardé le pauvre tripède, si obéissant et pacifique.

— Non, laissez-le monter, il mérite considération. Il sera mieux avec nous.

Au dernier étage, le troisième, où j'avais ma chambre qui me servait de salon et de bureau, l'homme ne put empêcher son regard de se porter aussitôt sur les rares livres que je conservais à Oxford (à intervalles réguliers je faisais envoyer chez moi à Madrid les volumineux paquets de mes acquisitions) et qui occupaient à peine deux étagères. Je lui demandai, avec ce sens de l'hospitalité latine dont je n'ai jamais pu me défaire, s'il désirait prendre quelque chose, à quoi il répondit que non, plus surpris par mon offre que parce qu'il ne voulait rien. Il était évident qu'il se sentait intrus. Je m'assis sur la chaise sur laquelle je travaillais et lui laissai le canapé. Il n'ôta pas sa gabardine pour s'asseoir, elle était déjà froissée. Le chien se coucha à ses pieds.

— Que lui est-il arrivé ?

— Des voyous à la gare de Didcot. Ils m'ont cherché querelle. Le chien a voulu me défendre. Il en a mordu un. Une mauvaise morsure, il l'a arrangé. À eux tous, ils l'ont pris et l'ont mis sur la voie du train que nous attendions. Au-delà des quais. Moi aussi ils me tenaient. Ils me bâillonnaient. C'était tard dans la nuit. Ils voulaient que le train le coupe en deux moitiés. Longitudinales. Mais quand le train est arrivé ils n'ont pas eu le courage de rester jusqu'au bout les mains si près de la voie. Ce train ne semblait pas vouloir ralentir sa marche. Il ne s'est pas arrêté. Ce n'était pas le nôtre. Le chien a donné un coup de reins et n'a perdu qu'une patte. Vous ne pouvez pas imaginer comme il a saigné. Ils se sont enfuis en courant à travers champs, effrayés. Moi je n'ai reçu que quelques coups de bâton. Ma jambe, c'est la poliomyélite. Je l'ai eue dans mon enfance.

— Je ne savais pas que la gare de Didcot était si dangereuse.

— Seulement les jours de match. Enfin, c'était quand l'Oxford United est monté en première division. Ça ne doit pas arriver souvent.

Je ne pus me retenir de donner quelques petites tapes sur le dos du chien, qui les reçut avec une totale indifférence.

— Il chassait ?

— Oui. Maintenant il ne chasse plus.

— Les livres, peut-être, ajoutai-je sans savoir si je devais le dire.

L'homme eut un léger sourire. Il avait un visage affable, aux yeux bleus très pâles, grands avec un léger strabisme. Il était difficile de les regarder et de savoir où ils regardaient, plus par la transparence de leur iris que pour leur strabisme.

— Oui. Excusez-moi. C'est madame Alabaster qui m'a parlé de vous. Elle m'a donné votre adresse.

— Madame Alabaster ? Ah, oui, je la lui ai laissée pour qu'elle puisse m'aviser au cas où elle me trouverait des livres. Je me demande si elle a bien fait de vous la transmettre.

— Je sais. Ne lui en tenez pas rigueur. Vous devez l'excuser. Elle me connaît bien. Elle m'a parlé de vous et j'ai manifesté le désir de vous rencontrer. J'ai beaucoup insisté. Ces derniers jours, je vous ai suivi dans les librairies. Je ne voulais pas vous aborder dans la rue. Vous avez dû vous en rendre compte.

— Suivi. Dans quel but ?

— Pour voir ce que vous achetiez et comment vous achetiez. Combien de temps vous passiez à inspecter les rayons et combien vous dépensiez. Pour quoi vous dépensiez. Vous êtes espagnol, je crois ?

— Oui, de Madrid.

— Arthur Machen est-il connu là-bas ?

— On a traduit certaines choses. Borges a écrit sur lui et en a fait beaucoup d'éloges.

— Je ne sais pas qui est Borges. Vous devriez me donner les références. C'est au sujet de Machen. Pour ça que je suis venu vous voir. Madame Alabaster m'a dit que vous étiez à la recherche de ses livres.

— C'est vrai. Vous pouvez m'en procurer ? Je n'ai pas trouvé grand-chose pour le moment. Vous êtes libraire ?

— Non. Mais je l'ai été pendant quelques années. Ce n'est pas facile de tomber sur du Machen actuellement. Je l'ai presque au complet. Pas tout. Mais si vous trouvez un de ses titres qui ne vous intéresse pas ou que vous ayez déjà, achetez-le pour moi de toute façon. S'il n'est pas cher. Je leur trouve toujours un destinataire. Je n'ai jamais vu non plus *Bridles and Spurs.* Ce sont des essais. Il a été publié en Amérique. Alan Marriott se tut, et comme je ne dis rien, il parut soudain déconcerté. Il se mit à tourner et retourner son chapeau marron dans ses mains. Il regardait vers le sol, puis vers la fenêtre. Je me suis demandé s'il voyait la fleuriste de là où il était. Mais il ne pouvait pas la voir. Il arrangea sa gabardine. Le chien bâilla. Enfin Marriott dit :

— Avez-vous entendu parler de la « Machen Company » ?

— Non, qu'est-ce que c'est ?

— Je ne peux pas encore vous le dire. Je voulais savoir si vous en aviez entendu parler. Pour pouvoir vous en parler il faudrait que je sache s'il vous intéresserait d'en faire partie. Nous n'avons personne en Espagne. Ni en Amérique du Sud. Vous allez retourner en Espagne, n'est-ce pas ?

— Oui, dans un an et quelque, pas à la fin de cette année universitaire mais de l'autre.

— Ce n'est pas pressé.

— J'y vais aussi de temps à autre, pendant les vacances. J'enseigne ici, à l'université. Écoutez, il m'est un peu difficile de savoir si je veux faire partie d'une chose dont j'ignore en quoi elle consiste.

— Oui, je comprends. Mais c'est comme ça. Ce qui compte, c'est le nom. La réaction au nom. On réagit toujours aux noms. Ils en disent long.

— Pouvez-vous au moins me dire ce que je devrais faire ?

— Oh ! en principe payer seulement une modeste cotisation, dix livres par trimestre. Vous figureriez alors sur la liste. Nous sommes presque cinq cents en Angleterre. Davantage au pays de Galles. Il y a des personnes éminentes.

— Cinq cents macheniens ? Et quel bénéfice en tirent-ils ?

— Ça dépend. Selon les années. Pour le moment vous recevriez des bulletins. Des publications aussi. Pas régulières. Quelques-unes sont réglées à part. Mais elles ne sont pas chères, on fait des remises et il n'y a pas obligation d'achat. J'ai déjà douze ans d'ancienneté.

— Mes compliments. Et il ne vous est rien arrivé depuis, à part l'histoire du chien à Didcot. Rien que des coups de bâton, hein ?

— Que voulez-vous dire ?

— Rien de grave, je veux dire.

— Oh ! non, absolument pas. Vous ne courriez aucun danger, si c'est ce que vous voulez sous-entendre. Ça n'a aucune incidence sur la vie. Il y a des personnes éminentes.

— Aucune horreur ? Aucune terreur ? La Machen Company ?

Marriott se mit à rire.

— Je prendrais bien une bière maintenant, si ce n'est pas abuser. Il avait des dents très écartées ; sa bouche, rétrospectivement, réclamait à grands cris un appareil dentaire. Il tira de la poche de sa veste un kleenex et il essuya quelques larmes qui, curieusement, avaient jailli de ses yeux pâles pour un simple éclat de rire. Je lui montai une bière qu'il but presque d'un trait, tout écume. Puis il parla avec plus de fluidité : — Les horreurs de Machen sont très subtiles. Elles dépendent pour une large part de l'association d'idées. De la conjonction d'idées. De la capacité à les réunir. Vous pouvez fort bien ne jamais associer deux idées de telle façon qu'elles révèlent leur horreur, l'horreur de chacune d'elles, et ainsi ne pas vous en rendre compte de toute votre vie. Mais vous pouvez tout aussi bien vivre constamment dans l'horreur si vous avez le malheur d'associer continuellement les idées complémentaires. Par exemple, cette jeune femme qui vend des fleurs en face de chez vous. Il n'y a rien de terrible en elle, en soi, elle ne peut inspirer l'horreur. Au contraire. Elle est attirante. Elle est sympathique et aimable. Elle a caressé le chien. Je lui ai acheté ces œillets — et à ces mots il tira deux œillets de la poche de sa gabardine, pliés et déjà à demi aplatis, comme si cet achat n'avait été qu'un prétexte pour parler avec la fleuriste. Mais cette jeune femme peut inspirer l'horreur. L'idée de cette jeune femme associée à une autre idée peut inspirer l'horreur. Vous ne le croyez pas ? Pour l'instant nous ne savons pas quelle est l'idée qui manque, l'idée adéquate pour nous l'inspirer. Son complément terrifiant. Mais il est certain qu'il existe. Il doit exister. Il suffit qu'il apparaisse. Il peut aussi ne jamais apparaître. Ce pourrait être, qui sait, mon chien. La fille et mon chien. La fille avec sa longue chevelure châtain et ses bottes et ses longues jambes pleines et mon chien sans sa patte gauche. Alan Marriott regarda son chien, qui s'était assoupi ; il regarda le moignon du chien. Il le toucha un instant. — Que le chien soit avec moi, c'est normal. C'est nécessaire. C'est étrange si l'on veut. Je veux dire tous les deux ensemble. Mais il n'y a pas d'horreur en cela. Que le chien soit avec elle serait plus litigieux. Ce serait peut-être terrifiant. Le chien *est* sans patte. S'il lui avait appartenu, il ne l'aurait sûrement pas perdue dans une bagarre stupide à la suite d'un match. Ça c'est un accident. Les risques du métier de chien d'un homme boiteux. Mais avec elle peut-être l'aurait-il perdue pour une autre raison. Le chien *est sans patte.* Pour une raison plus importante. Plus grave. Pas par accident. Il est difficile d'imaginer cette jeune fille dans une bagarre. Peut-être l'aurait-il perdue par *sa* faute. Peut-être, pour que ce chien ait perdu sa patte en appartenant à cette fille, aurait-il fallu qu'elle l'ampute elle-même. Comment sinon un chien bien protégé, soigné et chéri par une fille aussi attirante et sympathique qui vend des fleurs, pourrait-il perdre une patte ? Cette idée est horrible. C'est horrible l'image de cette fille coupant une patte à mon chien de ses propres mains, le voyant de ses propres yeux, assistant à la chose. Les dernières phrases d'Alan Marriott rendirent un son légèrement indigné ; indigné contre la fleuriste. Il s'interrompit. Il semblait s'être effrayé lui-même. — Laissons cela.

— Non, continuez, vous êtes sur le point d'inventer une histoire.

— Non. Laissons cela. Ce n'est pas un bon exemple.

— Comme vous voudrez.

Alan Marriott mit ses mains dans les poches de sa gabardine, montrant ainsi qu'il prendrait appui sur elles pour se relever.

— Alors ?

— Alors quoi ?

— Ça pourrait vous intéresser d'en faire partie ?

Je passai un doigt entre le nez et la lèvre supérieure, comme je le fais chaque fois que j'hésite. Je répondis :

— Il se pourrait que ça m'intéresse. Écoutez, faisons de la façon suivante, si vous le voulez bien. Je vous donne dès maintenant les dix livres du premier trimestre et je suis sur la liste, avec les personnes éminentes. Plus tard je vous ferai savoir si ça m'intéresse de continuer.

— Quand ? Ne pensez pas qu'il n'y ait que des personnes éminentes.

— Dans peu de temps. Disons, dans les trois mois couverts par ma cotisation d'aujourd'hui.

Alan Marriott fixa son regard sur les deux billets de cinq livres que j'avais sortis d'un tiroir et qu'en disant cela j'avais posés sur la petite table basse. Je crois qu'il les regarda fixement, ses yeux hyalins trompaient beaucoup.

— Ce n'est pas l'usage. Mais vous êtes étranger. Nous n'avons personne en Espagne. Ni en Amérique du Sud. Je vais vous laisser mon adresse. Pour le cas où vous trouveriez quelque chose de Machen en double. Ou *Bridles and Spurs.* Ou bien son introduction à *Above the river*, de John Gawsworth. Très difficile de trouver tout Gawsworth. Je vous note tout cela. Je vous les paierai. Si ce n'est pas trop cher. Pas plus de vingt-cinq livres. Première édition. Je n'habite pas loin. Il écrivit rapidement sur un papier froissé, me le tendit, prit les billets et les mit dans sa gabardine. Il profita de ce qu'il avait à nouveau les mains dans ses poches pour s'y appuyer carrément et se lever. — Vous voulez un reçu pour l'adhésion ?

— Non, je ne pense pas que ce soit nécessaire. Je suis sur la liste, n'est-ce pas ?

— Vous êtes sur la liste. Merci. J'espère que

vous y resterez. Je ne vous retarde pas davantage. Et excusez-moi de ne pas avoir téléphoné. Je n'ai pas votre numéro. Ni le téléphone chez moi. Je crois bien que je vais le demander. Bientôt. Allons-y, dit-il au chien qui se redressa sur ses trois pattes et secoua son sommeil. Marriott prit son chapeau.

Je ne lui donnai pas mon numéro. Ils descendirent tous les deux et je les raccompagnai jusqu'à la porte. Moi qui n'avais jamais été membre de quoi que ce fût à Madrid, j'étais devenu en quelques mois membre de la congrégation oxonienne en vertu de mes fonctions, membre de St Antony's College, auquel la Tayloriana m'avait inscrit d'office étant étranger, membre de Wadham College, auquel par caprice m'avait inscrit Aidan Kavanagh, le chef de mon département, et membre de la Machen Company, où je m'étais inscrit moi-même ignorant à quelle fin et sans rien en savoir. Je les vis s'éloigner sur mon trottoir, de nouveau en direction de St Giles' de la démarche titubante des ivrognes dans cette monumentale et large rue elle aussi bannie de l'infini. L'heure du déjeuner approchait. Avant de refermer la porte je saluai de la main la fleuriste gitane, qui déjà dévorait un sandwich. Elle n'était pas aussi attirante que l'avait dit Marriott. Elle avait de grandes dents, son sourire était énorme, on le voyait de loin, mêlé à la salade. Moi, je l'imaginais bien au milieu d'une dispute dans la gare de Didcot ou dans n'importe quel autre endroit, avec son blouson de cuir noir et ses cheveux crépés, donnant des coups de pied avec ses bottes, mordant — comme le chien — avec ses grandes dents. Elle se nommait Jane, elle était bête et charmante et moi je savais qu'elle était mariée, à dix-neuf ans, avec l'homme — pour moi invisible : jamais il ne descendait l'aider — qui tous les dimanches et jours fériés la déposait et la reprenait en face de chez moi, avec sa marchandise, dans une camionnette propre et moderne. Son mari aurait pu couper la patte du chien.

De retour en haut, je pris sur le canapé que Marriott avait occupé sa boîte de bière, son kleenex mouillé de larmes et, encore réunis dans leur papier d'argent, les deux œillets brisés qu'il avait sortis pour les oublier. J'ai regardé ces trois choses tandis qu'elles tombaient dans la boîte à ordures en ce dimanche de mars de ma première année universitaire à Oxford.

À présent je m'y intéresse moins, j'utilise pendant des semaines et même des mois la poubelle sans y faire attention, il m'arrive même de n'y prêter aucune attention ou alors de temps en temps, une seconde, comme lorsqu'on se remémore quelque chose de si répudié ou éteint qu'on s'empresse d'en fuir l'idée pour qu'il n'ait plus aucune possibilité d'existence et qu'il s'assimile à ce qui n'a pas été. À ce qui n'a pas eu lieu. Dans le bref laps de temps écoulé depuis que j'ai abandonné la ville d'Oxford, trop de choses ont changé ou commencé ou cessé d'être.

À présent je ne vis plus seul ni à l'étranger, je me suis marié et j'habite à nouveau Madrid. J'ai un fils. Ce fils est encore très petit, il ne parle ni ne marche et bien sûr n'a pas de mémoire, je ne comprends pas encore très bien, je ne sais pas comment c'est arrivé, il me semble extérieur à moi, étranger et autrc, bien qu'il vive avec nous nuit et jour, il ne s'est pas absenté une minute depuis qu'il est né et pour lui il n'y aura pas de date de péremption, comme il peut y en avoir pour sa mère ou pour moi-même, comme il y en a eu pour Clare Bayes ou pour moi-même (peut-être) il y a maintenant deux ans et demi, au terme de mon séjour à Oxford. En revanche, pour lui il n'y a pas d'échéance. Il y a peu de temps, *il n'était pas.* Maintenant c'est un enfant éternel. Parfois je regarde cet enfant de quelques mois et je me rappelle les mots d'Alan Marriott, je me demande ce qui manque à cet enfant pour inspirer de l'horreur, ou de *qui* il peut bien être le complément qui fera que ce *qui* en inspirera, imaginer pouvoir être moi-même — son père — l'idée précise, l'idée complémentaire pour que nous fassions naître l'horreur, me préoccupe. Lui, l'idée complémentaire pour que je la fasse naître moi. Je le regarde endormi. C'est un enfant tout à fait normal jusqu'à présent. Lui, tout seul, ne peut inspirer l'horreur ; au contraire, sa mère et moi, aussi bien que toutes les personnes qui nous entourent et nous rendent visite ici à Madrid, éprouvons envers lui un sentiment protecteur tel qu'en suscitent les enfants en bas âge. Ils paraissent fragiles. Et l'on ne protège pas ce qui inspire l'horreur, encore que je me demande si l'horrible ne pourrait pas être protégé par ce qu'Alan Marriott a appelé son complément terrifiant, par la personne ou la chose qui révèle ou provoque l'horreur par son association, sa conjonction avec lui. Comme le chien aurait protégé la fleuriste et la fleuriste le chien dans l'exemple pris par Alan Marriott. Ce fils est très aimé par sa mère et par moi, je le crois (pour sa mère il doit être une déité transitoire condamnée à cesser de l'être), mais il devient obsessionnel, comme je suppose que doivent l'être tous les enfants dans les premiers mois, et il y a des jours où je souhaiterais non pas qu'il disparaisse — ce n'est absolument pas cela, ce serait la dernière chose, nous deviendrions fous —, mais revenir à la situation *d'être sans enfants*, d'être un homme sans prolongement, pouvoir incarner toujours et sans mélange la figure filiale ou fraternelle, les vraies, les seules auxquelles nous soyons habitués, les seules dans lesquelles nous soyons ou puissions être installés naturellement dès le début. Assumer l'image paternelle ou maternelle est un don du temps, sans doute un devoir du temps. Cela requiert adaptation et concentration, c'est quelque chose qui *vient*. Je ne comprends pas bien encore que cet enfant soit là et y soit en permanence, sa durée incroyable annonçant qu'il nous survivra, ni que je sois son père. Aujourd'hui je suis sorti seul pour des entretiens et quelques affaires (quelques affaires de beaucoup d'argent : cela aussi a changé, maintenant je gagne et je manipule beaucoup d'argent, pas comme un *bursar* cependant), et au milieu d'un de ces entretiens j'ai oublié totalement l'existence de l'enfant. Je veux dire que j'ai oublié qu'il était né, son nom, son visage, son bref passé auquel j'ai la responsabilité d'avoir assisté, non pas que j'aie détourné de lui mon attention pendant un moment, ce qui est non seulement normal, mais bénéfique pour tous deux. L'enfant — véritablement — ne comptait pas. Je n'ai pas oublié, en revanche, ma femme, pour qui il n'y a jamais eu non plus et il n'y a pas de date de péremption prévue, alors qu'il y en avait une pour Clare Bayes dès l'instant où j'ai posé mon regard (avec une admiration sexuelle, que j'ai aussi pour Luisa) sur son beau visage sculpté, ligneux, équilibré, et son décolleté nocturne de si bon goût. (Après tout, il n'y a pas si longtemps que je connais ma femme, j'aurais aussi bien pu l'oublier et pourtant je ne l'ai pas fait.) Ainsi, ce matin, pendant que je parlais avec un financier nommé Estévez, la cinquantaine et extraverti (« *impulseur* », comme il se plut à se désigner trois ou quatre fois), l'enfant s'est assimilé à ce qui n'a pas existé, plutôt qu'à ce qui a cessé d'être. Pendant au moins quarante-cinq minutes, et pendant que l'« impulseur » Estévez charmait mes oreilles et me faisait des propositions magnifiques, j'ai cru que je n'avais pas de fils, et j'ai fait mentalement des projets avec ma femme (de voyages surtout) comme si cet enfant qui ne sait pas encore parler ni marcher n'existait absolument pas. Sa vie a été littéralement effacée de mon cerveau pendant pas moins de quarante-cinq minutes. Elle a disparu, a été annulée. Puis, sans que rien de particulier ni de concret ne me le rappelle, je me suis souvenu de lui. « L'enfant », me suis-je dit. Son souvenir ne m'a pas gêné — je m'en suis réjoui —, ni le fait de défaire les plans que j'avais rapidement tracés pendant ma conversation avec l' « impulseur » Estévez, un individu très stimulant et enthousiaste. Ça ne m'a pas du tout contrarié. En revanche, ça m'a tracassé et je me suis senti coupable de l'avoir oublié, et ceci me fait me redemander aujourd'hui, comme d'autres fois quand je le regarde dormir, si je ne serais pas son complément terrifiant, si je ne serais pas destiné à l'être puisque je suis capable d'oublier totalement son existence si peu de mois après sa naissance. Ceci n'est peut-être pas un indice, ça peut arriver à n'importe qui, mais l'oubli provoque la rancœur, et la rancœur l'horreur. Lui m'oubliera, parce qu'il ne m'a pas connu dans mon enfance ni dans ma jeunesse. Il y a quelque temps j'ai demandé à ma femme, qui est assez objective et sereine dans sa maternité, si elle croyait que cet enfant vivrait toujours avec nous, tant qu'il était enfant ou très jeune. Elle était en train de se déshabiller pour se coucher, elle venait de dénuder son torse aux seins grossis par la maternité.

— Bien sûr, qu'est-ce que c'est que ces bêtises, me répondit-elle, et avec qui sinon ? Et elle ajouta sans interrompre ce qu'elle faisait, en enlevant son collant sombre : — S'il ne nous arrive rien.

— Que veux-tu dire ?

Elle était presque nue. Dans une main elle avait le collant, dans l'autre la chemise de nuit. Elle était presque nue.

— Rien de grave, je veux dire.

Le fils de Clare Bayes ne vivait pas avec elle et son mari. Ou, plus exactement, il n'était généralement avec eux à Oxford que pendant les vacances, quand il revenait de son collège de Bristol. Il étudiait là-bas parce qu'il était prévu qu'à partir de ses treize ans il fréquenterait l'illustre et très cher collège Clifton, sur les bords de l'Avon, à proximité de Bristol où son père avait étudié, et pour que le plus tôt possible il s'habitue aux lieux et à l'éloignement du foyer parental. Ses vacances, beaucoup plus courtes que les miennes et celles de ses parents (à Oxford, les cours ont lieu pendant trois périodes de huit semaines exactement — Michaelmas, Hilary, Trinity — et le reste est loisir pour ceux qui, comme moi, n'ont pas à assumer de tâche administrative ou à faire passer d'examens), me trouvaient habituellement hors de la ville, en visite à Madrid ou voyageant en France, au pays de Galles, en Écosse, en Irlande ou même en Angleterre. Jamais je ne suis resté à Oxford sans y être obligé. Enfin, une seule fois, à la fin. Par conséquent, je ne m'y suis jamais trouvé en même temps que le fils de Clare Bayes, ce qui était pour moi le plus commode, et pour notre adultère, je suppose, le plus adéquat. Il ne faut pas mêler les enfants à tout cela. Ils sont inquisiteurs et montrent trop de sensiblerie. Ils s'alarment et dramatisent. Ils ne supportent ni la pénombre ni l'ambiguïté. Ils voient du danger partout, même où il n'y en a pas, ce qui fait qu'aucune situation dans laquelle il y en a vraiment ne leur échappe, pas même une situation simplement trouble ou irrégulière. Il y a déjà plus d'un siècle qu'on a cessé de les éduquer dans le but d'en faire des adultes. C'est tout le contraire, et le résultat en est que les adultes de notre époque ont été éduqués — nous sommes éduqués — pour rester des enfants. Pour s'émouvoir d'une compétition sportive et être jaloux de tout. Pour vivre constamment en alerte et tout vouloir. Pour craindre et enrager. Pour être timorés. Pour s'observer. Parmi nos pays, c'est l'Angleterre qui a le moins suivi cette tendance moderne, et jusqu'à une époque très récente, elle fustigeait avec délectation et rigueur ses rejetons les plus tendres, avec les inévitables déviations que tout le monde connaît (sexuelles) chez ses citoyens les plus impressionnables. Au collège de Bristol, cependant, et aux dires de Clare Bayes, on n'employait plus les verges, et je supposais que son fils Eric non seulement ne devait plus souffrir beaucoup dans sa vie scolaire, comme ses prédécesseurs réels et de fiction, mais devait jouir chez lui des privilèges inouïs réservés aux enfants qui sont internes la plus grande partie de l'année. Malgré son manque d'égards et son naturel expansif, Clare Bayes avait la délicatesse de ne pas trop parler de lui, au moins avec moi qui, sans le connaître, ne pouvais que voir en lui la trace ou le témoignage vivant de son amour passé. Les amours passées offensent toujours les nouveaux amants, aussi mortes soient-elles. Beaucoup plus que les désaffections, même si celles-ci sont très présentes et vives et sont une gêne pour la vie pratique. Mais avec moi, tout au moins, Clare Bayes ne parlait de son fils que quand je l'interrogeais.

Pendant ma deuxième et dernière année universitaire à Oxford, au début du faux trimestre nommé Trinity et dont les huit semaines précises s'étendent sur avril, mai et juin, le fils de Clare Bayes tomba malade dans son collège de Bristol et Clare et Edward Bayes durent aller le chercher. Il resta en convalescence à Oxford pendant quatre semaines, et pendant ce temps de repos et de rétablissement je cessai presque totalement de voir Clare Bayes. Comme je l'ai déjà dit ailleurs, ce n'est pas que nous nous voyions avec grande régularité ni excessive continuité, mais il est vrai que — à l'exception des vacances — jamais depuis que nous avions fait connaissance nous n'étions restés plus de sept jours sans nous rencontrer au moins une fois, ne serait-ce qu'une petite demi-heure turbulente et rapide entre deux cours. Ces quatre semaines (et peut-être les suivantes ne furent-elles pas meilleures) furent la pire période de tout mon séjour à Oxford. Non seulement je fus plus seul et plus oisif (pendant le dernier trimestre beaucoup de cours sont négligés ou finissent par être supprimés pour laisser le temps aux élèves de préparer leurs examens et aux *dons* de préparer les questions les plus criminelles), mais je découvris avec déplaisir que la légère et sporadique jalousie que de temps en temps j'éprouvais envers Edward Bayes (ou envers l'amour passé, non reporté sur moi) s'intensifiait envers son fils Eric et les soins que sa mère lui prodiguait à mon détriment. C'est elle qui prit la décision de ne plus me voir tant que le fils Eric serait dans la ville, et bien que sa maladie ne fût pas grave mais seulement lente (à partir de la deuxième semaine il put sortir, prudemment), Clare Bayes se mit en tête de compenser auprès de lui les nombreux mois qu'il passait loin d'elle. Mettant à profit sa maladie, elle voulut l'éduquer un peu et le rendre plus enfant. Alimenter sa rétine, accumuler des images. C'est ce que j'en concluais.

Je l'appelais à son bureau tous les deux ou trois jours (la seule chose qu'elle me permettait) sous prétexte de savoir comment allait l'enfant et dans l'intention de lui arracher un rendez-vous rapide — une turbulence — au moment qu'elle choisirait. Jamais je ne fus plus disponible et mieux disposé, jamais je ne lui avais donné tant de facilités, qui furent toutes — l'une après l'autre, jour après jour — déclinées. Jamais non plus je ne fus plus ardent (mais verbalement). Clare Bayes ne voulait aucune distraction ou interférence adulte tant que l'enfant Eric serait chez elle. Elle était disposée à recevoir mes appels, et même à m'appeler elle-même pour me donner le bulletin de santé, croyant ou feignant de croire que j'étais réellement préoccupé par ce processus infectieux ou cet os brisé (je ne me souviens même plus pour quelle raison l'enfant était revenu, prêtant si peu d'attention aux explications) qui devait être combattu ou qui devait se ressouder dans le corps de celui qui pour moi n'était qu'un intrus inconnu. Mais elle ne consentait pas à me voir, et quand nous nous rencontrions dans la rue ou dans les couloirs pleins d'écho de la Tayloriana, elle me saluait avec encore plus de mesure et de tiédeur qu'elle ne m'en montrait — par précaution, bien qu'irréfléchie — normalement en public. Et elle passait son chemin. En une attitude un peu trop méridionale, je me retournais pour voir ses jambes un peu musclées et fermes sur ses talons hauts. Elles n'apparaissaient plus jamais sveltes et presque puériles dans leurs mouvements : je ne la voyais pas nu-pieds. Je ne pouvais pas la saisir par le bras et l'obliger à s'arrêter et lui adresser des reproches comme je l'ai vu faire au cinéma aux amants désespérés, car dans les rues d'Oxford (a fortiori dans les couloirs pleins d'écho de la Tayloriana) à chaque instant il y a de nombreux *dons* ou collègues (la ville dominée leur appartient), qui sous le prétexte d'aller d'un *college* à un autre ou d'une réunion dans un bâtiment à une autre dans un second, lambinent devant les vitrines des boutiques ou les affiches des théâtres et des cinémas (rares, mais suffisants) ou organisent d'interminables échanges de saluts et d'impressions (universitaires). (Peut-être sont-ils en train d'espionner.) Et à la Tayloriana on entend toujours, comme un murmure métallique, de loin, le fil de la voix exaltée et presque colérique du professeur Jolyon dictant ses cours magistraux dans l'ostracisme (pieux) du dernier étage. D'autre part, je n'étais pas précisément désespéré. Clare Bayes m'avait interdit son bureau de Catte Street tant que durerait cette situation, et bien entendu m'avait interdit de l'appeler chez elle, même aux heures où l'absence d'Edward était garantie. De toute façon, la présence ou non de son mari n'avait plus d'importance, car l'enfant Eric était toujours là. Je ne pouvais porter plus profonde antipathie (par avance) à cet enfant Eric qui me privait soudain de l'unique affection — instable, précaire, sans avenir, mais la seule manifeste — dont j'avais joui en cette ville statique et conservée dans le sirop. Mais je n'allais pas jusqu'à être désespéré (précisément).

Pendant ces quatre interminables semaines de printemps, j'intensifiai mes vagabondages à travers la ville à la recherche de livres rares, et cette intensification non désirée, artificielle et finalement maladive eut pour conséquence d'amener ma perturbation et mon identité brumeuse à leur point culminant.

La ville d'Oxford, surtout quand arrive ce que là-bas on est bien obligé de considérer comme les beaux jours, c'est-à-dire Trinity, est peuplée, ou plutôt, est bondée de clochards. Pendant tout le printemps et une partie de l'été la ville, qui aux autres saisons en compte déjà un bon nombre, voit sa population clocharde augmenter de façon démentielle et démesurée. On a l'impression qu'il y a presque autant de clochards que d'étudiants. Ces derniers sont la cause principale de la prolifération des premiers, qui forment une véritable armée d'occupation (indisciplinée). Si les clochards anglais, gallois, écossais et même irlandais abandonnent leurs respectifs refuges ou quartiers d'hiver et tous comme un seul homme entreprennent le pèlerinage ou la marche sur la ville d'Oxford quand vient le printemps (en fait, ce sont leurs vagues qui l'annoncent), c'est parce qu'Oxford est une ville fortunée — très riche —, parce que s'y trouvent une ou deux maisons de bienfaisance ou asiles où on leur fournit un repas quotidien et parfois un lit pour les moins noctambules, et, principalement, parce que la grande majorité de ses habitants a un cœur jeune et novice. Ces clochards britanniques qui envahissent les villes plus prospères du Sud dès que le climat commence à convertir leur pavé ou leur asphalte en une couche acceptable (ou plutôt leurs bancs), n'ont rien à voir avec ce que nous appelons les vrais pauvres dans nos pays méridionaux, lesquels gardent toujours à la conscience (un reste) que ce sont eux qui *demandent* l'argent même s'ils le considèrent comme *dû*. Ces clochards britanniques et irlandais sont revêches et sauvages et grands ivrognes. Jamais je ne les ai vus demander quoi que ce soit, bien que cela ne veuille pas dire non plus qu'ils l'exigent. Simplement, ils ne parlent pas, ne disent rien, n'agissent pas selon une règle séculaire, ils ne font jamais mention de leur rôle ni de leur signification, mais tiennent pour acquis que leur attitude et leur apparence (à l'évidence indigente) équivalent largement par elles-mêmes au geste de la main tendue et aux phrases quémandeuses consacrées. Jamais ils n'exposeront leur cas ni ne raconteront une histoire : ils ignorent la verve. Ils sont quasiment aphones. Ils sont « interjectifs ». Il y a chez eux, je crois, une pointe de paresse et une pointe d'orgueil, d'ennui et de fatalisme. Il est fort probable que s'ils ne demandent pas c'est parce que celui qui demande ne peut — à moins que la demande soit feinte, le premier pas sournois d'une agression en règle — arborer en même temps l'air insolent, dégoûté, querelleur et farouche qui les caractérise. Ils ne sont pas humbles, ils manquent de fourberie. Cela ne les intéresse pas. Sans la moindre toilette ou son simulacre, le regard perdu au fond de cernes noirs, avec de longues barbes et des tignasses préhistoriques, les vêtements troués ou effilochés ou déchirés (mais tous en veste ou manteau, pratiquement aucun en anorak ou chandail ou autre vêtement plus sport), ils sont de tous âges et tous sont infatigables. Aucun n'est sédentaire. Déambulant en brandissant des bouteilles de bière, de gin ou de whisky de leurs mains oubliées de l'eau, ils ne restent au même endroit que le temps de vider assis une bouteille ou lorsqu'ils tombent fourbus après une marche interminable. Les clochards oxoniens semblent possédés par une rage ou une fièvre pérégrine qui les pousse à parcourir la ville entière plusieurs fois par jour de leurs longues enjambées, invectivant au passage, faisant des gestes provocants ou obscènes, marmonnant des injures, des blasphèmes et des malédictions inintelligibles à qui les croise. Les clochards oxoniens vaguent. Ils sont les seuls, de toute l'agglomération, à ne pas savoir où ils vont et ils passent et repassent par les rues grises et rougeâtres, sous la pluie ou les nuages bas. De temps à autre l'un d'eux s'arrête pour vomir dans l'Isis, du haut d'un pont, ou rôde quelque temps à la porte d'un *pub* pour le cas où un client pressé (de ceux qui sortent pour boire au frais) laisserait un fond généreux de quelque liqueur à portée de sa main fuligineuse. Mais pour le reste ils ne s'arrêtent jamais, ils vagabondent. Certains œuvrent, pour ainsi dire, à autre chose qu'à cultiver leur aspect nécessiteux et ont tendance à se fixer dans un même lieu, ou du moins ils traînent quelque chose dans leur vagabondage (leur outil de travail) : ce sont ceux qui jouent d'un instrument ou possèdent un animal savant, ou font de gauches tours de jonglerie ou chantonnent une ballade, ou disent la bonne aventure (ceux-ci excessivement rares, il n'y a là-bas presque aucune clientèle, pas plus que de curiosité pour l'avenir). Ces clochards actifs sont les plus riches et par conséquent les plus haïs par leurs collègues moins doués. J'ai vu comme deux d'entre les plus farouches et errants (toujours barbus) sont tombés un soir sur un petit homme déjà âgé à qui j'avais coutume de donner quelques pièces pour son apparence proprette et pacifique et parce qu'il tirait d'un orgue de Barbarie — il l'avait sauvé, disait-il, d'un brasier portuaire à Liverpool — des « chotis » madrilènes. Avancer dans Cornmarket et entendre au loin le son vibrant d'un orgue de Barbarie jouant des « chotis » déclenchait en moi une hilarité seulement comparable à celle que me causaient les groupes enjoués de touristes espagnols que je croisais parfois le samedi et qui invariablement tapaient dans leurs mains, comme ils le font d'habitude à l'étranger (battements clairs[1]). Je ne pouvais donc faire moins que de m'approcher de l'orgue de Barbarie à chaque fois qu'il accrochait mon oreille, même s'il n'était pas vraiment sur mon chemin, et de donner quelques pennies, toute la monnaie que j'avais. Ce soir-là, disais-je donc, j'ai vu comme ces deux barbus bestiaux rossaient le vieux et son instrument madrilène. Je courus vers eux plein d'indignation et de panique, leur criant des monstruosités, en espagnol, et ce fut probablement la sonorité d'une langue étrangère et adaptée à l'insulte

1. Terme propre au flamenco : accompagnement rythmique obtenu en frappant dans ses mains, doigts contre paume et s'opposant au paume contre paume, plus sourd.

(je crois que notre mot *culo* leur fit grande impression) qui les fit fuir avant que je n'aie eu le temps d'arriver assez près d'eux pour qu'ils me rossent aussi (sans compassion), ce qui aurait été un sort normal : je ne suis ni très fort ni très vaillant. Ni l'orgue de Barbarie ni le vieux ne subirent, heureusement, de dommages irréparables. Quelques minutes plus tard je les vis disparaître vers St Aldate's, légèrement titubants, alors que le soir finissait de tomber. Il était rouge et je respirais nerveusement.

Mais là où je montrais peut-être plus de vaillance et de force c'était pour reconnaître et me rendre compte que je leur ressemblais de plus en plus, aux clochards, bien que le plus grand ennemi du gueux oxonien soit précisément le professeur ou *don* oxonien qui, contrairement aux étudiants, a le cœur vieux et endurci et chasse les quémandeurs par des propos véhéments et par le vol rasant de sa toge fouetteuse. J'étais moi-même un *don* oxonien à cette époque-là, et mon aspect, je suppose, était plus celui d'un *don* oxonien que celui de quelque autre sorte de personnage, d'où les regards que je recevais des va-nu-pieds qui étaient — très exactement — torves. Mais j'étais un *don* provisoire, et par conséquent ma conscience de l'être était encore exiguë et les habitudes qui les caractérisent, entre autres d'effrayer les vagabonds avec une grande habileté et des cris cultivés à cet effet, n'étaient chez moi pas bien enracinées. Pour ce qui est de mon éducation et de mon niveau de connaissances, ce n'était pas un obstacle pour percevoir la ressemblance, car il y a des gueux très érudits en Angleterre. Là-bas, la condition de clochard peut ne pas provenir de l'extrême pauvreté ou de la faillite atroce d'un négoce ou de l'ignorance paralysante, mais du goût pour la boisson, de l'expulsion d'un travail, de la désillusion, de la passion du jeu, ou d'ennuis psychiques — en principe mineurs — de ceux que l'État passe généralement sous silence. John Mollineux, le violon solo qui à une époque a tant joué avec l'« Academy of St Martin-in-the-Fields », le célèbre orchestre de chambre, est aujourd'hui un anonyme clochard alcoolique de la Tamise après avoir fait une fulgurante carrière de musicien pendant plus d'un lustre et avoir voyagé (avec beaucoup d'honneurs et une certaine pompe) à travers le monde. Il se contente de boire, ne joue plus, déteste la portée. Le professeur Mew (catholique), un cas désespéré d'aliénation mentale, a erré des années et des années par les rues d'Oxford brandissant des bouteilles, blasphémant, divaguant, déraisonnant, empestant ses anciens collègues et subordonnés quand il les croisait (lesquels ne savaient s'ils devaient le chasser à grands cris ou continuer à le traiter en professeur d'université), après avoir commis d'importants textes de théologie, après avoir atteint le sommet de son ascension ou escalade académique, et après avoir même fait partie pendant plusieurs années du Conseil pontifical pour la Culture, présidé par le pape lui-même. Tous deux (le premier violon et le théologien, pas le pape) étaient ivrognes et déséquilibrés et un jour ils furent expulsés de leurs emplois respectifs. Or donc, moi, en ces semaines du Trinity de ma deuxième année à Oxford, j'errais aussi d'un côté et de l'autre, ou, plus exactement, d'une librairie de la ville à l'autre pendant une bonne partie de la journée, et il est certain qu'au cours de mes déambulations je rencontrais de temps à autre les mêmes visages haineux, avec les mêmes vêtements déchirés et pestilentiels, avec les mêmes haleines alcooliques et les mêmes éructations bruyantes émanant de bouches qui articulaient à peine. Les seuls qui vaguaient à travers la ville, comme moi, étaient les gueux les plus violents et les plus désespérés et les plus inactifs et les plus ivrognes, dont quelques-uns étaient peut-être des talents perdus des arts et des sciences, comme le violon Mollineux et le théologien Mew. La ville d'Oxford, ou la vieille ville, n'est pas grande, ce qui fait que l'on peut facilement rencontrer deux ou trois fois la même personne dans la même journée. Vous pouvez imaginer avec quelle facilité d'autant plus si, comme cette autre personne, on passe la journée dans la rue, vaguant, errant, allant sans but, motif ou intention ni sûrement — même — conscience de son errance. Quelques visages et quelques accoutrements commencèrent à m'être familiers. « Voilà encore le type aux dents noires, au nez exsangue et à la barbe rouge », pensais-je en le croisant pour la énième fois. « Là, le clochard aux mitaines vert figue. » « Là, cette femme au sourire absent édenté qui a peut-être été belle, car elle marche comme marchaient dans les années soixante les femmes belles qui se savaient belles. » « Là, cet Écossais si chauve malgré sa casquette de jockey, qui exagère tant la prononciation de ses R quand il maudit le Grand Dieu et sa Vierge de Mère. » « Là, ce Noir jeune et tatoué dont la jambe droite de pantalon est coupée presque jusqu'à l'aine. » « Là, ce vieux passionné et tassé, portrait craché du Philosophe peint par Fragonard. » Je craignais qu'ils n'en viennent à faire avec moi le même genre de rapprochement et me reconnaissent, qu'ils finissent par se rendre compte que, bien que je ne sois pas un clochard, que je ne parle pas comme eux et que je ne sois pas habillé comme eux, mais ayant plutôt l'aspect indubitable d'un homme de toge même si je ne la portais pas toujours, que moi aussi, cependant, j'apparaissais dans leurs parcours machinaux et désorientés plusieurs fois dans la même journée, et ce, jour après jour, pendant une semaine, deux semaines, trois semaines et quatre semaines, comme un animal domestique égaré, jeté à la rue par l'enfant Eric qui était malade.

D'une certaine façon je commençais à me sentir l'un des leurs et à craindre de pouvoir devenir un jour l'un d'entre eux, en Espagne ou en Angleterre, en un quelconque endroit du monde où me conduirait le sort ou l'intérêt. Mais bien que cela puisse paraître le simple fruit d'un égarement, pour aussi passager qu'il soit, je dois dire que ma perturbation n'était pas assez forte pour nourrir à elle seule cette crainte, cette illusion, cette fantaisie ou cette identification sans autre aliment ni appui que le vagabondage commun à travers la ville d'Oxford et l'inactivité commune. Il y avait autre chose — bien qu'également ténu — qui nourrissait cette crainte funeste, cette illusion obscure, cette idée noire ou nébuleuse identification.

Depuis la première visite d'Alan Marriott, une année auparavant ou plus, j'avais inclus parmi les rares auteurs dont je cherchais des livres ce

John Gawsworth, inconnu de moi jusqu'alors, dont il avait mentionné et noté le nom avant de prendre congé et pour qui Machen avait rédigé une préface. Ses œuvres, comme l'avait dit Alan Marriott, étaient très difficiles à trouver. De ses rares écrits rien n'est édité en Angleterre actuellement, mais peu à peu, avec de la patience et de la chance et l'affinement progressif de mon acuité de chasseur, j'ai déniché quelque opuscule de lui dans mes librairies de livres anciens d'Oxford et de Londres, jusqu'au jour où je suis tombé au bout de plusieurs mois sur un exemplaire de son livre *Backwaters*, de 1932, signé qui plus est par l'écrivain lui-même : *John Gawsworth, written aged 19 1/2*, lisait-on tracé à la plume dès qu'on l'ouvrait ; c'est-à-dire : « John Gawsworth, écrit à l'âge de 19 ans et demi. » Il y avait aussi une correction de sa main à la première page du texte (il avait ajouté, après le nom *Frankenstein*, le mot *monster*, pour qu'il soit bien clair qu'il s'agissait de la créature et non du créateur). Ce fut justement cette sensation de vertige temporel ou de négation du temps que produit le fait d'avoir dans les mains des objets qui ne taisent pas entièrement leur passé qui piqua ma curiosité, et à partir de ce moment-là j'entrepris un travail de recherche qui resta infructueux pendant des mois, tellement la figure de Terence Ian Fytton Armstrong, véritable nom de celui qui avait l'habitude de signer Gawsworth, était alors et demeure aujourd'hui fuyante et inconnue.

Cependant, et bien que ses écrits n'aient été que convenables ou étranges et aient assez expliqué leur oubli absolu et leur manque de réédition, à mesure que je vérifiais des données éparses (il n'existait aucun livre ni, semblait-il, aucun article sur Gawsworth, et c'est à peine s'il était mentionné dans les dictionnaires et encyclopédies de littérature les plus volumineux et exhaustifs), mon intérêt allait croissant, non pas tant pour son œuvre commune que pour le personnage hors du commun. Je découvris d'abord ses dates de naissance et de mort, 1912 et 1970, puis, dans une page de bibliographie peu loquace, que plusieurs de ses textes avaient été publiés (parfois sous d'autres pseudonymes, rivalisant d'absurdité) en des lieux aussi extravagants et improbables pour un auteur londonien que Tunis, le Caire, Sétif (Algérie), Calcutta et Vasto (Italie). Son œuvre poétique, réunie entre 1943 et 1945 en six volumes — parus pour la plupart en Inde —, offre la particularité que le quatrième tome, semble-t-il, ne fut jamais publié bien qu'ayant tout de même un titre (*Farewell to Youth ou Adieu à la Jeunesse*). Simplement il n'existe pas. Son œuvre en prose — brefs essais littéraires et contes d'horreur principalement — se trouve dispersée dans de curieuses et obscures anthologies des années trente, ou vit le jour — si l'on peut dire — en éditions privées ou limitées.

Et pourtant Gawsworth avait vraiment été une personnalité et un espoir littéraire en ces années trente. Infatigable instigateur de mouvements poétiques néo-élisabéthains en réaction à Eliot, Auden et autres rénovateurs, il eut, alors qu'il était encore presque un adolescent, des contacts et des liens d'amitié avec beaucoup d'écrivains les plus en vue de la décennie ; il s'occupa de l'œuvre du célèbre avant-gardiste et peintre Wyndham Lewis et de celle du très célèbre T.E. Lawrence ou Lawrence d'Arabie ; il reçut des distinctions littéraires et fut en son temps le membre élu le plus jeune de la Royal Society of Literature ; il connut Yeats vieux et Hardy moribond ; il fut le protégé et plus tard le protecteur de Machen, du fameux sexologue Havelock Ellis, des trois frères Powys, du romancier et nouvelliste alors connu (et de nouveau maintenant, un peu) M.P. Shiel. Je ne pus en vérifier davantage, jusqu'à ce que, finalement, dans un dictionnaire spécialisé en littérature fantastique et d'horreur, je mette la main sur autre chose. En 1947, à la mort de son maître Shiel, Gawsworth fut nommé non seulement son exécuteur testamentaire littéraire, mais aussi l'héritier du royaume de Redonda, minuscule île antillaise dont Shiel (natif de l'île voisine et beaucoup plus grande de Montserrat) avait été couronné roi à l'âge de quinze ans, en 1880, au cours d'une joyeuse cérémonie navale, par le vœu exprès du monarque précédent, son père, un prédicateur local méthodiste qui en outre était armateur et avait acheté l'île quelques années auparavant : bien que l'on ne sache pas exactement à qui, puisque les seuls habitants étaient, à cette époque, les albatros qui la peuplaient et une dizaine d'hommes qui se consacraient au ramassage des excréments des oiseaux pour en faire du guano. Gawsworth ne put jamais prendre possession de son royaume, car le gouvernement britannique — contre le Bureau colonial duquel plaidèrent inlassablement aussi bien les deux Shiel que lui-même —, attiré par le phosphate d'alumine que produisait l'île, avait décidé d'annexer son territoire pour éviter que les États-Unis ne le fissent avant eux. Malgré cela, Gawsworth signa quelques-uns de ses écrits du nom de John I, King of Redonda (roi en exil, sans doute), et gratifia du titre de duc ou nomma amiraux quelques écrivains admirés ou amis, dont le maître Machen (qu'il confirma plutôt), Dylan Thomas, Henry Miller et Lawrence Durrell. L'article de ce dictionnaire, sans avoir *rien* expliqué de tout ce que je viens de dire et que je découvris un peu plus tard, s'achevait ainsi : « Malgré son large cercle d'amis, Gawsworth devint une espèce d'anachronisme. Il passa ses dernières années en Italie, puis revint à Londres pour vivre de la charité, dormant sur les bancs des parcs et mourant, oublié et sans un penny, dans un hôpital. »

Que l'homme couronné de lauriers qui aurait pu être roi et qui avec un indubitable enthousiasme et un orgueil juvénile signa un jour de 1932 l'exemplaire de *Backwaters* que j'ai en ma possession ait terminé de cette façon ne manqua pas de m'impressionner — plus encore que les histoires du violon Mollineux et du théologien papal Mew —, bien que d'autres écrivains et hommes de plus grande valeur aient eu un sort semblable. Je ne pouvais m'empêcher de me demander ce qui avait bien pu lui arriver *entre-temps*, entre sa précoce et frénétique initiation littéraire et sociale et cette fin anachronique et loqueteuse ; que lui était-il arrivé — peut-être — *pendant* ces séjours ou voyages à travers la moitié du monde, publiant toujours, écrivant toujours, où qu'il se trouvât. Pourquoi Tunis, le Caire, l'Algérie, Calcutta, l'Italie ? Seulement pour la guerre ? Seulement pour une obscure et jamais révélée activité diplomatique ? Et pourquoi n'avait-il pas publié depuis 1954 — seize ans avant sa mort pathétique — lui qui y était parvenu en des lieux et à des dates où il devait être héroïque ou suicidaire d'obtenir une impression ? Qu'étaient devenues les — au moins — deux femmes avec lesquelles il avait été marié ? Pourquoi, à cinquante-huit ans, ce dénouement de vieillard inutile, cette mort de clochard oxonien ?

Le couple Alabaster, malgré son incommensurable mais avisé savoir, n'avait pu m'aider à trouver des textes de lui et n'en savait rien de plus, si ce n'est l'existence d'un individu à Nashville (Tennessee) qui, à des milliers de kilomètres, possédait sur Gawsworth presque toute l'information du monde. Cet individu, à qui je tardai à écrire par une étrange crainte injustifiable, me renvoya (quand enfin je l'eus fait) à un bref texte de Lawrence Durrell qui m'apprit que Gawsworth avait été son initiateur littéraire et grand ami de jeunesse, et me fournit quelques données complémentaires : les épouses de Gawsworth furent au nombre de trois, dont deux au moins, étaient mortes ; son problème fut l'alcool ; sa passion — je lus avec appréhension et une lueur d'horreur — la quête et la collection malsaine de livres. *Malsaine*, c'est ainsi que la qualifiait sans hésitation l'individu de Nashville.

Le texte de Durrell présente Gawsworth ou Armstrong comme un chasseur de joyaux introuvables expert et incroyablement doué, avec une magnifique vue de bibliophile et une bien meilleure mémoire bibliographique, qui dans les années de ses débuts commençait habituellement ses journées par acheter pour trois pennies une édition rare et chère que sa pupille savait discerner et reconnaître parmi le menu fretin des caisses de soldes exposées sur Charing Cross Road, pour la revendre immédiatement pour plusieurs livres, à quelques mètres de là, chez Rota de Covent Garden ou à un autre libraire guindé de Cecil Court. Outre ses volumes exceptionnels (il en gardait beaucoup, comme des trésors), il possédait des manuscrits et des lettres autographes d'auteurs admirés ou de renom, et toutes sortes d'objets qui avaient appartenu à des personnes illustres, acquis avec on ne savait trop quel argent dans les ventes aux enchères qu'il fréquentait : un bonnet de Dickens, une plume de Thackeray, une bague de Lady Hamilton, et plus tard même les cendres de Shiel. Il dépensait une grande partie de son énergie à essayer d'obtenir de la Royal Society of Literature et d'autres institutions, dont il martyrisait les membres les plus mûrs de ses insistances et de ses ennuyeuses comparaisons littéraires et monétaires, des pensions et des aides pour de vieux écrivains peu solvables ou simplement ruinés après le succès : les Maîtres Machen et Shiel furent parmi ses bénéficiaires. Mais Durrell raconte aussi que la dernière fois qu'il l'avait vu, quelque six ans auparavant (le texte est de 1962, quand Gawsworth vivait encore et avait cinquante ans, donc il l'avait vu à quarante-quatre ans ; mais curieusement Durrell, du même âge que lui, en parle comme l'on parle de ceux qui sont partis ou sont sur le point de partir), c'était dans Shaftesbury Avenue, poussant devant lui un landau de bébé. Un landau victorien de taille énorme, signale Durrell. En voyant ce bohémien excentrique, *l'Écrivain véritable*, qui dès son arrivée de Bournemouth, l'avait ébloui de ses connaissances et lui avait montré le Londres littéraire et nocturne, il pensa que la vie l'avait finalement recentré et lui avait confié des charges (qu'il s'était lui aussi mis en règle avec la vie, dit littéralement Durrell) et qu'il avait des enfants, peut-être trois paires de jumeaux à en juger par la taille peu commune du véhicule. Mais en s'approchant pour voir le petit Gawsworth ou le petit Armstrong ou prince de Redonda qu'il s'attendait à trouver sous la capote, il découvrit avec soulagement que l'unique contenu de la poussette était un tas de bouteilles de bière vides que Gawsworth allait rendre pour en toucher la consigne et les remplacer par d'autres intactes. Le duc de Cervantes Pequeña (c'était là son titre) accompagna son roi exilé qui ne connut jamais son royaume, le vit remplir la voiture de nouvelles bouteilles et, après en avoir bu une avec lui à la mémoire de Browne ou de Marlowe ou d'un autre classique dont on célébrait ce jour-là l'anniversaire, le vit disparaître poussant son landau alcoolique d'un pas tranquille vers l'obscurité, peut-être de la même façon que je pousse aujourd'hui le mien quand tombe le soir sur le Retiro, à part que dans le mien il y a mon enfant — cet enfant nouveau — que je ne connais pas bien encore et qui doit nous survivre.

Plus tard j'ai vu une photo de Gawsworth qui plus ou moins — dans la mesure de ce que l'on peut apprécier — coïncide avec la description physique qu'en fait Durrell dans son texte : « ... de taille moyenne et un peu pâle et mince ; il avait le nez cassé, ce qui conférait à son visage un air d'astuce villonesque. Ses yeux étaient châtains et brillants, et son sens de l'humour n'était jamais entamé par ses privations littéraires. » Sur cette unique photo que j'ai vue, il porte l'uniforme de la R.A.F. et entre les lèvres une cigarette non encore allumée. Le col de la chemise est un peu trop grand et le nœud de la cravate semble trop petit, bien qu'à cette époque les nœuds de cravate étaient petits. Il est décoré. Il a le front plissé, nettement et horizontalement, et, plutôt que des cernes, de petits plis sous les yeux qui regardent avec un mélange de malice ou d'amusement et de rêverie ou de nostalgie. C'est un visage généreux. Le regard est clair. L'oreille attire l'attention. On dirait qu'il écoute. Il est sûrement au Caire, sans doute au Moyen-Orient, ou peut-être non, plutôt dans le nord de l'Afrique, en pays berbère français, en 1941, 42 ou 43, peut-être peu de temps avant d'être transféré de l'Escadron Spitfire à la Desert Air Force de la VIIIe Armée. Cette cigarette n'a sans doute pas duré. Il doit avoir à peu près trente ans, bien qu'il fasse plus, un peu plus. Comme *je sais* qu'il est mort, je vois sur la photo le visage d'un homme mort. Il me rappelle un peu Cromer-Blake, bien que les cheveux de celui-ci aient été blancs prématurément, et la moustache qu'il se laissait pousser pendant quelques semaines pour la raser ensuite et ne plus la porter pendant autant de temps, était elle aussi blanche ou du moins avec quelques fils d'argent, alors que ceux de Gawsworth (cheveux et moustache) sont sombres. L'ironie du regard est très semblable, mais celle de Gawsworth est plus affable, il n'y a en elle aucune trace de sarcasme ni de colère, ni leur présage, ni leur possibilité même. L'uniforme n'est pas bien repassé.

J'ai vu aussi une photo de son masque mortuaire. Il venait de renoncer à l'âge ou à la durée quand elle fut prise, mais juste avant il avait été un homme de cinquante-huit ans. Le masque fut fait par Hugh Olaff de Waet le 23 septembre 1970, le jour même ou le lendemain de sa mort à Londres, dans le district de Kensington où il était né. Son vieil ami du Caire, Sir John Waller, en fit don à la Poetry Society, mais ces attentions durent être posthumes ou sont arrivées trop tard. Celui qui fut John Gawsworth et Terence Ian Fytton Armstrong et Orpheus Scrannel et John I, King of Redonda, et aussi parfois Fytton Armstrong tout court ou J.G. ou même G simplement, a maintenant les yeux fermés et sans regard d'aucune sorte. Les plis sont bien des cernes maintenant, les rides du front sont estompées (le crâne bombé), et l'on dirait qu'il a plus de cils, peut-être à cause de ses paupières scellées. Les cheveux semblent blancs — mais peut-être parce que tout est de plâtre — et leur lisière a reculé un peu depuis les années quarante ou limite de sa jeunesse, depuis la guerre contre l'Afrika Korps. La moustache semble plus fournie mais plus molle, c'est une moustache qui pique mais plate en même temps, de militaire en retraite fatigué de la tirer. Le nez a grossi et s'est élargi, les joues sont très ramollies, le visage entier est gonflé, comme bouffi de fausse graisse et par l'abattement. Il a un double menton. Il est bel et bien mort.

Mais avec ce dernier visage il a dû errer par les rues de Londres, vêtu d'un manteau ou d'une veste tels que savent toujours s'en procurer les clochards. Il devait brandir des bouteilles et indiquer à ses pairs ses livres exposés dans les caisses de soldes de Charing Cross Road, qu'il ne pouvait sans doute pas acheter, à leur plus grande incrédulité. Il devait leur raconter la Tunisie et l'Algérie, l'Italie et l'Égypte,

et l'Inde. Il devait se proclamer roi de Redonda à leur plus grande hilarité. Avec ce visage il devait dormir sur les bancs des parcs et il avait dû entrer dans un hôpital, selon ce dictionnaire spécialisé en littérature d'horreur et fantastique, et avec ce visage il avait peut-être été incapable de tendre la main qui avait tenu la plume et piloté des avions. Peut-être fut-il, comme le sont souvent les clochards britanniques, orgueilleux et sauvage, brutal et farouche, menaçant et fier, et ne sut-il *quémander* pour lui-même. Ce devait être un ivrogne sans doute, et à la fin de sa vie il n'est pas resté des années en Italie, mais quelques semaines dans les Abruzzes, à Vasto, pour faire la fête une dernière fois, une fête dont je ne sais rien. *Une dernière fête,* ainsi disait dans sa lettre l'individu de Nashville avec lequel je n'ai plus eu de contact. Il n'y eut aucun Gawsworth pour sauver Gawsworth, aucun écrivain prometteur et enthousiaste pour essayer de le faire revenir à la raison et l'obliger à écrire de nouveau (peut-être parce que son œuvre n'est pas admirable et que personne ne voulait qu'il continuât), pour aller quémander et obtenir pour lui une pension de la Royal Society of Literature, dont il avait un jour été membre élu, le membre le plus jeune. Aucune femme non plus, parmi toutes celles qu'il y avait eu, pour réfréner sa divagation ou l'y accompagner. C'est ce que je crois. Où reposent ces

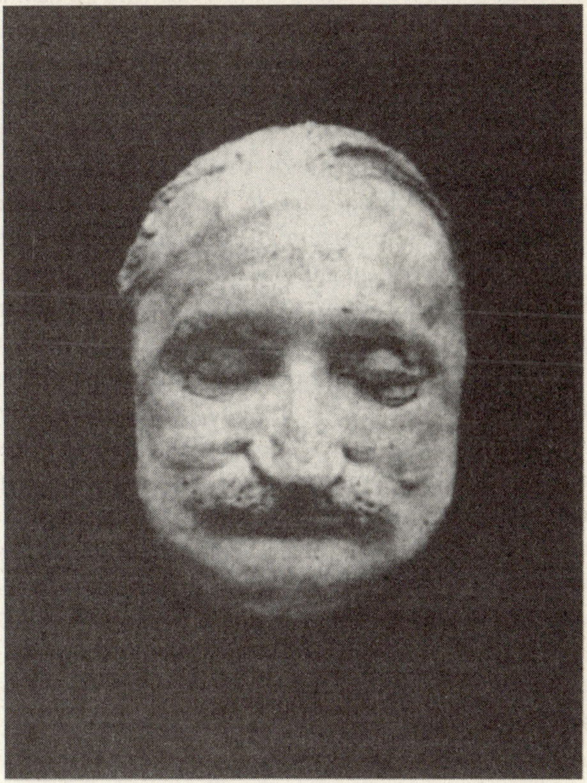

femmes, insulaires ou coloniales ou bien où sont-elles ? Où peuvent bien être aujourd'hui ses livres, ceux qu'il savait distinguer au premier coup d'œil dans le labyrinthe des rayonnages chaotiques et poussiéreux, comme je savais le faire avec ceux du couple Alabaster et tant d'autres libraires d'Oxford et de Londres ? (Moi aussi, de mes doigts gantés et agiles frôlant à peine les reliures qu'ils parcouraient avec plus de vélocité que mes yeux — comme un pianiste faisant un *glissando* —, je savais débusquer ce que je cherchais, au point d'avoir la sensation parfois que c'étaient les livres qui me cherchaient, et me trouvaient.) Ils sont probablement retournés à ce monde où ils finissent tous ou presque par revenir, au monde patient et silencieux des livres anciens, d'où ils ne sortent que provisoirement. Peut-être l'un de ceux que je possède, outre *Backwaters*, est-il passé aussi par les mains de Gawsworth, acheté et vendu aussitôt pour payer un déjeuner ou une bouteille ou resté là — comme un élu — pendant des années dans sa bibliothèque, ou l'accompagna-t-il en Algérie et en Égypte, en Tunisie et en Italie et même en Inde ; et peut-être a-t-il assisté à des combats. Peut-être l'un des clochards patibulaires que je croisais chaque jour ici ou là à Oxford, de ceux que j'identifiais, et que je craignais, et en qui ma crise légère et passagère me faisait me voir comme en un reflet prémonitoire (ou déjà bien réel), avait-il eu des livres. Peut-être avait-il *écrit* des livres, ou enseigné à Oxford, ou peut-être avait-il eu une amante-mère d'abord très attachée puis évasive et enfin sans scrupules (devenue davantage mère) ; ou bien était-il venu d'un pays du Sud — avec un orgue de Barbarie qu'il perdit en arrivant, en débarquant peut-être dans le port de Liverpool, et qui traça son destin — n'ayant pas encore oublié que l'on ne peut y revenir toujours.

Je ne me suis pas posé ni ne me pose toutes ces questions par pitié envers Gawsworth, en fin de compte un simple faux nom, que je n'ai pas connu et dont les textes — qui sont la seule chose de lui que je puisse encore voir, outre ses photos vivant et mort — ne me disent pas grand-chose, mais par une curiosité empreinte de superstition, convaincu comme j'en vins à l'être, par quelques interminables après-midi de printemps ou Trinity, que je finirais par connaître exactement le même destin.

Le printemps anglais est particulièrement angoissant pour qui est déjà angoissé, car, c'est bien connu, les jours allongent de façon curieuse, c'est-à-dire différemment de ce qui peut se passer et se passe à Madrid ou Barcelone quand s'annonce et s'installe l'été. Ici, à Madrid, les jours n'en finissent plus, mais la lumière peu à peu varie et se nuance continuellement témoignant ainsi du passage du temps, alors qu'en Angleterre — et aussi plus au nord — rien ne change pendant des heures. À Oxford la lumière est la même à partir de cinq heures et demie, quand on est bien forcé de s'en apercevoir à l'arrêt de toute activité visible — à la fermeture des boutiques et au retour chez soi des professeurs et des étudiants —, jusqu'à neuf heures passées, où enfin le soleil se couche subitement — comme éteint par un interrupteur, bien qu'il en reste un éclat fantasmatique et lointain — et ceux qui sortent la nuit se précipitent dans la rue avec impatience. Cette lumière immuable, cette accentuation de la pérennité ou stabilité du lieu fait que l'on se sent arrêté et encore plus hors du monde et de tout passage qu'il n'est courant là-bas, comme je l'ai expliqué. Pendant ces heures immobiles il n'y a rien à faire pour peu qu'il soit impossible de dîner à la lumière du jour, comme bien sûr c'était le cas pour moi. Et l'on attend. On attend. On attend que vienne la nuit tant désirée, que disparaisse cette lumière suspendue et tiède, que se remette en marche la faible roue du monde et que cesse le calme, enfermé chez soi, regardant la télévision ou écoutant la radio, sans même une librairie ouverte à visiter où se sentir actif, utile et en sécurité. Les *dons*, pendant que le soleil reste paralysé, se reposent dans leurs appartements du *college* ou dînent à leurs hautes tables, et les étudiants s'enferment pour préparer leurs examens ou se préparent à faire la fête dès que la nuit sera vraiment tombée. En ces heures arrêtées et fixes de la soirée printanière d'Oxford la ville appartient, plus que jamais, aux Gawsworth de notre temps. Ils s'emparent d'elle tout le temps que dure et s'éternise ce long et faux crépuscule dans lequel n'osent s'immiscer que les innombrables cloches de la ville — son passé religieux — en sonnant les vêpres de façon désordonnée. Les va-nu-pieds ne rentrent pas chez eux, ne retournent pas au *college*, ne sont invités à aucune *high table*. Je ne pense pas non plus qu'ils fréquentent les églises, même si celles-ci les appellent. Ils continuent d'errer, désorientés, bien que de voir les rues vides de passants en plein jour les déconcerte et ralentisse leur pas, ils s'arrêtent même à un moment ou à un autre pour taper dans une boîte de conserve ou rabattre du pied un journal soulevé par le vent et tuer encore plus le temps qu'ils ne le faisaient depuis leur réveil.

J'avais coutume d'attendre la nuit réfugié chez moi, cherchant le mercredi à la radio quelque station espagnole qui retransmette un match international du Real Madrid, tenté toujours de décrocher le téléphone et de composer le numéro de Clare Bayes, qui devait être chez elle, assise au pied du lit de l'enfant Eric pour lui donner son dîner, regardant avec l'enfant Eric des émissions enfantines à la télévision ou le distrayant avec quelque nouveau jeu. La tentation était forte tous les après-midi, mais pour ne pas y succomber tout de suite et supporter les heures égales et inertes — les heures nivelées et les jours nivelés —, parfois je me rasais une deuxième fois et me préparais pour sortir, moi aussi, comme les étudiants et les professeurs les plus résistants et les plus dépravés. Pour me mêler à la foule dès qu'il ferait nuit. Certains soirs je dînais chez Brown's, agréable et très proche de ma maison pyramidale, où les serveuses étaient plus qu'attirantes avec leurs jupes très courtes, et d'autres soirs dans l'un des restaurants français qui abondent dans la ville, pour essayer de me sentir sur le continent et non dans les îles, il m'arrivait même souvent de me forcer à assister à des *high tables* insupportables, que je ne fréquentais plus depuis les premiers mois de mon séjour à Oxford, il y avait alors plus d'un an et demi. J'ai essayé ainsi celles de plusieurs *colleges* déjà connus ou non encore visités, avec l'infime espoir, par ailleurs, de rencontrer à nouveau Clare Bayes parmi les amphitryons (All Souls ou Toutes les Âmes ; et Exeter, pour le mari) ou parmi les invités (Keble, Oriel, Balliol, Pembroke, Christ Church, toutes rivalisant d'ennui : le dîner de Christ Church le plus somptueux et le plus riche en bâillements). Mais c'était trop d'effort et cela ne me suffisait pas pour éviter la sensation d'engourdissement, ni pour combattre la lumière indéfiniment voilée, ni pour fuir l'obsession de Gawsworth et de son destin.

Pendant ces semaines je me mis à fréquenter, à partir de huit heures et demie ou neuf heures, une discothèque voisine de l'Apollo Theatre, en principe plus courue par les Oxoniens des usines et des commerces (car Oxford, à la différence de Cambridge, a une industrie, des travailleurs et des classes sociales distinctes de l'universitaire) que par la gent entogée dont je faisais partie. Je dis bien *en principe*, car j'eus quelque surprise. Je me retrouvais chaque soir dans un cadre des années soixante-dix, mais d'années soixante-dix anglaises qui n'auraient eu aucune influence dans le monde. Tout était provincial et familial, de la musique qui résonnait de façon stridente (c'était une discothèque dans les règles de l'art) jusqu'à la décoration aux motifs vaguement arabes, des jeux de lumière sur la piste (vert et rose) jusqu'aux tenues de ceux qui dansaient, trop précisément datées. Cette discothèque jouissait, pourtant, d'un énorme succès à en juger par l'affluence régulière, je ne sais depuis quelle heure vespérale et très lumineuse. Je me souviens qu'y abondaient plus qu'il n'est logique les grosses à minijupes et bouclettes artificielles : il y avait des tables entièrement occupées par des groupes nourris de grosses trop nourries (ce qu'on appelle des *grosses infâmes)* qui, au nombre de six ou sept, se bourraient les côtes de perpétuels coups de coude et mastiquaient du chewing-gum enfoncées dans les banquettes par leur propre poids et leur propre mollesse et montrant en rang — éhontément — leurs cuisses obèses (se frôlant sans cesse) et même la pointe de leur slip. Il y avait aussi beaucoup de jeunes dandys de l'Oxfordshire (de Banbury et Charlbury, Witney et Eynsham, très proches) qui faisaient preuve d'un goût que l'on ne peut trouver à ce point vulgaire et criard que dans le sud de l'Angleterre. Il était clair que ces jeunes rustiques et efféminés détestaient les grosses infâmes, et que les grosses infâmes détestaient les rustauds maniérés : ils ne se fréquentaient jamais, mais quand ils se trouvaient ensemble dans les queues des toilettes ou dansant au milieu du tumulte, de la piste, ils se lançaient des regards méprisants (eux) ou railleurs (elles), et tournant avec complicité les yeux vers leurs coreligionnaires de table ou de bar, ils désignaient sans aucune dissimulation — agitant ostensiblement le pouce, maigre ou gros — leur risible vis-à-vis. Si ces deux espèces étaient grosso modo celles qui dominaient dans la discothèque arabe, il n'était pas rare d'y rencontrer des étudiants (surtout les plus raffinés, qui ont le plus de faiblesse et de goût pour la plèbe), et même certains *dons*

— célibataires — déguisés en jeunesses. Je n'en connaissais la plupart que de vue, d'assez loin pour que nous n'ayons pas à nous saluer en pareil lieu ; mais le quatrième soir que je m'y rendis je vis mon chef lui-même, Aidan Kavanagh, le romancier d'horreur et à succès, danser sur la piste avec une souplesse extraordinaire et à un rythme qui passait la mesure. Au début je crus, ébahi — je ne voyais pas bien parmi tant de corps à la couleur altérée — qu'il avait remplacé sa tenue anodine ou sobre de tous les jours par un gilet de couleur vert Nil sans rien dessous, mais je me rendis compte aussitôt — à demi soulagé seulement — que seuls ses bras étaient nus, bien que jusqu'aux épaules : c'est-à-dire que, sous le gilet vert Nil il y avait bien une cravate et une chemise, comme d'habitude (abricot et vert bouteille, respectivement), mais il devait s'agir d'une drôle de chemise qui ne consistait qu'en un plastron. Je me demandais s'il portait aussi ce modèle à la faculté, et je me promis d'observer si des manches pointaient sous sa veste la prochaine fois que je le rencontrerais à la Tayloriana. (Quoi qu'il en soit, en plus d'être romancier d'horreur sous pseudonyme, c'était une autorité internationale sur notre Siècle d'Or.) Toujours est-il que sa tenue de discothèque me permit de découvrir qu'il avait les extrémités très velues (les supérieures), couronnées intérieurement par deux très épaisses touffes de poils sous les aisselles que — les bras perpétuellement en l'air dans sa frénésie dansante et par manque d'espace — je ne pus que contempler. Il me vit de loin, et plutôt que de rougir ou d'essayer de se cacher, il s'approcha sans cesser de danser jusqu'au bar où j'étais et me salua de façon joviale et hospitalière.

Il tirait par la main (haut levée) une grosse chancelante qui bousculait les gens à chaque pas (petit) et souriait beaucoup. Kavanagh dut crier pour se faire entendre, c'est pourquoi il ne proféra que des phrases très brèves, comme Alan Marriott.

— Quelle surprise de te rencontrer ici ! Je croyais que tu n'aimais pas ce genre d'endroits ! Tu as mis presque *deux* ans à y venir ! — Et il me mit *deux* doigts devant les yeux — Cet antre est le meilleur ! Le seul de la ville qui soit amusant ! — Il dévia son regard pour admirer la piste d'un œil connaisseur et satisfait : la piste ressemblait à une insurrection d'opéra — je viens pratiquement tous les soirs ! Chaque fois que je peux ! Je connais tout le monde ici ! — Et de son puissant bras nu jusqu'à l'épaule il fit un geste qui embrassait la salle tout entière. Il but un long trait — Tu veux connaître quelqu'un ? Je te présente qui tu veux ! Regarde bien ! Autour de toi ! Et si tu vois quelqu'un qu'il te plairait de connaître ! Dis-le-moi et je te la présente, sûr ! Des dizaines de filles — il baissa la voix. Des dizaines. Ah ! laisse-moi te présenter Jessie. Jessie ! — Il hésita un instant — Voici mon ami Emilio ! Il est espagnol aussi !

— Quoi ? !

— Emilio ! Et Kavanagh me montra du doigt. Il faillit me le mettre dans l'œil — Un autre ami espagnol !

— Buona sera ! cria Jessie surmontant le vacarme.

— Ciao ! répondis-je pour ne pas la décevoir. Elle était très souriante.

— Il vaut mieux qu'elles ne sachent pas nos véritables noms, me dit Kavanagh en espagnol à l'oreille. Il n'y a aucun danger, elles ne viennent que le soir à Oxford. Celle-ci croit que je travaille dans l'industrie automobile. Je lui ai promis une Aston Martin.

— On en fait toujours ?

— Je ne sais pas, mais elle y tient. Et il ajouta en anglais : — Viens avec nous ! Nous sommes tous à une table ! Des dizaines de filles, murmura-t-il. Des dizaines. Il y a aussi Del Diestro ! Il est arrivé aujourd'hui !

Et Kavanagh m'agrippa le bras et m'entraîna en se trémoussant jusqu'à l'une des tables de grosses infâmes que je tenais plus qu'à distance et que les trois soirs précédents j'avais dédaignées, hautain comme un jeune rustaud efféminé de l'Oxfordshire (Jessie nous suivait, se marchant sur les pieds et distribuant des bourrades). Avec elles, en effet, se trouvait le fameux professeur Del Diestro, le plus grand et le plus jeune expert mondial de Cervantes à ce qu'il disait, et inévitablement connu à Madrid (selon les antipathies) comme le lumineux Del Diestro ou le sinistre Del Diestro, qui, invité par notre département, devait nous faire une conférence magistrale et éclairée le lendemain matin. Je ne le connaissais que par des photographies. Le professeur, homme distingué, prétentieux, de quarante et quelques années, chemise de chez Ferré et calvitie très bien portée (« Un professeur espagnol distingué », pensai-je avec étonnement, et je m'expliquai son succès), baisotait déjà et se laissait baisoter par une des filles les plus grosses. Il faut dire que toutes ces grosses, comme les dandys ruraux et les professeurs célibataires et les étudiants les plus raffinés (et moi-même certainement, mais alors je ne m'en rendais pas vraiment compte et par conséquent ne me l'avouais pas), ne rêvaient que de lier connaissance avec des inconnus — ce qui n'était pas facile si l'on considère la stabilité et fidélité de la clientèle —, dans le but principal de leur poser quelques questions sommaires, répondre fallacieusement à quelques autres, leur offrir du chewing-gum (danser n'était pas indispensable), les embrasser au plus tôt et peut-être — selon le succès et la qualité des baisers — les sauter rapidement dans les toilettes ou dans l'amphithéâtre si quelqu'un avait une capote sous la main, ou bien plus tard chez soi, en prenant son temps.

Le professeur Del Diestro était déjà très avancé dans la connaissance de son inconnue, il put donc se permettre une interruption momentanée pour échanger avec moi quatre mots cordiaux, et Kavanagh, après m'avoir présenté les cinq ou six filles, m'obligea à m'asseoir sur la banquette entre deux de celles-ci. Je fus donc enclavé entre leurs quatre remarquables cuisses (deux par corps des filles), et, avec la soudaine conscience ou acceptation du fait que cette nuit-là je ne sortirais pas seul de la discothèque islamique, je regardai immédiatement à droite et à gauche pour les soupeser, pensant choisir au moins la compagnie la plus légère. La fille de droite — je le vis sur-le-champ — n'était pas vraiment grosse, presque seulement, de sorte que — calculai-je — au bout d'un moment une certaine appréciation sexuelle de ma part devrait être possible. Ses traits, une fois envisagée l'intimité que je devais atteindre avec elle, me parurent très agréables, et ses boucles fauves étaient magnifiques, bien qu'ayant l'air d'exister depuis quelques heures à peine (c'était un jeudi). Je tournai le dos à l'autre — grosse indéniable et incontournable — et j'entrepris, avec celle qui ne l'était pas, nommée Muriel, une conversation de cris intermittents et de peu d'intérêt dont je ne me souviens pratiquement plus (c'était une formalité) : sinon qu'elle disait habiter dans un tout petit village — ou était-ce une ferme — voisin de Wychwood Forest, entre les rivières Windrush et Evenlode. Mais ceci pouvait aussi bien être faux, aussi faux que les noms d'Emilio et de Muriel. Comme ses compagnes, elle mastiquait sans cesse un chewing-gum, et bien que ne souriant pas autant que la jeune Jessie qui était retournée sur la piste pour danser encore avec Kavanagh et assurer son Aston Martin, elle paraissait joyeuse et contente de me connaître et n'évitait pas le frôlement de mes jambes, couvertes d'un pantalon de mi-saison, contre les siennes, si remarquables et puissantes mais seulement couvertes de bas fins ; et même, elle avait tendance à transformer l'inéluctable contact (vu l'étroitesse) en pression délibérée. Je ne la fuyais pas non plus, il arriva donc un moment où elle mit sa main sur mon genou avec familiarité et me demanda quand ce fut son tour de crier :

— Tu veux du chewing-gum ?

— Non, merci ! dis-je, et c'est seulement après l'avoir dit que je me rendis compte que ce n'était peut-être pas la réponse indiquée dans ce lieu des années soixante-dix.

Elle ne reparla pas tout de suite. Elle resta un peu pensive, son chewing-gum collé au palais ou contre l'une de ses gencives. Puis elle dit avec naturel :

— Je le garde dans la bouche pour le cas où on s'embrasserait. Mais si tu veux je le jette tout de suite.

(J'eus encore le temps de remarquer le goût fort de menthe qu'avait cette bouche suçoteuse et arrondie. La mienne, certainement, devait avoir le goût du tabac blond.)

En sortant de la boîte avec elle une heure plus tard je croisai deux regards, l'un multiple et l'autre singulier, bien que je n'aie pas la certitude de ce dernier : plusieurs dandys rustres que je commençais à connaître de vue me signifiaient leur réprobation — me cataloguant finalement : grand mépris — pour la compagnie choisie ; et quelques mètres plus loin, déjà à la porte, je crois que je croisai (elle entrait, et si c'était elle, je crois que je fus regardé comme par un éclair) la fille de la gare de Didcot qui fut aussi plus tard, bien que brièvement, la fille de Broad Street — à la hauteur de Trinity College, près de chez Blackwell's — qui par un après-midi venteux passait avec une amie qui ne la laissa pas s'arrêter. Comme lors de cette deuxième rencontre (si c'était bien elle cette troisième fois : il y avait plus d'un an que je ne l'avais pas vue, et auparavant cela avait été si court), je me rendis compte que c'était elle — ou du moins je le crus, je crus m'en rendre compte — une fois que nous nous tournions le dos. Je me retournai, comme cette autre fois, mais pas elle, cette fois où je ne suis pas sûr que c'était elle. Je vis disparaître sa nuque dans la discothèque, et la nuque de l'homme qui l'accompagnait, dont je n'avais même pas remarqué la présence alors que je l'avais eu sans doute en face de moi — rien qu'une seconde marchant l'un et l'autre, et peut-être nous esquivant pour ne pas nous heurter. De dos, il faisait penser, il me faisait penser à Edward Bayes. Mais c'était impossible : Edward Bayes devait également être assis au pied du lit de l'enfant Eric, lui lisant un conte que Clare Bayes était restée écouter. Il était déjà trop tard pour vérifier quoi que ce fût ou pour revenir en arrière : à ce moment-là aussi, comme dans Broad Street, il y eut une manche tirée, mais cette fois-ci c'était la mienne. Bien que dehors il n'y eût pas de vent, Muriel, maintenant dans la rue, s'impatientait.

Chez moi, au deuxième étage, elle se remit à mastiquer du chewing-gum pendant un bon moment, l'associant au gin (beaucoup, mesure espagnole) qu'avec de la glace et un soda je lui servis dans un verre. Je n'étais pas ivre, loin de là ; elle assez, elle m'en donna l'impression (je ne savais pas ce qu'elle avait bu avant notre rencontre). Mais ce ne fut que plus tard, en haut, au troisième étage, alors que nous étions déjà nus et dans mon lit, que je commençai à penser vraiment à Clare Bayes et qu'elle commença à nouveau à me manquer, ou plutôt (car ce n'était pas exactement cela, elle ne me manquait pas), à me rendre compte avec surprise et une pointe de perplexité que cette fille presque grosse et aux traits et aux boucles si agréables n'était pas elle. La fidélité (ce qu'on appelle ainsi pour se référer à la constance et à l'exclusivité avec lesquelles un sexe déterminé pénètre ou est pénétré par un autre également déterminé, ou s'abstient d'être pénétré par d'autres ou de les pénétrer) est un produit de l'habitude principalement, comme l'est aussi ce que l'on appelle — a contrario — l'infidélité (l'inconstance et la dispersion et la fréquentation de plus d'un sexe : la promiscuité à la lettre, dans laquelle, pour autant que je sache, était installé Cromer-Blake et devait l'être Muriel et peut-être Kavanagh et le professeur Del Diestro). Quand on est habitué depuis longtemps à une seule bouche, les autres bouches paraissent incongrues et présentent des difficultés : les dents sont trop grandes ou trop petites, les lèvres sont parcimonieuses ou abondantes à l'excès, la langue bouge à contretemps ou reste inerte, comme si elle n'était pas de muscle mais de chair et d'os ; l'odeur des zones les plus odorantes (l'aine, le sexe, les aisselles) est déconcertante, comme le sont l'intensité inégale de l'étreinte, le toucher anesthésiant des peaux, l'âpre sueur des cuisses (due peut-être au scrupule), les volumes mal accouplés, les couleurs inconnues qui modifient la lumière de la pièce, la taille et l'humidité de l'orifice. Les mains n'appréhendent pas la dimension différente de seins qui peut-être en débordent ou semblent se soustraire à elles, ou qui durcissent avec un mamelon peu lisse, presque rèche sous la langue. Le corps nouveau n'est pas maniable (aucun corps nouveau n'est maniable), et il y a toujours une réserve ou une interrogation quant à l'ordre et la force avec lesquels on doit embrasser ses différentes parties, ou les serrer, ou les mordiller, ou les explorer des doigts, ou quant à l'effet que produira sur l'autre le fait de s'arrêter pour les contempler, d'interrompre le contact et de s'employer à les regarder avec attention. « J'ai la queue dans sa bouche », pensai-je alors qu'elle y était, et je le pensai en ces termes, car ces mots-là ne viennent que lorsque l'on met en mots ou en pensée ce que l'on est en train de faire avec ce qu'ils nomment (lorsque ce qu'ils nomment est en action), plus encore si l'on connaît à peine l'autre corps et surtout si les mots se réfèrent aux parties de son propre corps et non à celles de l'autre, avec lesquelles on est toujours plus respectueux et pour lesquelles bien sûr on recherche et emploie les euphémismes et les métaphores et les termes neutres.

« J'ai la queue dans sa bouche ou elle a sa bouche sur ma queue, puisque c'est sa bouche qui est venue la chercher. J'ai la queue dans sa bouche, pensai-je, et ce n'est pas comme les autres fois, comme tant de fois depuis longtemps. La bouche de Muriel est suçoteuse, comme je l'avais remarqué dès les premiers instants, dès que je l'ai embrassée, mais elle n'est pas aussi spacieuse et liquide que celle de Clare Bayes. Elle manque de salive et elle manque de place. Ses lèvres sont jolies mais un peu fines, et elles sont immobiles ; ou, plutôt qu'immobiles (car elles ne le sont pas, je sens bien leur mouvement), elles manquent de souplesse, elles sont raides. (Elles sont comme des rubans tendus.) Pendant que j'ai la queue dans sa bouche je vois ses seins, ils sont blancs et gros et ont un mamelon très sombre, à la différence de ceux de Clare Bayes, qui conjuguent leurs deux couleurs sans stridence, comme la transition de la couleur de l'abricot à celle de la noisette. Je remarque sur mes cuisses (qui les pressent un peu, sans leur faire mal) la contexture de ces seins blancs, et bien que cette fille soit très jeune, leur consistance est molle, comme de pâte à modeler neuve et non encore pétrie ni durcie par l'usage et les empreintes de l'enfant qui joue avec elle. J'ai beaucoup joué avec la pâte à modeler, mais j'ignore si l'enfant Eric joue avec. Que j'aie la queue dans la bouche de Muriel est incompréhensible (qui l'aurait dit il y a seulement trois heures, quand je tuais le temps avant de sortir d'ici et que je me rasais en guettant la lumière de l'après-midi et que peut-être elle peignait ses lèvres dans le miroir de la salle de bains de sa maison ou ferme de Wychwood Forest en pensant à un inconnu : les lèvres si décolorées à présent). Beaucoup plus incompréhensible que le fait de l'avoir, comme je l'aurai bientôt, introduite dans son sexe, car dans son sexe — on peut l'espérer — il n'y aura rien eu dans les dernières heures, alors que dans sa bouche il y a eu du chewing-gum et du gin et du soda et de la glace, et de la fumée de cigarette, et des cacahuètes, et ma langue, et des rires, et aussi des mots que je n'ai pas entendus. (La bouche est toujours pleine et c'est l'abondance.) Maintenant elle ne boit ni ne fume ni ne mastique ni ne rit ni ne dit rien, parce qu'elle a ma queue dans la bouche et elle est distraite, et il n'y a pas de place pour autre chose. Moi non plus je ne parle pas, mais je ne suis pas distrait, je pense. »

Et puis, un peu plus tard, toujours en haut, au troisième étage de ma maison pyramidale, encore nu dans mon lit, je me remis à penser et voici ce que je pensai : « Avec elle je ne ressens pas le regret que je ressens toujours quand je couche avec Clare, à savoir : que ma queue ait un œil, une vision et un regard, que je puisse voir *en même temps* qu'elle s'approche ou entre ou est entrée dans son sexe. Je ne veux ni le voir ni la voir. Mais elle, je la vois. Bien que Muriel me plaise et m'aide en ce moment à passer cette soirée ou nuit de la meilleure façon, je ne la connais pas. Je sais qu'elle n'est pas Clare Bayes, mais une non-grosse de la discothèque voisine de l'Apollo Theatre. Je le sais pour plusieurs raisons : par sa corpulence et sa taille (elle est un peu plus petite) ; parce que ses cuisses ne s'écartent pas suffisamment (peut-être par empêchement de la masse charnelle, est-ce que celles de la fille la plus grosse qui embrassait le professeur Del Diestro peuvent s'écarter totalement ? Peut-être le professeur a-t-il un problème en ce moment) ; et aussi pour ses os, que l'on remarque à peine tant ils sont enveloppés (je sens seulement le pubis, mais pas les hanches) ; et par ses halètements, qui sont timides et pudiques (je suis un inconnu et elle ne me regarde pas moi quand elle entrouvre les yeux, mais le mur vide au-dessus de l'oreiller sur lequel je m'appuie). Mais je le sais surtout par l'odeur que je sens. Ce n'est pas celle de Clare Bayes ni même peut-être celle de la ville d'Oxford ni celle de Londres ni celle de la gare de Didcot, mais sans doute l'odeur du bois de Wychwood, et de la rivière Windrush, et de la rivière Evenlode, entre lesquelles Muriel vit et doit avoir grandi, comme Clare Bayes vécut et grandit près de la Yamuna ou Jumna avec ses chants insignifiants, ses gabarres rudimentaires et son pont de fer d'où se jetaient les amants malheureux. Elle est en train de haleter, mais aussi de penser. Elle pense à mon odeur peut-être, et elle pense que c'est une odeur d'étranger, un Continental, un Méridional, un passionné, sang chaud dit-on. Mon sang est chaud, ou il est tiède, ou froid. Quelle doit être mon odeur pour elle ? Les Anglais utilisent peu d'eau de toilette, et moi j'en utilise, Trussardi, c'est peut-être là la plus grande différence, une nouveauté absolue, il se peut que l'eau de toilette italienne que je rapporte de Madrid chaque fois que j'y vais soit la seule chose qu'elle réussisse à sentir, pour ce qui est des odeurs. Il se peut qu'elle ne lui plaise pas, il se peut qu'elle l'enthousiasme, je ne peux pas le savoir à moins de le lui demander, plus tard, parce qu'en ce moment elle est très concentrée sur elle-même (elle ne pense qu'à elle-même). Elle ne l'a peut-être même pas remarquée, peut-être ne perçoit-elle rien, bien qu'elle ne paraisse pas enrhumée ni rien, il y a beaucoup d'enrhumés en ce printemps anglais ou hiver furtif, et de l'allergie au pollen, le rhume des foins comme on dit, ce sont surtout les jeunes qui en souffrent, bien que Clare Bayes — elle n'est plus si jeune — l'ait aussi. Au printemps dernier elle avait éternué plusieurs fois à la place qu'occupe maintenant cette fille de Wychwood Forest, un bois qui n'existe plus, des restes seulement, il fut coupé et rasé au siècle dernier, mais c'est très difficile de renoncer à un nom, les noms en disent long. Muriel ne semble pas sur le point d'éternuer, si ça lui arrivait je le sentirais très fortement tels que nous sommes placés, et j'en frémirais, je ressentirais une poussée violente qui pour le moment n'existe pas. Peut-être se fatigue-t-elle, elle a beaucoup bu. La chambre était froide quand j'ai quitté la maison, mais maintenant il fait chaud parce que le corps de Muriel est chaud, alors que celui de Clare Bayes est tiède, et celui de la fille du train de Londres pourrait bien être froid, à la voir. Je l'ai vue, je crois, mais cela n'a pas d'importance, il y a plus d'un an que je ne pense pas à elle, et il y a plus d'un an que je pense à Clare Bayes presque tout le temps, bien que nous ne nous soyons jamais vus avec l'exigence de ceux qui ont un projet devant eux. Mais si ce soir j'avais attendu — si je n'avais pas rencontré Kavanagh et la souriante Jessie et le professeur Del Diestro —, peut-être aurais-je fini par sortir de la discothèque avec la fille du train de Londres, et — pas encore, car ce serait sûrement arrivé plus tard, mais dans un moment — elle aurait été ici (si c'était elle, et si ce n'était pas elle), à la place de Clare Bayes et à la place de Muriel, cette fille non grosse — elle n'est pas grosse, elle n'est ni grosse ni infâme — qui dit habiter entre la Windrush et l'Evenlode, là où *était* Wychwood Forest. C'est elle qui est ici, dans mon lit, au-dessus de moi — cachant ou gardant ma queue —, parce que Clare Bayes ne veut pas me voir pendant ces semaines qui sont pour l'enfant Eric qui est revenu malade et parce que c'était elle et aucune autre — c'était elle et non la fille de la gare de Didcot — qui prenait du chewing-gum pour le cas où nous nous embrasserions. Elle faisait bien, car nous sommes en train de nous embrasser maintenant. »

— Dis-moi que tu me désires, dit Muriel séparant de la mienne un moment sa bouche suçoteuse et arrondie.

J'entendis les cloches toujours éveillées ou qui ne dorment pas de l'église voisine de St Aloysius, ou bien celles de St Giles. Nul besoin de regarder le réveil sur la table de nuit ni de se presser ni de commencer à penser où avaient pu échouer les chaussures à talons hauts et les vêtements éparpillés dans la chambre. Il faisait maintenant nuit noire.

— Je te désire, dis-je. « Je te désire », pensai-je, et après cette pensée je cessai de penser.

Je crois bien que pendant mon séjour de deux ans à Oxford je ne me liai vraiment d'amitié qu'avec Cromer-Blake. Mais bien que de nombreux *dons* m'aient été insupportables (l'économiste Halliwell en est un pâle exemple, et j'ai un souvenir particulièrement pénible du docteur Leigh-Peele, l'expert des Indes de notre département, un sujet prétentieux et calotin, à l'abdomen notablement plus ample que le torse, toujours vêtu de pantalons trop étroits et trop courts — les mollets (répugnants) à l'air dès qu'il s'asseyait — et avec qui je dus donner les cours les plus méthodiques et léchés), j'en vins assez souvent à me mettre à la place d'Edward Bayes, comme je l'ai déjà expliqué, et j'en vins à apprécier la bonne humeur et la décontraction du sans cesse harcelé et parfois frivole Kavanagh (harcelé parce qu'il était irlandais, écrivait des romans, était désinvolte), et à répondre à l'affection — probablement au même degré, même s'il ne pouvait l'imaginer, car j'étais encore plus réservé et ne laissais rien paraître — que, peut-être malgré lui ou sans s'en rendre compte, me vouait Alec Dewar, l'Inquisiteur ou Équarisseur ou Éventreur. Et surtout j'en vins à admirer l'autorité littéraire ou professeur déjà presque émérite (la première année) et puis définitivement émérite (la seconde) Toby Rylands, dont Cromer-Blake m'avait recommandé l'amitié avec quelque légèreté. Car avec Toby Rylands on ne pouvait véritablement avoir d'amitié, non qu'il ne fût accueillant et gentil ou qu'il ne lui plût de recevoir qui voulait lui rendre visite, mais parce que c'était un homme trop fin et trop vrai (je veux dire que ce qu'il disait sonnait toujours comme vérité), envers lequel il n'était pas facile de ressentir autre chose qu'une franche admiration et peut-être un peu de crainte (ce que l'on nomme en anglais *awe*, et certains me comprendront).

J'allais lui rendre visite chez lui, hors du périmètre universitaire, à l'est, dans une zone de parcs : une maison luxueuse (il avait une fortune personnelle, non académique ni usufruitière) avec un immense jardin donnant sur l'un des endroits les plus sauvages et féeriques de la Cherwell à son passage à Oxford ou aux alentours. J'y allais généralement un dimanche, jour de la semaine où, surtout une fois qu'il fut en retraite, la deuxième année, l'envie d'occuper ce jour et de passer au suivant et l'effort que cela représentait, devaient lui coûter davantage, à lui aussi (il tuait le temps comme les clochards). C'était un homme très grand, d'une corpulence vraiment très forte, qui avait conservé toute sa chevelure, ondulée et blanche — une bavaroise — au sommet de sa tête sculpturale, toujours bien mis avec plus de présomption que d'élégance (nœuds papillons et chandails jaunes, un peu à l'américaine, ou comme un étudiant d'autrefois), et à Oxford il était considéré comme une future — déjà presque présente — gloire inoubliable, car là-bas, comme dans tous les endroits qui se perpétuent par une espèce d'endogenèse, les personnes ne peuvent devenir inoubliables que lorsqu'elles abandonnent leur charge et commencent à être passives et à laisser la place à leurs légataires. Ellmann et lui, Wind et Gombrich, Berlin et Haskell, étaient ou sont destinés à finir par révéler leur lot commun : inspirer une jalousie rétrospective. Toby Rylands avait tous les honneurs et vivait solitaire. Il en recevait davantage chaque jour par courrier, chaque fois plus insincères ; il s'occupait du jardin ; il nourrissait des cygnes qui faisaient de longs séjours dans ces parages de la Cherwell ; il écrivait un essai de plus sur le *Sentimental Journey*[1]. Il n'aimait

1. *Le Voyage sentimental* de Laurence Sterne.

pas beaucoup parler de sa vie passée, de ses origines mal connues (on disait qu'il n'avait pas toujours été anglais, mais sud-africain, et si c'était vrai il n'en gardait aucune trace dans son accent), de sa jeunesse, et moins encore de ses activités supposées, déjà lointaines — susurrait-on à Oxford —, au sein du MI5, le célèbre service secret britannique. Ce devait être vrai, mais ceci n'était pas très intéressant, tant sont banals et courants les rapports existant entre ce service des romans et du cinéma et les deux principales universités anglaises. Les histoires les plus savoureuses qui avaient cours parmi ses acolytes, ses disciples et ex-subordonnés étaient, en fait, celles qui se rapportaient à son action pendant la guerre : apparemment, il n'était pas allé au front (aucun), mais il avait mené à bien d'étranges et confuses missions (où se mêlait toujours beaucoup d'argent), vaguement liées à l'espionnage ou à la filature de personnalités neutres en des lieux aussi éloignés du cœur du conflit que la Martinique, Haïti, le Brésil ou les îles Tristan da Cunha. Je n'ai jamais su grand-chose de son passé, les initiés devaient être peu nombreux. Ce qui impressionnait le plus chez lui, c'était ses yeux striés de couleurs différentes, couleur d'huile le droit et de cendre pâle le gauche, de sorte que si on le regardait du côté droit on lui voyait une expression de vivacité non dénuée de cruauté — un œil d'aigle, ou peut-être de chat —, alors que si on le regardait de gauche on voyait une expression méditative et grave, de droiture, comme seuls peuvent être droits les gens du Nord — un œil de chien, ou peut-être de cheval, qui semblent les plus droits de tous les animaux ; et si on le regardait de face, alors on se trouvait devant deux regards, ou plutôt non, deux couleurs mais un seul regard, cruel et droit, méditatif et vif. À une certaine distance prédominait (et elle assimilait l'autre) la couleur de l'huile, et quand par quelque matin de dimanche le soleil frappait ses yeux et les illuminait, la densité de l'iris se dissolvait, et le ton s'éclaircissait, devenait comme celui du Xérès déjà servi dans le verre qu'il tenait parfois à la main. Quant à son rire, c'était ce qu'il y avait de plus diabolique chez Toby Rylands : la bouche bougeait à peine, mais suffisamment — horizontalement seulement — pour que sous sa lèvre supérieure, violette et charnue, apparaissent de petites dents légèrement pointues, mais très régulières, peut-être bonne imitation, due à un dentiste très cher, de celles que l'âge avait dû lui faire perdre. Mais le plus démoniaque de ce rire bref et sec n'était pas de le voir, mais de l'entendre, car il ne ressemblait à aucune des onomatopées écrites les plus courantes, toutes fondées sur l'aspiration de la consonne (soit *'a, 'a, 'a* ou *'é, 'é, 'é* ou *'i, 'i, 'i* ou dans d'autres langues *ha, ha* ou même *ah, ah*), mais dans son cas celle-ci était indubitablement implosive, un *t* alvéolaire très net, comme le *t* anglais. *Ta, ta, ta,* tel était le rire effrayant du professeur Toby Rylands. *Ta, ta, ta. Ta, ta, ta.*

Le jour dont je me souviens le mieux et pendant lequel il parut dire le plus de vérités, il ne fit que rire d'abord, alors que nous parlions de mes collègues qui n'étaient déjà plus tout à fait les siens et qu'il me racontait à demi-mot quelque joyeuse anecdote diplomatique ou universitaire, jamais à propos de la guerre ou de l'espionnage. À cette époque-là (Hilary de ma deuxième année, c'était donc entre janvier et mars : c'était fin mars, juste avant que Clare Bayes ne décidât de me tourner le dos pendant quatre semaines) nous savions déjà tous que Cromer-Blake était malade et nous lui supposions quelque chose de grave. Lui ne nous disait toujours rien (ou seulement des choses vagues, quand il n'éludait pas le sujet), ni à moi, ni à Clare, ni à Ted, ni à son frère Roger qui vivait à Londres, ni même à son vénéré Rylands, peut-être à Bruce, la personne la plus proche de lui depuis quelques années, avec qui il entretenait ce que l'on appelait autrefois (en français surtout) une amitié amoureuse, sans aucune évolution ni involution ni exclusivité ni constance. (Bruce était mécanicien chez Vauxhall et ne nous fréquentait pas : Bruce était son monde à part.) Mais ses visites à l'hôpital, à Londres — ses séjours sporadiques mais de moins en moins courts — et son aspect trop variable — tel jour il avait recouvré son poids et son teint lumineux et le lendemain il était hâve et grisâtre — provoquaient notre inquiétude, cette inquiétude muette, très fréquente en Angleterre ou du moins plus qu'ailleurs, qui a pour base un peu de stoïcisme mais aussi — cependant — la croyance optimiste que les choses n'existent que lorsqu'on en parle, ou, ce qui revient au même, qu'elles n'évoluent pas et finissent par s'estomper si on leur nie ou refuse l'existence verbale. Aucun de nous, ses proches, ne parlait de Cromer-Blake (de sa maladie déjà visible) dans son dos, et avec lui nous nous contentions d'oublier bien vite son aspect précédent quand il allait mieux — comme quelque chose que nous reléguons allégrement au *passé révolu* —, et à nous en souvenir en revanche quand il allait moins bien — souhaitant vivement, en silence, le retour de ce qui n'a fait *que passer.*

Pour Toby Rylands, Cromer-Blake était l'un de ses amis les plus chers et les plus nécessaires — le rejeton solidaire, le disciple qui ne disparaît pas, sa croissance terminée —, et c'est pourquoi Rylands était la dernière personne dont on pouvait attendre qu'elle parlât de la maladie sans nom, quelle qu'elle fût. C'est aussi pour cela qu'il me surprit ce dimanche, alors que nous étions tous deux debout dans le jardin au bord de la rivière, regardant filer l'eau sans la résistance illusoire de la végétation qui en d'autres saisons paraissait la repousser à son passage depuis les rives, et qui contribuait tant à faire de cet endroit un lieu sauvage, quand il parla de Cromer-Blake et de sa santé ou plutôt de son manque. Il lançait des morceaux de pain rassis dans l'eau, pour voir si les cygnes qui séjournaient dans ce méandre apparaissaient.

— Ils n'apparaissent pas aujourd'hui, dit-il. Ils sont peut-être partis, ils montent et descendent la rivière tout au long de l'année. Parfois ils disparaissent pendant des semaines et ne sont qu'à quelques *« yards »*. Mais ça m'étonnerait, je les ai vus hier. C'est un de leurs endroits préférés, ici ils sont bien traités. Mais bon, il faut toujours un premier jour aux disparitions. Sinon elles n'en seraient pas, n'est-ce pas ? Et il continua à jeter de la mie, coupée plus menue cette fois, dans l'eau couleur de cannelle.

— Tant pis, des canards sont arrivés, regarde, en voilà un qui vient chercher à manger. Et un autre, et un autre. Comme ils sont avides, ils ne méprisent rien. Et, presque sans transition, il ajouta :

— As-tu vu Cromer-Blake dernièrement ?

— Oui, dis-je, il y a deux ou trois jours. J'ai pris le café avec lui dans ses appartements.

L'autorité littéraire était à ma gauche, ce qui fait que je voyais l'expression de vivacité de son œil d'huile, qui de profil semblait plus strié que celui de cendre. Il attendit quelques secondes pour reprendre-la parole.

— Quelle mine a-t-il ?

— Bonne. Bien meilleure depuis qu'il est revenu d'Italie. Il a pris quelques semaines de congé, je suppose que vous le savez. Je l'ai remplacé pour quelques cours. Il avait besoin de repos et de s'éloigner d'ici. Cela lui a fait du bien, on dirait.

— Ça lui a fait du bien, hein ? Et l'œil se déplaça sur sa droite en un mouvement fugace (il se déplaça vers moi), pour revenir aussitôt se fixer sur les canards. Je sais qu'il a pris un congé et qu'il est allé en Toscane, mais je le sais par d'autres. Depuis son retour, deux semaines, trois ? il n'est pas venu me voir. Il n'a pas appelé non plus. Il se tut, puis il se tourna pour me regarder de face, comme s'il lui était nécessaire de regarder en face pour dire des choses senties ou reconnaître des faiblesses. — Ceci m'étonne et me peine, je ne vois pas pourquoi je m'en cacherais. J'avais pensé que c'était peut-être à cause de sa mine, si elle était mauvaise. Mais tu me dis qu'elle est bonne, n'est-ce pas ? C'est bien ce que tu as dit, non ?

— Oui, il avait très mauvaise mine en février,

et maintenant, en comparaison, je le trouve bien mieux.

Toby Rylands, avec son énorme poids dû non pas à un quelconque excès de graisse mais à sa taille et à sa corpulence, se pencha avec difficulté pour prendre un peu plus de pain dans une corbeille d'osier posée sur le sol. Quatre autres canards venaient d'apparaître.

— Je me demande à partir de quel jour il cessera totalement de venir. Quel sera, donc, le dernier jour où je le verrai, pour autant que ce jour ne soit déjà venu, en février, sans que je l'aie su alors. C'est là la dernière fois qu'il est venu, à la mi-février. Peut-être pense-t-il ne plus venir. Regarde les canards.

Je regardai les canards. Mais je lui répondis aussitôt :

— Je ne sais pas pourquoi vous dites cela, Toby. Personne n'apprécie tant votre compagnie que Cromer-Blake, vous le savez parfaitement. Je ne crois pas qu'il cesse un jour de venir vous voir, au moins de sa propre volonté.

Le professeur Rylands vida d'un coup dans l'eau le reste du pain de la corbeille, sans le couper davantage — quignons et tranches flottant un instant sur les eaux terreuses de la Cherwell —, et, la lâchant — elle resta retournée sur l'herbe, comme un chapeau rustique de femme, l'anse faisant le ruban —, il revint jusqu'à la petite table où madame Berry, sa gouvernante, nous avait servi du Jerez et quelques olives. Bien que nous fussions à la fin de mars il ne faisait pas froid dehors pour peu que l'on fût légèrement couvert. C'était un dimanche où le soleil alternait avec quelques maigres nuages, et il ne fallait pas gâcher le soleil, car il aidait à occuper le jour et à passer au suivant. Rylands portait un nœud papillon, un épais chandail jaune et par-dessus un blouson doublé de laine : le chandail était plus long et dépassait sous le cuir brun. Il s'assit sur une chaise à coussin et prit son verre. Il le vida lentement, mais d'un trait, et se resservit.

— De sa propre volonté, dit-il. De sa propre volonté, répéta-t-il. À qui appartient la volonté d'un malade ? Au malade ou à la maladie ? Quand on est malade ou quand on est vieux ou perturbé, les choses se font à parts égales entre la volonté propre et une volonté étrangère. Ce qu'on ne sait pas toujours c'est à qui appartient la part de volonté qui n'est plus la nôtre. À la maladie, aux médecins, aux médicaments, à la perturbation, à l'âge, au temps passé ? À celui que nous ne sommes plus... qui l'a emportée avec lui ? Cromer-Blake n'est plus celui que nous croyons qu'il est ni celui qu'il était habituellement, il n'est plus le même. Et ou je me trompe fort ou il le sera de moins en moins jusqu'à cesser d'être, simplement. Jusqu'à ce qu'il ne soit ni lui-même ni un autre ni un troisième ni un quatrième, mais personne. Jusqu'à ce qu'il ne soit personne.

— Je ne vous comprends pas, Toby, dis-je, dans l'espoir que la phrase fût par elle-même dissuasive et qu'il s'interrompît. Dans l'espoir qu'il répondît quelque chose comme « Laissons cela » ou « Oublie cela » ou « N'y fais pas attention » ou « C'est sans importance ». Mais il ne répondit rien de tout cela.

— Non, hein ? Et Toby Rylands passa une main sur sa chevelure crémeuse, bien coiffée et très blanche, comme le faisait Cromer-Blake (qui peut-être lui avait pris ce geste), mais celle de Rylands était beaucoup plus blanche. « Toby Rylands a dû être très blond », pensai-je juste avant qu'il ne dise ce que (madrilène et superstitieux ou déjà anglicisé et stoïque) j'aurais préféré qu'il ne dise pas :

— Écoute, dit-il, écoute-moi. Cromer-Blake va mourir. Je ne sais pas ce qu'il a et il ne nous le dira pas, si tant est qu'il le sache avec certitude ou qu'il n'ait pas réussi à l'oublier, au moins par moments, par irresponsabilité et par un gros effort. Je ne sais pas ce qu'il a, mais je ne crois pas qu'il en ait pour bien longtemps et je suis convaincu que c'est très grave. Quand il est venu ici la dernière fois, en février, il était dans un triste état et je l'ai vu mort. Il avait le visage d'un mort. Maintenant tu dis qu'il va mieux, tu ne peux savoir comme je m'en réjouis, et je souhaite que cela dure. Mais il a déjà été mieux d'autres fois et ensuite pire que jamais, et ce dernier jour je l'ai vu condamné. Mon cœur s'est brisé et se brisera encore plus quand cela arrivera, il vaut mieux que je me fasse à cette idée. Mais je souffre aussi qu'à cause de cela il ne vienne plus me voir, alors que c'est encore possible. Ce n'est pas à cause de sa mine, normale ou mauvaise, qu'il ne vient pas, ce n'est pas pour ne pas me faire de peine, ou parce qu'il préfère que je ne le voie pas dans cet état. Je sais pourquoi il ne vient pas me voir. Avant j'étais un vieux (mon aspect est celui d'un vieux depuis bien longtemps ; j'ai toujours fait plus vieux, et toi tu ne m'as connu que l'an dernier), et j'étais inoffensif, ou même bénéfique, j'étais instructif avec mes digressions et j'étais amusant avec ma malice et mes plaisanteries, et je pouvais encore lui apprendre des choses, bien que je n'en sache pas énormément dans votre domaine, la littérature espagnole, je ne sais pas pourquoi il ne s'est pas occupé de la nôtre, plus variée. Mais maintenant je ne suis plus cela, sinon le miroir dans lequel il ne veut pas se voir. Sa fin est proche et la mienne aussi. Je lui rappelle la mort, car je suis certainement, parmi ses amis, celui qui en est le plus près. Je suis la maladie dont il souffre, je suis la vieillesse, je suis la déchéance, ma volonté est vagabonde, comme la sienne, mais moi j'ai eu le temps de m'habituer à la perdre, et s'habituer à la perdre signifie apprendre à la retenir au maximum, retarder sa fuite, et ne pas faire de mal. Lui n'a pas eu ce temps, et on ne peut le lui reprocher. Je ne dois pas lui reprocher de me fuir. Pauvre garçon. Même si on ne le remarque pas, il doit être déconcerté. Il doit être atterré. Et il doit avoir du mal à croire ce qui lui arrive.

Toby Rylands but un peu plus de Jerez et ferma à demi ses yeux différents mais semblables en ce moment car il regardait dans la direction du soleil qui lui faisait face. Il prit une olive.

— Je ne sais pas, dis-je. Je ne sais pas si vous avez raison, Toby. Moi je ne vous vois pas du tout près de la mort, comme vous dites, ou la rappelant, ou allant au-devant d'elle. Vous n'êtes même pas très âgé, et vous êtes en bonne santé, n'est-ce pas ? Vous êtes magnifique. L'an passé vos cours étaient bondés, et pourraient l'être encore si vous n'aviez dû prendre votre retraite cette année. Personne ne remplit les salles à Oxford s'il est fini. Il se peut que Cromer-Blake n'ait pas eu le temps de venir vous voir.

— Ta, ta, ta. Toby Rylands finit par éclater de rire, mais avec amertume. Puis il dit : je sais ce que tu penses, que je dis tout cela justement pour ça, parce que j'ai dû prendre ma retraite.

Que tout à coup je me vois près de la mort et autres sottises parce que je suis inactif et que je pense trop, ici dans ce jardin près de la rivière, qui de tout temps est l'image du passage. Ou dans la maison… madame Berry si silencieuse. Ce ne sont que des lieux communs, et je ne suis pas inactif. Je suis en train d'écrire le meilleur livre jamais écrit sur Laurence Sterne et son *Sentimental Journey*. Tu me diras que ça n'a pas beaucoup d'intérêt, ou pour peu de gens, et que ça n'amène pas spécialement à se sentir… attendu. Mais il m'importe à moi. J'adore ce livre, et il m'importe qu'on le comprenne bien, et que je le comprenne moi, à mesure que je le réétudie et que je vous l'explique : je m'attends moi-même. Non, ce n'est pas la retraite, pas du tout. Depuis des années je vois passer les jours avec la sensation de chute que tous les hommes éprouvent tôt ou tard. Elle ne dépend pas vraiment de l'âge, certains l'éprouvent dès l'enfance, des enfants l'éprouvent parfois. Je l'ai éprouvée assez tôt, il y a une quarantaine d'années, et j'ai vécu toutes ces années en permettant à la mort de s'approcher, et cela me panique. Ce qui est grave dans l'approche de la mort ce n'est pas la mort elle-même avec ce qu'elle apporte ou n'apporte pas, c'est qu'on ne pourra plus rêver l'avenir. J'ai eu ce qu'on appelle communément une vie bien remplie, ou je la considère comme telle. Je n'ai eu ni femme ni enfants, mais je crois avoir eu une vie de connaissance, et c'était ce qui comptait pour moi. Jamais je n'ai cessé d'en savoir plus que ce que je savais avant, et tu peux mettre cet *avant* où tu veux indifféremment, même aujourd'hui, même demain. Mais j'ai eu une vie bien remplie aussi parce que cette vie a connu l'action et les imprévus. J'ai été espion, comme tu l'as certainement entendu dire et comme l'ont été tant de gens parmi nous parce que ça peut faire partie de notre tâche ; mais pas de bureau, comme le sont ce Dewar de ton département et la plupart ; de terrain. Je me suis trouvé en Inde et aux Caraïbes et en Russie, et j'ai fait des choses que je ne peux plus raconter à personne parce qu'elles paraîtraient ridicules et l'on n'y croirait pas, je sais bien ce que l'on peut raconter et ce que l'on ne peut pas, il y a un temps pour tout, parce que j'ai passé ma vie à le savoir dans la littérature, et je sais faire la distinction. Rien de cela ne peut plus être raconté, mais j'ai couru des risques mortels et j'ai dénoncé des hommes contre qui je n'avais rien personnellement. J'ai sauvé des vies et j'ai envoyé des gens au poteau ou au gibet. J'ai vécu en Afrique, en des lieux invraisemblables et en d'autres temps, et j'ai vu la personne que j'aimais se tuer — Toby Rylands se tut brusquement, comme si seule sa mémoire, et non sa volonté (sa volonté retenue au maximum, mais déjà plus entièrement sienne), l'avait poussé à dire ce qu'il venait de dire ; il se reprit aussitôt, sans doute parce que le meilleur moyen de l'effacer était de continuer ; et j'ai assisté à des combats. Ma tête est pleine de souvenirs nets et fulgurants, effrayants et exaltants, et si quelqu'un pouvait les voir dans leur ensemble comme je les vois, il penserait que c'était bien suffisant pour ne pas en vouloir davantage, pour que la seule remémoration de tant de faits et de tant de personnes émouvantes remplisse les jours de la vieillesse plus intensément que le présent de tant d'autres. Mais il n'en est rien, et même maintenant, quand il semble que rien d'imprévu ne puisse plus m'arriver, donc *rien* ; quand la vie que je mène ici dans mon jardin ou dans la maison avec la trop prévisible madame Berry semble faite tout exprès pour qu'il n'arrive rien, et que tout ce qui peut être surprenant et stimulant semble tellement passé et tellement exclu, je t'assure que même maintenant je continue à en vouloir davantage : *je veux tout* ; et ce qui me fait me lever le matin c'est toujours l'attente de ce qui est sur le point de venir et ne s'annonce pas, c'est l'attente de l'inattendu, et je ne cesse de rêver ce qui doit venir, exactement de la même façon que quand j'avais seize ans et que j'ai quitté l'Afrique pour la première fois, et que tout était possible, parce que tout est possible avec la méconnaissance.

J'ai entamé peu à peu cette méconnaissance, et, comme je te l'ai dit, j'en ai toujours su plus que ce que je savais. Mais même ainsi la méconnaissance reste assez grande pour qu'aujourd'hui encore, avec mes soixante-dix ans passés et cette vie si maîtrisée, je continue à avoir l'espoir de tout embrasser et de tout ressentir, l'insolite et ce à quoi on a goûté déjà, une nouvelle fois, le déjà-goûté. Il existe une passion pour l'inconnu et aussi une passion pour le connu, on ne peut accepter que certaines choses ne puissent plus se répéter. C'est pour cela que parfois j'envie Will, le vieux gardien de la Tayloriana, qui doit avoir une vingtaine d'années de plus que moi et qui cependant, grâce au fait d'avoir totalement laissé s'enfuir sa volonté, vit en permanence dans la joie ou l'angoisse tout au long du temps de toute sa vie, ressentant de grandes surprises mais aussi revivant ce qu'il a connu. C'est une façon de ne renoncer à rien, même s'il ne le sait pas et même si sa vie de guérite a été tout, sauf bien remplie selon mon point de vue. Mais mon point de vue n'a aucune importance ici, aucun n'a d'importance. L'insupportable pour tout le monde est de savoir qu'à un moment donné il faudra renoncer à tout, quoi que constitue ce *tout*, seule chose que nous connaissions, seule chose à laquelle nous soyons accoutumés. Je comprends fort bien celui qui regrette de mourir parce qu'il ne pourra pas lire le prochain livre de son auteur favori, ou voir le prochain film de l'actrice qu'il admire, ou boire une autre bière, ou faire les mots croisés du jour nouveau, ou suivre le prochain épisode du feuilleton télévisé, ou parce qu'il ne saura pas quelle équipe a gagné le championnat de football de l'année en cours. Je le comprends parfaitement. Ce n'est pas seulement que tout puisse encore être donné, la nouvelle inimaginable, la tournure de tous les événements, les faits les plus extraordinaires, les découvertes, l'écroulement du monde. L'envers du temps, sa face noire... C'est aussi que les choses qui nous retiennent sont si nombreuses. Si nombreuses les choses qui doivent retenir Cromer-Blake. Aussi nombreuses que pour toi. Ou que pour moi. Ou que pour madame Berry. Et Toby Rylands fit un geste vers la maison. — Tu t'imagines ; pauvre garçon. Je suppose qu'à l'heure de prendre congé moi je n'en fais plus partie.

Le professeur Rylands se tut. Il remonta un peu plus la fermeture de son blouson, cachant maintenant entièrement le haut du chandail — mais toujours pas le bas, la frange jaune toujours visible —, et il prit deux olives à la fois.

— Vous ne voulez pas que je lui parle, n'est-ce pas ?

— Surtout pas. Et les deux yeux, celui d'huile et celui de cendre pâle, celui d'aigle et celui de cheval, me regardèrent avec autorité. L'autorité littéraire vida son second verre de Jerez et, se donnant une tape sur la poitrine énorme et convexe, il se leva et fit quelques pas en direction de la rivière. Il ramassa la corbeille d'osier jetée dans l'herbe et, la passant à son bras, comme un vendeur ambulant d'autrefois ayant vendu toute sa marchandise, il se tourna vers la maison et cria : — Mrs Berry ! Mrs Berry ! Et quand madame Berry se pencha à la fenêtre de la cuisine, où elle devait déjà lui préparer le déjeuner léger auquel je ne resterais pas, il lui dit en élevant la voix comme je l'élèverai plus tard dans la discothèque pour parler à Muriel de Wychwood Forest : — Mrs Berry, soyez gentille d'apporter quelques gâteaux secs, les plus vieux ! Puis il me regarda à nouveau (sans plus d'autorité) et agita la corbeille en l'air. Il rit : Ta, ta, ta. Voyons si ces cygnes paresseux finissent tout de même par apparaître.

Tout ce qui nous arrive, tout ce dont nous parlons ou qui nous est relaté, ce que nous voyons de nos propres yeux ou qui sort de notre bouche ou entre dans nos oreilles, tout ce à quoi nous assistons (et dont, par conséquent, nous sommes en partie responsables), doit avoir un destinataire extérieur à nous-mêmes, et ce destinataire nous le sélectionnons en fonction de ce qui nous arrive ou de ce que l'on nous dit, ou encore de ce que nous disons. Chaque chose doit tôt ou tard être racontée à quelqu'un — pas toujours à la même personne, pas nécessairement —, et chaque chose est mise en réserve comme on le fait lorsqu'on examine et qu'on élimine et qu'on attribue de futurs cadeaux un après-midi d'emplettes. Tout doit être raconté au moins une fois, même si, comme l'avait décrété Rylands avec toute son autorité littéraire, il y a un temps pour cela. Ou, en d'autres termes au bon moment et parfois pas du tout, si on n'a pas su reconnaître ce moment ou si on l'a délibérément laissé passer. Ce moment se présente parfois (le plus souvent) de façon immédiate, pressante et sans ambiguïté, mais bien d'autres fois, il se présente confusément et seulement après des lustres et des décennies, comme c'est le cas pour les plus grands secrets. Quoi qu'il en soit, aucun secret ne peut ni ne doit être gardé à jamais envers quiconque, et il doit absolument trouver ne serait-ce qu'un destinataire une fois dans la vie, une fois dans sa vie de secret.

C'est pourquoi certaines personnes réapparaissent.

C'est pourquoi nous nous condamnons toujours par ce que nous disons. Ou par ce que l'on nous dit.

Je savais que si le temps compté de Cromer-Blake m'en laissait le temps, je finirais par lui raconter ce que de son impérieux regard Toby Rylands m'avait interdit de lui dire, bien que pris au sens strict cela ne pût être vraiment considéré comme un secret. Mais comme à cette époque (sur le moment) il allait de soi que je devais me taire, et que ces mots mettraient un certain temps à joindre leur destinataire déjà sélectionné et le plus nécessaire, j'oubliai aussitôt, bien que passagèrement (je veux dire que je cessai de me poser des questions et de me torturer l'esprit), tout ce que Rylands m'avait appris de Cromer-Blake et de son éloignement prolongé de la maison des bords de la Cherwell. Je ne pus oublier, en revanche, ses insinuations — ou affirmations : les plus explicites que j'avais pu entendre — sur son propre passé. Mais tout ce que je pouvais en faire était *seulement* de les communiquer à Cromer-Blake, à Clare Bayes, mes deux principales figures emblématiques de la ville d'Oxford (respectivement paternelle et maternelle, fraternelle et mentale) en dehors de Rylands lui-même (qui était la troisième, celle du maître et la plus conforme). Et *seulement* signifie que de même qu'ils pouvaient les partager et ainsi devenir leurs destinataires en dehors de moi-même, ni eux ni personne, assurément (combien de morts ne devait-il pas y avoir dans la remémoration fulgurante et nette de Toby Rylands), ne parviendraient à les clarifier ni à compléter l'histoire de ces fameuses activités de délation et d'espionnage, de ces obscurs débuts et de ces combats, de ces hommes que Rylands avait condamnés ou sauvés ni — bien sûr, encore moins — de cette personne qu'il avait aimée et qui s'était tuée sous ses propres yeux, *alors qu'*il l'aimait — même si aussitôt je me mis à douter qu'il l'eût dit, et à douter de ma capacité de compréhension de l'anglais, et d'avoir bien entendu et bien compris.

À la première occasion, j'en parlai à Cromer-

Blake, mais il sembla donner raison à Rylands pour ce qui était de sa mise à l'écart et de l'oubli dans lequel il le tenait, car c'est tout juste s'il y prêta attention. Il ne sembla pas s'y intéresser. (Peut-être n'était-il déjà plus, en effet, celui que nous croyions ou celui qu'il avait été, car Cromer-Blake pouvait réagir en toute occasion, comme je l'ai déjà dit ou comme il le disait lui-même, avec ironie ou colère, mais jamais sans curiosité, jamais avec indifférence.)

« Tu es sûr que c'est ce qu'il a dit ? », se contenta-t-il de demander l'air sceptique et distrait, (et nul désintérêt ne peut surpasser celui du sceptique). « Je crois que oui, répondis-je, bien que je n'en sois déjà plus certain. Mais je ne pourrais pas non plus l'avoir inventé, une histoire pareille ne me serait pas venue à l'esprit. » Et il répondit : « Qui sait, ce serait arrivé pendant la guerre, sans doute un soldat de ses amis qui aurait éprouvé une telle peur avant le combat qu'il aurait préféré en finir d'un coup avec l'incertitude et se tirer une balle. Cela survenait assez souvent, a fortiori dans les tranchées de la Grande Guerre, bourrées d'adolescents, d'enfants. » « Mais Rylands est homosexuel ? » demandai-je. « Ah ! à la vérité je n'en sais rien, je l'ai toujours connu seul et il n'aborde jamais ces questions triviales. Tout bien considéré, on le dirait asexué », et ceci me parut en contradiction avec ce qu'il m'avait exposé une nuit d'abondant porto, après un haut dîner. « Du reste tu sais bien que lorsqu'on me parle de personnes aimées ou désirées, pour moi ce sont des hommes que j'imagine tant qu'on ne me précise pas le contraire. Peut-être l'a-t-il dit pour t'impressionner. Il est peu loquace sur son passé, mais il aime laisser entendre que sa vie a été très intense. Moi je n'accorderais pas d'importance à ces mots, si jamais il les a dits. » Et il enchaîna en m'interrogeant sur ma relation avec Clare Bayes, à laquelle à ce moment-là — à la fin d'Hilary de ma seconde et dernière année — il restait en principe un trimestre de vie et à laquelle il s'était si bien accoutumé qu'il faisait maintenant — quand il en était d'humeur — office de confident pour chacun de nous. À cette époque, — telle une matrone — il semblait ne s'intéresser qu'aux relations sexuelles ou sentimentales des autres, comme si lui-même avait renoncé aux siennes, et ne s'attacher qu'au présent, qu'aux problèmes les plus quotidiens, comme si pour lui, en effet, le futur ne comptait pas (pas plus que le passé d'ailleurs). « Qu'importe de toute façon, ce qui a bien pu arriver il y a quarante ans ? Et, ouvrant les mains avec éloquence, il croisa ses longues jambes et prit la pose (sa toge comme une cascade nocturne) qui contribuait le mieux au déguisement esthétique de toute sa personne. Ce fut son dernier commentaire sur ce que j'avais entendu et dont j'avais fait de lui le destinataire.

Quant à Clare Bayes, je lui fis aussi un compte rendu (à elle, très complet) de ma conversation avec Rylands. Mais elle sembla s'intéresser principalement ou uniquement à la peine de ce dernier face à la désertion prolongée de Cromer-Blake, et ce ne fut qu'avec de véritables exhortations que je parvins à la dissuader d'intervenir dans cette affaire, comme elle en avait l'intention, et à la convaincre de taire au disciple fugueur les plaintes de son maître. Le fils Eric était encore en bonne santé à Bristol, et par conséquent, Clare Bayes était encore attentive à tout, expansive, persévérante quand il le fallait. Cependant, lorsque mes commentaires se firent insistants sur le passé de Rylands et sur cet épisode si mélodramatique en lien avec une mort concrète qui avait eu un témoin, Clare Bayes changea d'expression (elle fit une grimace) et s'impatienta, comme si elle n'était plus disposée non seulement à en parler, mais même à en entendre parler. Bien que le plus inattendu fût peut-être qu'elle non plus ne parût pas excessivement impressionnée ou surprise par la révélation que Rylands ne m'avait faite volontairement qu'à demi. Elle en parut plutôt contrariée. « Qui sait », dit-elle tout comme avait dit Cromer-Blake le matin même, « c'est peut-être vrai. » Nous étions chez moi, à l'étage supérieur, autrement dit dans mon lit, qui n'avait alors jamais été qu'à elle et à moi. Mais nous y étions vêtus, comme cela nous arrivait si souvent à cause du piètre chauffage et de la hâte, parlant vite avant qu'elle ne s'en aille et ne retourne à pied chez elle — sous la lune pulpeuse et mouvante et face au vent —, le visage toujours trop enflammé pour notre sécurité et pour mon goût. Nous parlions vite parce qu'ainsi nous avions l'impression de ralentir le temps, et que ce temps compté dont nous disposions toujours contiendrait davantage : davantage que les effusions, qui depuis longtemps déjà ne nous suffisaient plus, je veux dire que ce n'était plus tout ce qui nous intéressait chez l'autre. Donc elle dit : « Qui sait, c'est peut-être vrai », et elle tenta de changer de sujet. Mais je poursuivis : « Et qui pourrait en savoir plus long là-dessus ? J'aimerais connaître cette histoire de Toby, mais je n'ose pas le lui demander. » « Quelle importance, dit-elle, peut-être était-il amoureux d'une femme malade qui souffrait tellement qu'elle s'est donné la mort. Ces choses-là n'arrivent pas qu'au cinéma. » « Toby Rylands est hétérosexuel, n'est-ce pas ? » demandai-je. « Ah ! je ne sais pas, je le suppose, dit-elle, je pars du principe que tous les hommes le sont à moins qu'ils ne me disent ouvertement le contraire, comme Cromer-Blake. D'ailleurs, pourquoi ne le serait-il pas ? Parce qu'il ne s'est jamais marié ? En tout cas, je n'ai jamais entendu dire qu'il ne l'était pas. » « Moi non plus, bien sûr », répondis-je et j'ajoutai : « Mais si cette histoire est vraie, ne te semble-t-elle pas atroce et digne d'être connue, quelle qu'elle soit ? » C'est alors que Clare Bayes s'impatienta, fit une grimace et parut contrariée : elle alluma une cigarette avec irritation et distraction, une cendre incandescente tomba sur l'un de ses bas — ses bas toujours à découvert, sa jupe toujours remontée sur mon lit si elle ne l'avait quittée, laissant voir ses jambes sveltes et fermes et ses pieds nus, et sous la brûlure elle jura, se leva, frotta son bas, fit trois pas dans la chambre jusqu'à la fenêtre, regarda au-dehors machinalement — peut-être l'église de St Aloysius et le vent —, puis elle fit cinq autres pas vers le mur opposé et y appuya la main faisant sonner ses nombreux bracelets, donna un petit coup sec à sa cigarette dont la cendre ne se détacha pas — elle serait tombée sur la moquette — et dit : « Oui, bien sûr qu'elle me semble atroce, et c'est justement pourquoi je ne veux pas la connaître ni en parler, encore moins me mettre à imaginer quelle terreur a pu connaître Toby voilà trente ans dans un pays étranger. Qu'importe ce qui a pu se passer si loin, et il y a si longtemps ? » « Quarante ans, dis-je, il m'a donné l'impression de se référer à un événement qui serait survenu il y a quarante ans. Et il n'a pas dit que c'était dans un pays étranger, encore que ce soit fort possible. » « Il s'est aussi passé beaucoup de choses il y a trente ans », dit Clare Bayes, et elle aspira et exhala sa première bouffée, car jusque-là elle avait tenu sa cigarette allumée à la main, en gesticulant, mais sans la fumer, « et il y a vingt ans, et dix, et hier même, ici et dans tant d'autres pays, il s'est toujours passé trop de choses atroces, je ne vois pas pourquoi il faudrait recommencer à en parler, ni pourquoi il faudrait tenter de nous informer de celles que nous avions la chance d'ignorer, de celles qui ont eu lieu sans que nous ayons pu en être les témoins ou en être affectés. Nous en avons déjà assez avec ce qui nous a été donné de voir de nos propres yeux, tu ne crois pas ? » Et elle se mit à rassembler ses notes et ses sacs et à enfiler sa veste pour s'en aller, alors que les cloches d'Oxford venaient de faire leur dernière intervention nous avisant ainsi qu'il nous restait encore un quart d'heure, et que sur la table de nuit le réveil n'avait pas encore sonné. Cette fois-là elle ne s'attarda pas aux adieux (elle ne ressentit pas la peine du temps qui s'achève), en dépit des vacances de Pâques qui allaient commencer et du fait que nous ne pourrions plus nous voir d'ici Trinity et la reprise des cours. C'est ce jour-là qu'elle oublia ses boucles d'oreilles que j'ai toujours.

Mais dans cette conversation avec l'autorité

littéraire, un troisième élément avait surgi — au passage lui aussi — qui avait attiré mon attention ou m'avait intrigué et qui, en revanche, offrait davantage de possibilités d'investigations, même limitées. En cet élément je vis l'anti-Rylands, et plus encore, je vis l'anti-Gawsworth, le contraire de ce que je craignais de devenir, et ce contraire me fit tout aussi peur, car en lui je vis le parfait usufruitier, celui qui à la vérité ne tirerait pas de bénéfice personnel de sa vie ni ne laisserait de trace, celui dont ne dépendrait jamais rien ni personne (le sort de personne), si ce n'est lui-même sans prolongement ni ombre, et ses activités. Ou plutôt, sa routine et sa vie seulement imaginée (comme celles de ceux qui écrivent). Je vis l'âme morte de la ville d'Oxford, celle que pas même Will ne songerait à ressusciter — un instant, dans sa guérite, en levant la main — quand elle aurait disparu. Et même si je ne devais pas rester à Oxford et si je ne parviendrais jamais à être l'une de ses véritables âmes, je compris que cet anti-Rylands, cet anti-Gawsworth, risquait d'avoir un sort pire que celui de Rylands et de Gawsworth, car il n'aurait jamais de destinataire ni de dépositaire de ses secrets (l'unique secret authentique, celui du vivant mort, pas celui du mort).

Je ne pensais pas à cet élément le lundi ni le mardi ni le mercredi suivant le dimanche de ma visite à Rylands (et c'est ce mardi-là que je fis de Cromer-Blake et de Clare Bayes mes destinataires, sans grand écho) ; mais le jeudi qui était l'avant-dernier jour de cours avant les vacances de Pâques, je fis une rapide escapade à la librairie Blackwell's entre deux de mes cours, séparés par une heure creuse, et, rompant avec mon habitude de monter tout de suite au troisième étage pour y faire mes recherches et fouiller l'immense section de livres anciens ou d'occasion, je m'arrêtai au second afin de jeter un coup d'œil à la section d'étranger ou du continent, où se côtoyaient les traductions et les textes importés dans leurs différentes langues originales. Et là, devant la subdivision de russe, j'aperçus de loin Alec Dewar l'Équarisseur. Il était en train de consulter — de lire plutôt, à en juger par le temps que cela prenait — un gros volume sur la couverture duquel je vis aussitôt le portrait de Pouchkine peint par Kiprensky et qui a été tant reproduit. Sur le moment, je n'y ai pas accordé d'importance, sachant combien Dewar était spécialiste du XIXe siècle espagnol et portugais (c'était à l'excès un dévot de Zorrilla et de Castelo Branco, et il me recommandait toujours avec une ardeur sans bornes un long poème de mon compatriote intitulé *El reloj* ou *Los relojes*, je ne m'en souviens pas bien, n'ayant jamais suivi son conseil), et je le supposais mû par quelque manœuvre ou cabale comparative. Lui ne me vit pas, tant il était absorbé par la lecture *d'Onéguine* ou du *Convive de pierre* (ce devait être cette œuvre-ci pensai-je, pour la confronter avec le *Tenorio*), et je n'eus pas envie de le saluer en dehors de la Tayloriana et pendant une heure de détente pour moi. Mais en faisant le tour en quête de la subdivision d'italien, encore à une certaine distance, et en passant derrière lui sans qu'il s'en aperçût, l'espace de quelques secondes je vis le texte qu'il avait sous les yeux et ce texte était en caractères cyrilliques. Je m'éloignai un peu plus et là je me mis vraiment à l'observer. Il continua pendant un bon moment à lire ce volume en russe, tournant les pages à son rythme, et qui plus est : quand au bout de longues minutes et vaincu par la curiosité je m'approchai avec précaution à en frôler presque son dos et — toujours sans que lui-même émergeât des abîmes de l'un ou de l'autre de ces libertins, tant il était captivé — je regardai à mon aise pardessus son épaule et m'aperçus qu'il ne s'agissait pas même d'une édition en russe produite en Angleterre, dans laquelle il pourrait y avoir des notes en bas de page ou une introduction en anglais qui eussent expliqué son interminable consultation, mais d'une édition authentiquement et véritablement soviétique dont cette section continentale de la Blackwell's était loin d'être dépourvue ; je perçus — un murmure très faible, audible de très près seulement et lorsque la caisse enregistreuse toute proche ne se trouvait pas en fonctionnement — de quelle façon l'Équarisseur disait ce qu'il lisait entre ses dents, avec un sourire défaillant accroché à son énorme bouche, et comment il marquait avec délicatesse et rythme (béat en somme) la cadence parfaite des stances ïambiques. Aucun doute : l'Inquisiteur non seulement lisait le russe mais s'en délectait.

Si c'était Rook que j'avais surpris dans cette attitude extasiée (Rook, le vieil ami proclamé de Vladimir Vladimirovitch, aux colonies, le distingué et toujours futur traducteur de *Karénine* à l'instar de Vladimir à jamais ancien et distingué traducteur d'*Oneguine* lui-même), rien d'étrange à cela. Mais l'Équarisseur dominait déjà les deux langues auxquelles sa profession le consacrait, et il pouvait paraître excessif qu'en outre il sût aussi le russe et avec une telle virtuosité qu'il pouvait même se permettre de scander couramment ses meilleurs vers dans un lieu public. Et il me revint alors que Rylands, en ce que plus tard lui-même devait avoir considéré comme ses indiscrétions de ce dimanche-là, avait parlé de Dewar comme d'un espion. « De bureau », avait-il dit, et par conséquent méprisable à ses yeux ; mais il n'avait pas eu la moindre hésitation au moment de lui mettre cette étiquette et de l'assimiler à ce travail, par ailleurs tellement oxonien. À ce propos je pouvais bien le questionner, lui Rylands, mais ce ne fut possible qu'après Pâques, à l'arrivée de Trinity, et alors que l'enfant Eric était malade et que Clare Bayes ne voulait pas me voir, alors que je passais beaucoup plus de temps dans les rues d'Oxford, croisant mes clochards et obsédé par eux, et que j'étais sur le point de fréquenter la discothèque arabe proche de l'Apollo Théâtre, ce fut seulement à ce moment-là que je refis une visite à la maison des bords de la Cherwell et que je me risquai à l'interroger. Et bien qu'au début il essayât de dissimuler un peu (« Ah ! oui, Dewar, de ton département, es-tu vraiment certain que j'aie dit cela ? »), me prouvant ainsi qu'il m'aurait su gré de triompher de ma discrétion et de mon respect et de lui en demander davantage sur son intense passé ; après quelque insistance il consentit à me raconter, avec ses divagations habituelles et ses détails malicieux : « Ah, oui, Dewar, reprit-il, de Brasenose College, non ? Ou de Magdalen ? Oui, en réalité, il doit déjà être à la retraite, si je ne m'abuse, quel âge peut-il avoir maintenant, cinquante et quelque ? Impossible à déterminer, depuis que je le connais, il a toujours été entre deux âges comme l'on dit ; mais de toute façon le service met rapidement ses hommes à la retraite à moins qu'ils ne soient irremplaçables, même les employés de bureau. Quant à Dewar je suppose qu'ils doivent être sur le point de le remercier, si ce n'est déjà fait : il est très nerveux, insomniaque chronique, et cela l'a sans doute usé. Savais-tu qu'il ne peut dormir qu'avec le bruit blanc ? Le bruit blanc, c'est ainsi qu'on l'appelle. C'est un appareil, un engin acoustique qui émet un étrange son uniforme qui en réalité ne l'est pas, quelque chose de presque inaudible mais de réel, tant et si bien qu'en fait il supprime tous les autres sons et favorise le sommeil ; il paraît que c'est infaillible. On l'utilise beaucoup dans le service, où de nombreuses personnes ne trouvent pas le sommeil. Dewar a dû s'en procurer un en échange d'un certain nombre de tâches supplémentaires. Il me l'a montré une fois, dans son *college*... je n'arrive pas à me souvenir si c'était Magdalen ou Brasenose... on aurait dit une petite radio, mais moi je n'ai rien pu entendre. Dewar. Oui. Il n'a jamais fait grand-chose, et, à ma connaissance, il n'a jamais quitté l'Angleterre pour une quelconque mission. Travaux de bureau, c'est tout, ceci dû à son excellente connaissance du russe, son seul mérite. C'est un homme doué pour les langues, il a appris le russe quand il était étudiant, comme il a appris l'espagnol et plus tard le portugais pour compléter la spécialisation qu'il avait choisie... Je crois qu'il parle plusieurs autres langues... Il aurait aussi bien pu choisir les langues slaves, quoique dans ce cas le service n'aurait jamais eu recours à lui. La simple appartenance à une section de slave supprime toute possibilité de travail en liaison avec les soviétiques. Ta, ta, ta, il n'aurait jamais rien fait. Dewar a quelquefois été appelé à Londres pour réaliser des écoutes, pour traduire des enregistrements et interpréter des intonations, ou pour nuancer quelques textes particulièrement ardus ou denses, mais rien d'autre. Ah ! si, sa dernière fonction, mais si sporadique... peut-être l'exerce-t-il encore... Quand un danseur de ballet, ou un athlète ou un joueur d'échecs, ou un chanteur d'opéra (le genre de citoyen autorisé d'ordinaire à sortir du territoire soviétique) s'échappe et passe à l'Ouest profitant d'une tournée ou d'un tournoi dans notre pays... mais il y en a de moins en moins, et non seulement à cause de l'évolution actuelle, mais parce qu'ils préfèrent tous mettre le pied en Amérique avant de se décider... alors, et avant que l'athlète ou chanteur en question (tous des gens sans grand intérêt, des automates) ait reçu une aide quelconque ou obtenu le droit d'asile, on appelait Dewar pour qu'il l'interroge en russe, ou, plus exactement, pour qu'il traduise les questions de l'inspecteur chargé de l'affaire et qu'il donne son opinion sur la sincérité, les bonnes intentions du fugitif et son renoncement à l'Union soviétique. Aucun de ces fugitifs... il n'y en a jamais eu beaucoup, il me semble me souvenir que le dernier qui passa entre ses mains, il y a bien deux ans de cela maintenant, fut un danseur qui par la suite a fait une grande carrière en Amérique, comme c'est le cas pour tous... Aucun de ces fugitifs donc ne faisait un pas en liberté dans nos rues sans que Dewar ait auparavant donné son avis favorable. Ceci ne signifie pas que son agrément fût unique ou définitif, jamais il n'a eu autant d'importance : il s'agissait plutôt pour lui de donner son opinion à partir de l'intonation, des inflexions de la voix, de la façon dont les personnes interrogées répondaient dans leur propre langue, tout ce qu'en aucune façon ne pouvait apprécier l'inspecteur qui menait l'interrogatoire. On disait que Dewar se délectait ou se délecte tellement comme délégué à l'enquête ou intermédiaire que plus d'une fois on l'a soupçonné de licence, disons qu'on l'a vu s'étendre de façon si invraisemblable dans la traduction des questions en russe qu'on a fini par soupçonner qu'il s'en écartait ou qu'il en ajoutait d'autres de son cru, s'abstenant évidemment de traduire en anglais les réponses correspondant à ces dernières. Bien que les inspecteurs n'aient jamais pu avoir la certitude de l'existence de ces dialogues privés et parallèles entre Dewar et les transfuges (et pour le cas où ils auraient vraiment eu lieu), ils ont encore moins pu savoir de quoi diable Dewar pouvait bien s'entretenir avec les ex-sujets soviétiques.

Pour cela, ils auraient eu besoin du concours d'un second interprète afin de superviser les traductions de Dewar dans les deux sens, contrôlant et retraduisant tout ce que ce dernier aurait entendu et dit en russe. Trop compliqué, et avec le risque d'entamer ainsi une chaîne sans fin de traducteurs, ta, ta, ta… Ce qui est sûr, c'est que Dewar prenait sa tâche très au sérieux, et que sa participation à un interrogatoire supposait toujours que les fugitifs devaient rester assis pendant des heures sur une chaise, criblés de questions peut-être personnelles ou même intimes et qui sait, inconvenantes. Je suppose qu'il profitait au maximum des rares occasions qui se présentaient à lui d'exercer ce second métier. Compte tenu de la vie qu'il mène, il devait considérer cela comme une grande aventure. »

Je crois que mon affection pour l'Équarisseur s'intensifia à partir de là. Ce n'est pas que son travail en qualité d'espion fût particulièrement brillant ou admirable, mais chaque fois que je le vis après que Rylands m'eut révélé ses facultés polyglottes et inquisitrices (maintenant je comprenais mieux l'un de ses surnoms), je ne pouvais plus que l'imaginer dans le réduit d'un commissariat londonien, enfermé des heures durant avec un danseur apeuré et fraîchement enfui et qui pendant ces heures — avec le visage doucereux et féroce de Dewar comme première et peu flatteuse vision du monde dit libre — devait avoir de très sérieuses raisons de se demander s'il avait bien laissé derrière lui le véritable joug ou s'il l'avait devant lui. Peut-être l'Inquisiteur pliait-il la jambe et la balançait-il selon son habitude en classe devant les élèves, ses souliers voraces — faute de pupitres sur lesquels s'appuyer — se posant alternativement sur les accoudoirs du siège que devait occuper le danseur ; ou peut-être, placés plus haut sur le dossier ; ou directement, sur le siège lui-même, leur bout (si large et si carré) se calant comme un coin entre les cuisses du transfuge, de façon menaçante pour son pantalon très ajusté ou pour son collant (parce que je ne pouvais m'empêcher de penser que les danseurs avaient dû fuir après la représentation londonienne et les ovations et les bouquets de fleurs, pas avant, encore vêtus par conséquent de leur tenue de ballet — cet air de Robin Hood[1] qu'ils ont tous — et pour parer à toute éventualité, une cape *fin de siècle* et violette pour se protéger du froid). « Alors comme ça tu as décidé de prendre le large, hein ? lui dirait peut-être l'Équarisseur en russe, d'emblée avec mépris et incrédulité, le tutoyant pour mieux le rabaisser ; et d'un geste rapide il ferait mine de le frapper sans jamais le toucher probablement,

1. Robin des Bois.

sinon du bout de ses souliers — à lacets —, un très léger frôlement. « Et qui nous dit que tu n'es pas en train de mentir et que tu n'as pas l'intention d'attenter à la Couronne ? » (l'Équarisseur est emphatique.) « Ah ! oui, ajouterait-il de son propre chef, je connais la chanson : là-bas vous manquez d'horizons, là-bas vous vous ennuyez, là-bas vous vous sentez prisonniers, dans l'ergastule (ce dernier mot choisi afin d'impressionner par son vocabulaire), et vous voulez mieux, vous, les artistes, vous voulez toujours plus d'éclat et plus de parures et plus d'adulation et plus d'argent, n'est-ce pas ? » « Ce n'est pas tout », se risquerait peut-être à répondre le danseur avec l'impulsion ou l'*élan* de la danse pas encore tout à fait perdu. Mais l'Inquisiteur ne serait pas disposé à s'en laisser conter par un sujet déguisé en Peter Pan (la sécurité de l'État, au moins sur l'un de ses multiples fronts, est entre ses mains, pendant plusieurs heures, c'est lui le responsable et tout dépend de sa sagacité et de son astuce pour démasquer un possible danseur-agent). Pour la première fois Dewar lève son pied grossièrement chaussé, de façon à laisser pressentir tout aussi bien le doute que l'éventualité d'un coup ; mais pour cette première fois il le laisse retomber au sol, se contentant d'un claquement aux résonances martiales. Quelqu'un dépend de lui, même s'il n'en dépend que pendant cette journée. « Bien, bien,

bien », dit-il avec le sourire ampoulé que je connais parfaitement pour le lui avoir vu prodiguer, pendant les cours que nous assurions ensemble, aux élèves qu'il détestait le plus. Et l'Équarisseur fléchit la jambe et met les pieds partout sur la chaise de celui qui est interrogé (pinçant par mégarde un peu de chair) tout en traduisant les questions de l'inspecteur et en y intercalant les siennes : « Qu'est-ce qui t'a décidé à demander asile au Royaume-Uni ? (Et dis-moi, camarade, tu aimais déjà danser quand tu étais petit ?) » Ou bien : « As-tu organisé ta désertion tout seul ou un autre membre de ton ballet était-il au courant ? (Et dis-moi, camarade, en Union soviétique, c'est difficile d'entrer dans une compagnie stable ? Doit-on se soumettre à des pratiques sexuelles ?) » Ou peut-être : « Connais-tu personnellement l'un des dirigeants du parti communiste ou l'un des membres du gouvernement de ton pays ? (Et dis-moi, camarade, comment as-tu trouvé le public anglais ? Connaisseur, pas vrai ? Il y a de la tradition ici. Comment a-t-il accueilli la représentation d'aujourd'hui ? Et combien d'heures par jour consacres-tu aux répétitions ? Dois-tu suivre un régime particulier ? Qu'est-ce qui est le plus éprouvant, le ballet classique ou moderne ? Nijinsky ou Nouréev ? Très belle ta cape violette. Et comment t'entendais-tu avec ta partenaire de danse ? Jalousie ?) » L'Inquisiteur n'est jamais à court de questions, tout l'intéresse en regard de sa vie monotone dans la ville d'Oxford, tout ce qu'il entend maintenant de la bouche du Russe alimentera sa conversation pendant plusieurs *high tables*, il pourra se montrer diablement familier de la vie et des coutumes des danseurs de l'Union soviétique, laissant bouche bée ses compagnons de table. Et au bout du compte, l'Équarisseur finit toujours par donner son accord au transfuge, ne serait-ce que parce qu'après tant de questions et tant de réponses il le considère presque comme un ami, ou du moins comme une connaissance, déjà pour lui aussi familière que tant de *dons* altiers ou austères qu'il voit depuis des décennies dans la ville où il enseigne, sans jamais avoir pu rien en tirer. Et l'Équarisseur, au bout de longues heures, se retourne vers l'inspecteur et lui fait un signe entendu de la tête. « Qu'on apporte de la vodka », lance-t-il au policier resté dans l'ombre, appuyé au mur et silencieux pendant tout l'interrogatoire. « Cet homme-là aimera sûrement trinquer à sa nouvelle vie. *Za zdorovie !* »

Il est possible que le pauvre Dewar, comme le suggérait Rylands, se soit senti important et audacieux en ces occasions ; il est possible aussi, à en juger par sa transe pouchkinienne, qu'il ait regretté le manque d'opportunité de mettre en pratique ses extraordinaires connaissances en russe ; et finalement, il est possible qu'il ait su profiter des circonstances pour passer quelques heures agréables de bavardage avec quelqu'un qui ne pouvait le fuir ni rien faire d'autre que lui répondre, quelqu'un qu'il pouvait ouvertement questionner sur les coutumes et le paysage de sa région natale, sur sa famille et ses amis, sur son enfance, sur ses opinions politiques et ses croyances religieuses, sur ses amours et ses préférences sexuelles, sur sa carrière et les servitudes auxquelles celle-ci l'aurait soumis, ou sur le métro de Moscou, la cuisine russe, les prix du marché, l'état actuel des lettres soviétiques (cette dernière question la plupart du temps restée sans réponse pour son irritation et indignation — joueurs d'échecs, danseurs, gymnastes : ils étaient tous si mal informés. « Il faut répondre à toutes mes questions ! tu entends ? pas une seule ne doit rester sans réponse ! »).

Cet homme sombre, ossu et protocolaire, à la bouche énorme, au crâne pointu et aux pommettes hautes, tout droit sorti d'un tableau d'Otto Dix (et à la férocité puérile, autrement dit, qui ne pouvait effrayer que les proches de l'enfance, ses élèves qui se transmettaient ses trois sanguinaires surnoms d'une année à l'autre), avait certainement autant d'attirance pour la langue russe qu'il en avait pour les mots espagnols de quatre syllabes ou plus (« En-a-je-namien-to[1], tra-ga-sa-bles[2], sin-gla-du-ra[3], va-sa-lla-je[4] »). On ne lui connaissait d'autre vie qu'universitaire. C'était un célibataire de plus de la ville d'Oxford, un autre continuateur de la vieille tradition cléricale de cet endroit immuable et inhospitalier conservé dans le sirop, comme j'ai déjà dit qu'avait dit l'un de mes prédécesseurs. (Autre perturbé, comme moi.) C'était une âme morte. Il avait, cependant, une autre vie infime et singulière, et le jour — les quelques rares jours — où il était appelé de toute urgence à Londres parce qu'un nageur ou un sauteur à la perche ou un violoncelliste ou un danseur (ce dernier sûrement parmi ses favoris) avait demandé l'asile politique abandonnant sa troupe ou son orchestre ou son équipe, en quittant précipitamment ses appartements de Brasenose College dominés par le bruit blanc (en les quittant dans un sursaut de son âme morte), et en passant en train par Didcot et Reading et Slough et Southall, puis en gare de Paddington, pour gagner le centre dans un métro bondé, il devait se sentir l'homme le plus important, impénétrable et sage de cette université : plus important que le vice-recteur et que le recteur, davantage même que le vice-chancelier et aussi plus impé-

1. Aliénation.
2. Avaleur de sabres.
3. Route d'un navire en 24 heures.
4. Vassalité.

nétrable et sage que le chancelier en personne. Ainsi, chaque fois que je le trouvais avec ses grosses lunettes en train de lire un journal dans la Senior Common Room ou salle des professeurs, ou dans la bibliothèque de la Tayloriana, ou au salon de thé de l'hôtel Randolph qui se dressait juste en face, j'imaginais qu'il était en train d'éplucher avec avidité et un pouls précipité les pages des sports et des spectacles pour voir si quelque compagnie de ballet, orchestre national, équipe d'athlètes ou de joueurs d'échecs soviétiques venait donner un spectacle ou concourir quelque part en Grande-Bretagne, et, quand il les voyait annoncés ou qu'il lisait le compte rendu de leur intervention, il devait prier Hermès, le dieu des voyageurs et de la palestre, des voleurs et de l'éloquence, de l'inquiétude et des songes, afin que pendant la nuit il armât de courage l'un de ses membres et le persuadât de se soustraire à toute vigilance et de prendre la fuite. À présent Dewar sera plus difficilement exaucé, et ses jours s'écouleront dans la routine sans que rien n'arrive ni que se produise jamais plus l'appel de Londres. Et ainsi, chaque fois plus détaché du téléphone, il ne craindra plus du tout de fuir et de neutraliser en permanence tous les autres sons avec le bruit blanc. Je ne suis plus un solitaire comme lui, ni un vivant mort, mais j'ai cru l'être pendant un certain temps.

Une fois seulement j'ai vu l'enfant ou fils Eric, et ce fut vers la fin de son séjour imprévu à Oxford et alors que le déséquilibre de mon esprit était à son comble (car l'approche du terme d'une privation ne s'oppose pas à la privation encore présente si celle-ci dure depuis un certain temps ou — peu importe sa durée réelle — si on a fini par la ressentir comme durable et peut-être même comme illimitée ; je veux dire qu'elle ne s'y oppose pas avec suffisamment de force pour que l'on considère comme terminé ce qui est sur le point de s'achever mais qui ne l'est pas encore, et ce qui prévaut c'est la crainte que par quelque hasard — par malchance, l'inversion de ce qu'on a anticipé — ce présent accumulé et souffert puisse se perpétuer : on ne sent aucun soulagement, mais davantage d'angoisse, et envers l'avenir on n'éprouve que méfiance). Et cette fois où je vis l'enfant Eric, je vis aussi — aussi la seule fois —

son grand-père, c'est-à-dire le père de Clare Bayes, le vieux diplomate déjà retraité qui vivait à Londres et qui trente ans auparavant regardait chaque jour depuis la lisière du jardin sa fille, l'enfant Clare, tandis qu'elle attendait et à son tour, regardait passer les trains sur le pont de fer au-dessus de la Jumna. (En ce temps-là, le père silencieux sentait le tabac et la liqueur et la menthe.)

Ce fut au musée, autrement dit dans le principal musée de la ville, le musée Ashmolean d'art et d'archéologie, cet édifice qui fut le premier lieu d'exposition publique des curiosités du royaume, à la fin du XVIIe siècle (ou plutôt c'est le musée et non l'édifice qui le fut, puisque ce dernier ne les abrita que deux siècles plus tard). Ce n'est pas que je l'aie souvent visité, car ces curiosités sont de celles qu'il suffit de voir une fois pour toutes, mais ce jour de la cinquième semaine de mon second et solitaire Trinity j'avais fait une vingtaine de pas depuis la Tayloriana (l'Institution et le musée sont contigus et forment un angle droit et semblent presque l'aile et le corps du même bâtiment) dans le but d'aller voir à la bibliothèque ashmolienne des dessins de villes espagnoles, non exposés au public, exécutés au milieu du XVIe siècle par le Flamand Anton Van den Wyngaerde ou Antonio de las Viñas, topographe et peintre de la chambre de Philippe II, à la demande d'un de mes frères, historien d'architecture à Madrid (c'est à sa demande que je fis cette vingtaine de pas et allai voir les vues, et non à celle de mon frère que Van den Wyngaerde fit ses dessins, commandés en fait par celui qui devait alors être connu à Oxford comme le « Démon du Midi[1] »). Un aimable bibliothécaire aux cheveux rouges m'avait permis de contempler et de mesurer les vues urbaines et de prendre des notes (plume, encre sépia, lavis de couleur), et soumis à l'étrange impression d'avoir vu avec une extraordinaire acuité l'aspect sous lequel au siècle d'or se profilaient — en vue plongeante oblique — Sanlúcar de Barrameda, Málaga, Tarragona, Gibraltar, Segovia ou la Albufera et le Grao de Valencia, c'est-à-dire l'aspect disparu de nos villes du Midi, de mes villes déjà presque oubliées, où cependant je pourrais revenir très vite si je le désirais : dès que se terminerait Trinity et avec Trinity, l'année scolaire, et pour cela il ne manquait plus que trois longues semaines ; donc, je quittais enfin le musée, avec cette sensation étrange et la conscience soudaine qu'il s'en fallait de peu — objectivement — pour que j'abandonne Oxford et retourne à Madrid (même si je ne revenais pas encore vraiment à Madrid), lorsque je croisai sur le seuil (ou était-ce une porte à tam-

1. Surnom donné à Philippe II.

bour) les trois silhouettes qui entraient : le père, la fille et le fils de celle-ci, soit ma maîtresse avec son fils et son père. Comme cela m'était déjà arrivé par deux fois avec une autre femme à Oxford — et la seconde fois très récemment, mais de façon incertaine —, je ne me rendis compte qu'il s'agissait de Clare Bayes qu'une fois hors du musée et eux déjà dedans, séparés de moi par une porte. Mais ce fut si instantané (je veux dire de m'en rendre compte, le fait qu'elle soit accompagnée m'avait peut-être empêché de remarquer Clare Bayes, car pour moi elle ne pouvait être que seule ou à la rigueur avec son mari, ou bien ce fut la porte à tambour, ou le souvenir tout frais de Sanlúcar d'après Van den Wyngaerde) que j'eus le temps d'entrer à nouveau et de les voir dans le hall, où ils étaient occupés à jeter un coup d'œil aux cartes postales et aux diapositives qui étaient en vente.

Je n'avais aucun moyen de savoir que le vieil homme qui la tenait par le bras était son père, monsieur le diplomate Newton (Clare Newton — Clare Newton ! —, c'était le nom de Clare avant son mariage), puisque jamais je ne l'avais vu, ni même en photographie. Mais je le sus d'emblée. Je sus d'emblée que c'était son père par leur ressemblance étonnante. (Par leur ressemblance peut-être terrifiante.) Cet homme à la peau très fanée et aux grandes poches sous les yeux, complètement chauve et un peu voûté, qui appuyait sur une canne une allure à grand-peine distinguée, avait ce même visage — exactement — que je connaissais à la perfection. Ce vieillard à l'aspect cadavérique *était* Clare Bayes, comme elle aurait pu l'être dans un mauvais rêve où elle serait apparue en homme décrépit sans cesser d'être elle-même. Je les observai à distance, à demi caché par une colonne — tous deux de face et l'enfant encore de dos —, et s'il était probable qu'elle non plus ne m'avait pas vu en me croisant sur le seuil, à cet instant, elle me vit sans aucun doute — ma tête et mon buste apparaissant derrière cette colonne qu'en réalité je n'utilisais pas pour me cacher, peut-être pour me protéger — et d'un geste de la main droite elle me fit signe de m'éloigner, de m'en aller, de disparaître, au moment où ceux qui l'accompagnaient ne regardaient pas vers elle, dans la même direction qu'elle, dans ma direction, (ils regardaient des diapositives). Mais ce fut alors que l'enfant ou fils Eric, comme s'il avait eu des yeux derrière la tête ou su qu'il devait regarder juste à ce moment-là — ou peut-être avait-il entendu sonner les nombreux bracelets quand la main avait fait ce geste de proscription fugace et clandestin —, fit justement demi-tour, me vit et me regarda, et sans aucun doute m'associa à sa mère. Et quand cet enfant se retourna cessant de prêter attention aux diapositives et aux cartes postales et à ce que pouvait dire son grand-père (l'espace d'un instant) ; quand nos regards se rencontrèrent et qu'enfin je vis son visage, ce que je vis fut pour la troisième fois le même visage, identique, le visage de Clare Bayes que je connaissais parfaitement, que j'avais et qui m'avait tant embrassé. Il m'avait embrassé, pensai-je, ce visage qui était aussi depuis bien plus longtemps le visage du diplomate Newton et ensuite, depuis peu, aussi celui de l'enfant Eric, Eric Bayes son nom. Un unique et même visage qui m'avait embrassé dans l'une de ses incarnations ou représentations ou figurations ou manifestations, car jamais je n'ai vu une ressemblance si juste et précise, si exclusive. Ces trois personnes s'étaient transmis leurs traits en se défaussant de tous les autres possibles (ceux d'une mère et d'un père, ceux de la première Clare Newton et ceux d'Edward Bayes), et elles se les étaient cédés intégralement, sans la moindre mesquinerie ou avarice, je veux dire sans s'épargner un seul détail ; et contrairement à ce qui arrive d'habitude pour les ressemblances capricieuses et imprévisibles, qui reproduisent un ou plusieurs ou de nombreux traits mais jamais tous, ou bien dont les traits reçus en héritage changent (ils changent avec le cours du temps si fantasque et avec l'âge intransigeant), ici la transmission avait été complète et stable, et elle l'avait été dans les trois cas : les mêmes yeux sombres et bleus, les mêmes cils fournis et recourbés, le même nez droit et court, le même menton fendu et ferme, les joues pâles et le front dur, les paupières lourdes et les lèvres grandes et lasses. Je n'en vis pas plus sur le moment, car l'enfant Eric se retourna et resta de dos, et après que monsieur le diplomate Newton eut acquis une reproduction d'un format in-folio — une réduction ou un agrandissement : sa ressemblance — d'un tableau quelconque ou d'un objet que je ne parvins pas à distinguer, ils se dirigèrent tous trois vers les salles, cette fois-ci sans un regard de Clare Bayes à mon intention, — bien au contraire — elle essayait de dissimuler et de m'ignorer (elle devait avoir compris que je n'étais pas décidé à lui obéir ni à faire aucun cas de ce que ses mains m'avaient furtivement ordonné). Et je laissai s'écouler quelques secondes ; puis je me mis à marcher derrière eux, disposé à parcourir les salles qu'eux-mêmes parcourraient. « Ainsi ils emmènent l'enfant Eric au musée », pensai-je sans le vouloir (je voulais penser à la ressemblance ; ou peut-être était-ce le contraire : parce que je préférais ne pas penser à la ressemblance je m'obligeais à penser cela). « Quel âge Clare Bayes m'a-t-elle dit tant de fois qu'il avait ? huit, neuf ans ? Par sa stature, il a l'air d'un enfant de neuf ans environ, mais peut-être est-il grand pour son âge, ses parents sont grands et son grand-père aussi, il se peut qu'il n'ait que huit ans, ou sept, ou moins. Ce n'est pas l'âge d'aller dans un musée, moi je n'emmènerais pas mon fils de sept ans au musée Ashmolean, même s'il était fatigué et las de rester à la maison, malade. » Voilà ce que j'étais en train de penser et je pensai : « Il ne semble plus malade. Il partira sans doute très vite. Mais moi aussi, je partirai très vite, et maintenant je ne suis plus si sûr de vouloir partir maintenant. »

Les trois silhouettes s'arrêtaient devant une statue grecque, devant un portrait de Reynolds, une pièce de céramique chinoise ou des monnaies romaines. Elles regardaient tout. Moi je m'approchais ou je m'éloignais davantage selon la taille des salles, selon ma capacité de fausse concentration sur chaque œuvre devant laquelle je m'arrêtais, toujours à quelques mètres respectueux d'elles ; et à cause de cela — et parce qu'elles parlaient très bas, comme on parle dans les musées en Angleterre et jamais en Espagne — je ne pouvais presque rien entendre de ce qu'elles se disaient... Du fait que je me tenais toujours derrière elles, suivant scrupuleusement leur parcours, je les voyais de dos lorsqu'elles se déplaçaient et presque de profil — ou plutôt de quart — quand elles observaient quelque chose. Je ne les voyais jamais bien et je crois que je préférais qu'il en fût ainsi, ne pas affronter à nouveau ces visages identiques. Clare Bayes tenait l'enfant Eric par la main, et son père venait avec sa canne légèrement en retrait, comme si Clare Bayes n'était pas particulièrement disposée à l'attendre, à régler son pas et celui de son fils sur le pas malaisé et plus lent de monsieur le diplomate Newton (comme si la visite du musée avait été son fait et celui de l'enfant et que le grand-père, qui peut-être s'était entêté à vouloir les accompagner sans y avoir été invité, n'eût été qu'un appendice, voire un intrus : il restait en arrière comme restaient les nurses quand les mères étaient présentes et assumaient leur charge, et lorsqu'il y avait des nurses). D'ailleurs le grand-père n'avait pas voix au chapitre, et c'était bien Clare Bayes qui parlait le plus, s'adressant toujours à l'enfant, et j'entendais parfois des bribes de ses commentaires.

Devant le « Joyau d'Alfred » (émail cloisonné du IXe siècle, orgueil de l'Ashmolean) je l'entendis qui lisait à voix haute (comme tous les pères, comme toutes les mères) l'inscription en vieil anglais sur l'or ajouré qui borde le portrait supposé d'Alfred le Grand : « Regarde, Eric, ici on peut lire *Aelfred mec heht gewyrcan,* ce qui signifie *Alfred ordonna ma réalisation.* Tu vois ? c'est le joyau qui le dit lui-même ; le joyau parle et révèle son origine et dit la même chose depuis onze siècles, et le dira à jamais. » Et l'enfant ne répondit rien.

Plus tard, à l'étage supérieur, devant un dessin sommaire ou inachevé de Rembrandt qui représente la femme du peintre, Saskia, endormie sur son lit (mais elle n'est pas à proprement parler *au lit*, car elle semble vêtue ou en tenue d'intérieur et couverte d'une courtepointe, comme une convalescente), j'entendis que Clare Bayes disait à son fils : « Tu étais un peu comme ça ces dernières semaines, hein ? mais toi, avec la télévision », et elle lui caressa la nuque, faisant tinter à nouveau ses bracelets. Et ensuite elle ajouta, toujours en regardant Saskia et ignorant sans doute que Saskia était morte plus jeune qu'elle ne l'était elle-même à ce moment-là et qu'elle ne fut jamais vieille (prenant pour la vieillesse la maladie probable) : « Je serai comme ça quand je serai vieille. » Et l'enfant Eric ne répondit rien ou bien je ne pus l'entendre (l'enfant Eric semblait bien élevé et réservé, s'il parlait on ne l'entendait pas).

Et un peu plus tard, devant une statue cantonaise de bois doré (en réalité une copie du siècle dernier) qui représentait Marco Polo comme un gros chinois aux yeux clairs, coiffé d'un extravagant chapeau noir et plat aux bords étroits, chaussé de sabots de même couleur et agrémenté de moustaches tout aussi noires et latérales inclinées vers les joues), j'entendis que Clare Bayes disait : « Regarde, Eric, c'est Marco Polo. C'était un voyageur italien, et il est allé jusqu'en

Chine au XIIIᵉ siècle, à l'époque où c'était si difficile ; et comme c'était encore plus difficile d'en revenir, il y est resté si longtemps qu'il a pris un visage de Chinois, tu vois ? Mais c'était un Italien, de Venise. Regarde comme il a les yeux bleus. Un vrai Chinois n'a pas les yeux bleus. » Et l'enfant Eric se taisait toujours, ou bien je ne l'entendais pas et Clare Bayes à peine : elle, sans doute irritée par ma désobéissance et par ma filature, s'efforçait de baisser la voix au maximum, incitant ainsi l'enfant à en faire autant, comme si elle ne voulait pas — en accord avec sa décision de ces quatre dernières semaines — que je participe à son monde familial pas même par le biais de l'écoute, surtout pas au monde filial et au monde paternel — le monde du sang —, puisque son mari je le connaissais et en certaines occasions, comme je l'ai raconté, nous avions même déjeuné ou dîné tous trois en compagnie de Cromer-Blake. Elle refusait ma présence, et je pensai que quand je l'entendais c'était parce qu'elle le voulait, que si quelques phrases me parvenaient, ce n'était pas le fruit du hasard, et que Clare Bayes élevait la voix à dessein pour me faire comprendre quelque chose (quand elle l'élevait). Et je pensai : « Elle se référait à moi en disant ces mots sur Marco Polo, elle me dédiait ses commentaires, car on ne s'adresse plus de la sorte à un enfant de sept ou huit ans, à cet âge on est déjà une assez sérieuse ébauche d'adulte. À moins que l'enfant Eric ne souffre d'infantilisme et qu'il faille le traiter comme s'il était plus jeune — ou peut-être l'a-t-elle rendu plus enfant ces dernières semaines — à moins aussi qu'il ne soit plus jeune que je ne le pense ; je me rends compte que je ne sais pas donner d'âge aux enfants et difficilement aux adultes, tout comme je me suis aussi aperçu, si j'excepte celles que je connais *déjà*, comme Clare Bayes elle-même, que je désire de plus en plus les femmes et que je suis de moins en moins disposé à les connaître, je les désire sans m'interroger à leur sujet, comme je ne me suis pas interrogé sur Muriel quand je l'ai désirée, ni ne m'interroge sur les attirantes serveuses de chez Brown's quand je les désire, et je ne sais pas si cela signifie quelque chose — c'est un fait nouveau —, outre mon déséquilibre. À l'évidence, je m'interroge sur Clare Bayes, moins je la vois plus je m'interroge et je tente de la deviner, sinon je ne serais pas encore à tourner et virer dans cet Ashmolean et oubliant Van den Wyngaerde pour lequel j'étais venu (j'ai les renseignements dans ma poche) ; et elle a élevé la voix en parlant de la statue pour que je comprenne que quiconque passe trop de temps dans un lieu d'où il n'est pas originaire finit par n'être de nulle part, finit avec un visage de Chinois aux yeux bleus, comme Marco Polo dans cette statue.

Mais moi je ne suis pas ici depuis si longtemps, je ne suis pas un exilé pas plus qu'un émigrant, et en outre je partirai bientôt maintenant, il se peut que cet été j'aille à Sanlúcar de Barrameda, j'ai bien aimé cette vue avec l'anse, le Château, l'église paroissiale, le palais du Duc, la Douane, cette vue qui date de quatre siècles qui n'existe plus ni n'exista jamais, car le point de vue adopté est imaginaire, comme l'est peut-être mon point de vue sur la ville d'Oxford. » Et j'ajoutai en moi-même : « Elle aussi le sait, que je partirai très vite, elle aura fait ses calculs, à peine plus de trois semaines avant la fin de Trinity, mais malgré cela elle continue à me dire — plus de la main ou d'une mimique maintenant ni de façon aussi circonstancielle que dans l'entrée, mais en mots ailés et de façon essentielle — que je m'éloigne, que je m'en aille, que je disparaisse enfin, sans plus attendre, d'Oxford et de sa vie, dans laquelle je ne me suis pourtant pas attardé. Je pourrais presque partir, il ne me reste presque plus de cours ; peut-être le moment est-il déjà là, plus tôt que prévu ; je dois lui parler et pas par téléphone ni précipitamment comme nous l'avons toujours fait, toujours sur le point de nous séparer dès le premier instant, je dois la voir, il nous faudrait du temps, nous voir sans hâte, sans carillons, rien ne me retient, une fois au moins. »

Il n'y avait presque personne d'autre au musée, quelque visiteur impatient ou égaré qui se penchait à l'entrée d'une salle et en ressortait sans rien regarder, et les gardiens atones occupant leurs sièges comme des Andalous somnolents dans leurs patios après la sieste, eux seuls et les trois générations du groupe familial et un homme seul, un étranger qui peut-être n'en avait plus l'air après un séjour pas bien long à Oxford — mais qui sait, à la démarche anglaise et aux yeux du Midi — et qui derrière, à quelques pas, regardait en automate ce qu'ils venaient eux-mêmes de voir et avaient peut-être oublié sur l'instant. Cet étranger semblable (bien qu'imparfaitement) à un *don* d'Oxford continua à les suivre hors du musée, et marcha sur leurs pas à travers les rues grises et rougeâtres, entra dans le même restaurant qu'eux — il était tôt, mais la faim vient aux enfants à n'importe quel moment et ils déjeunent de bonne heure — et il s'assit solitaire à une table qui se trouvait en face, en ligne droite de celle du père, de la fille et du fils de celle-ci, croisant les doigts pour que personne ne vienne occuper celle qui était libre entre eux et l'empêcher de voir les visages identiques — maintenant qu'il s'était fait à l'idée de les voir, et de les observer.

L'enfant Eric s'assit encore en lui tournant le dos, face à sa mère, et le grand-père à la gauche de celle-ci, sans doute par cette répartition

Clare Bayes pensait-elle continuer à s'adresser principalement à son fils (elle ignorait le diplomate Newton, elle ne l'estimait pas, ou le traitant sans égards, elle le maltraitait). Maintenant j'entendais mieux leur conversation, bien qu'à la vérité ce n'en était guère une, mais plutôt des propos isolés et sans suite, tandis qu'ils consultaient le menu puis tandis qu'ils mangeaient. « Je vais prendre des saucisses », et j'entendis pour la première fois la voix de l'enfant. « Je ne sais pas si tu fais bien d'en prendre ici, Eric, lui dit Clare Bayes, elles ne seront pas meilleures qu'à la maison, contrairement à d'autres choses. Pourquoi ne demandes-tu pas des asperges en entrée ? tu as aimé ça une fois chez la tante. On n'en mange presque jamais à la maison, et je ne crois pas non plus qu'on t'en donne souvent à Bristol. » « Je n'ai pas envie de prendre des asperges. Je peux les manger avec les doigts ? » Je vis Clare Bayes le regarder avec un air de fausse réprobation et je l'entendis qui disait avec une fausse hésitation : « Oui, il me semble que tu pourrais. » « Moi oui je vais en prendre, mais avec des œufs brouillés », intervint le diplomate monsieur Newton, « ça ne te tente pas plus comme ça, Eric ? Il y a aussi du saumon avec, tu aimes le saumon ? » « Je ne sais pas », dit l'enfant Eric, et il se remit à consulter la carte. Le diplomate retraité demanda du vin blanc, et Clare Bayes de l'eau. Et plus tard, alors qu'ils avaient déjà entamé le premier plat et que moi j'attendais encore qu'on m'apportât le mien (des œufs brouillés aux asperges et au saumon), Clare Bayes demanda à son fils : « Qu'est-ce qui t'a le plus intéressé au musée, Eric ? Qu'est-ce que tu emporterais à la maison si tu pouvais ? » « Les pièces de monnaie, dit l'enfant Eric, et les statues. Les statues chinoises qui étaient peintes. Il y a un garçon au collège qui collectionne les pièces, mais on ne peut pas collectionner les statues, n'est-ce pas ? » « Ce serait un peu cher », dit le diplomate Newton dans un rire sénile qui découvrit les mêmes dents que celles de Clare Bayes (mais plus transparentes et peut-être rechapées comme celles de madame Alabaster, ou fausses comme celles de Toby Rylands), « et il y en a beaucoup moins. » « Alors moi aussi je vais collectionner les pièces, pourquoi vous ne m'en donnez pas une pour commencer ma collection tout de suite ? », dit l'enfant Eric. Clare Bayes et son père sortirent chacun une pièce, lui de sa poche de veste, et elle après avoir cherché dans son sac qu'elle avait l'habitude de jeter n'importe comment (parfois renversé) dans ma chambre ou dans celles des hôtels de Londres ou de Reading, et je me souvins de la pièce que j'avais lancée à des enfants qui n'étaient pas Eric (il n'était alors pas malade, et il était absent) le jour de Guy Fawkes de cette même année universitaire, le 5 novembre dernier, du bureau que Clare Bayes avait à All Souls, dans Catte Street, face à la Radcliffe Camera, neuf mois après notre première rencontre. Il y avait maintenant sept mois de cela, et rien n'avait changé excepté le fait que tout était redevenu pareil après ces sept mois : cela faisait beaucoup de temps déjà que je connaissais Clare Bayes et rien n'avait jamais changé, bien que maintenant je ne la voyais pas et que bientôt il me faudrait lui faire mes adieux. Cela ne m'aurait nullement gêné de donner moi aussi une pièce à l'enfant. « Mais ne les dépense pas », lui recommanda son grand-père ; si tu es capable de les garder et d'en commencer vraiment la collection, je t'en rapporterai de Londres quelques-unes d'Italie, d'Égypte et d'Inde. » Et se tournant vers sa fille il ajouta : « Il me semble qu'il en reste encore à la maison. Nous voyagions beaucoup, n'est-ce pas ? Maintenant moi je ne voyage plus. » Mais Clare Bayes ne lui répondit pas, et elle continua à manger ses œufs brouillés aux asperges et au saumon. Et ils étaient en train de terminer le plat principal et moi de commencer le mien lorsque Clare Bayes dit : « Et dimanche, à Bristol. Alors, c'était très ennuyeux de rester si longtemps ici avec moi ? » « Non », répondit l'enfant (qui certainement ne savait pas encore distinguer la coquetterie) ; et comme il ne répondit rien de plus et qu'il continua à manger ses saucisses, je pensai qu'à nouveau la question de Clare Bayes s'adressait à moi, et j'y répondis en pensée : « Oui, c'était très ennuyeux de rester là si longtemps sans elle. »

Et tout au long de ce repas dans le restaurant qui se remplissait, comme l'enfant Eric était enfant et plus petit, sa taille me laissait voir le visage de sa mère tout entier au-dessus de sa tête qui pour moi était retournée — le visage de Clare Bayes juste en face de moi, mais elle ne me regardait jamais — et celui du grand-père assis à sa gauche m'était aussi parfaitement visible ; et du fait qu'ils étaient assis et que j'étais assis — mais elle ne me regardait jamais — je les voyais mieux que je ne les avais vus debout dans l'entrée du musée ou dans aucune de ses salles, arrêtés ou en mouvement. Et je commençais déjà à m'habituer à leur ressemblance étonnante sur la fin du repas — à la ressemblance terrifiante entre père et fille et à la nuque du petit-fils qui dissimulait la sienne — lorsque, sans terminer son dessert et après en avoir demandé la permission (l'enfant Eric était bien élevé), l'enfant Eric se leva et se retourna, passa tout près de moi en direction des toilettes. Ils furent peu nombreux — quatre ou cinq — les pas qu'il fit avant de me croiser, mais le temps que durèrent ces quatre ou cinq pas qu'il fit — un, deux, trois et quatre, ou cinq

— je pus voir clairement, de près et simultanément, les trois visages identiques, celui du grand-père et de la mère assis et celui du fils qui marchait. L'enfant me fixa pendant ces pas, comme il m'avait fixé en se retournant dans l'entrée du musée, et sans doute m'associa-t-il à nouveau à qui il devait m'associer (mais il ne dirait rien, parce qu'il était bien élevé et réservé) ; et du fait que sa mère et son grand-père suivaient de leur regard respectif la trajectoire que devait suivre du sien leur fils et petits-fils, tous deux posèrent sur moi leurs yeux sans voile (elle pour la première fois depuis que nous étions dans le restaurant, lui pour la première fois de sa vie) ; pendant quelques instants tous trois me regardèrent sans voile et en même temps (je le sus sans le voir, je crois, parce que je ne regardais que l'enfant Eric qui venait vers moi de face en faisant ses quatre ou cinq pas). Cela ne dura que quelques secondes (ce que durent les pas d'un enfant, les enfants ne savent pas marcher lentement), mais ce fut assez pour qu'à cet instant (et pas dans l'entrée du musée) je découvre quelque chose chez l'enfant qui à cet instant-là (et pas dans l'entrée du musée) prit un nom : dans les yeux sombres et bleus de l'enfant Eric je vis *la sensation de chute que tous les hommes éprouvent tôt ou tard.* « Cela ne dépend pas vraiment de l'âge », avait dit Toby Rylands (et il l'avait dit avant qu'Hilary ne s'achève et avant Pâques, avant que ne commence Trinity et que l'enfant Eric ne tombât malade et ne vînt à Oxford à contretemps), « certains l'éprouvent dès l'enfance, des enfants l'éprouvent parfois. » C'est ce qu'il avait dit, exactement cela, et c'est exactement cela que je vis alors, pendant ces pas — un enfant qui déjà l'éprouve — mais en outre, je le vis non seulement sur le visage de l'enfant, mais aussi — par assimilation, par la similitude, la parenté, la ressemblance étonnante qui en devenait terrifiante — sur le visage du vieillard et sur celui de la femme que je connaissais parfaitement (et où jamais je ne l'avais reconnue ou vue) et que j'avais et qui m'avait tant embrassé. Ces trois personnes, comme je l'ai déjà dit, s'étaient transmis leur expression et leurs traits sans s'épargner le moindre détail ; et s'étaient aussi transmis la sensation de chute, « la sensation de chute que tous les hommes éprouvent tôt ou tard », pensai-je et je m'en souvins et je recommençai à y penser. « Embrasser l'enfant et embrasser le vieillard », pensai-je. « J'ai embrassé et j'ai été embrassé aussi par l'enfant et aussi par le vieillard, et c'est bien l'une des idées qui selon Alan Marriott peuvent s'associer ou pas, mais qui en cas d'association inspirent l'horreur ou provoquent l'effroi : l'idée de l'enfant et l'idée du baiser, l'idée du baiser et l'idée du vieillard, l'idée de l'enfant et l'idée du vieillard. Le complément terrifiant du vieillard est l'enfant, le complément terrifiant de l'enfant est le vieillard, celui du baiser est l'enfant et celui de l'enfant le baiser, celui du baiser le vieillard et celui du vieillard le baiser, *mon* baiser (ce sont trois idées, plus celle de Clare Bayes qui reste au milieu), le baiser donné par personne interposée mais pas par un visage interposé, car c'est le même visage même si les âges diffèrent et que diffère le sexe, incarnations ou représentations, figurations ou manifestations. Le baiser des trois est le baiser donné par qui a déjà fait sienne la sensation de chute que connaissent un Rylands démoniaque — *awesome* — et un Cromer-Blake malade et que moi je ne connais pas (que Rylands connaît depuis quarante ans et Cromer-Blake depuis je ne sais quand, et aussi les clochards, et Saskia sous sa courtepointe, et que moi en revanche je ne connais pas). C'est le baiser de qui laisse depuis des années la mort s'approcher, comme l'a dit Rylands, ou de qui sait qu'un jour il ne pourra plus rêver ce qui est à venir, comme l'a dit aussi Rylands. Il est normal que le vieux diplomate monsieur Newton le sache, et même on peut comprendre que Clare Bayes qui fut d'abord Clare Newton le sache, mais il se trouve que l'enfant Eric lui aussi le sait, avec ses neuf ou huit ou sept ans, Eric Bayes son nom. Dans ces yeux sombres et bleus qu'ils ont tous trois je vis, la première fois que je les ai vus, les eaux bleues de cette rivière brillante et claire dans la nuit, la Yamuna ou Jumna, et le long pont aux poutrelles de fer en diagonales entrecroisées, et le train postal qui vient de Moradabad avec ses wagons bringuebalants aux mille couleurs, et le père diplomate et silencieux (et mélancolique, et qui n'était pas vieux alors) qui regarde regarder son enfant, en habit de soirée pour le dîner, un verre à la main, et une nurse qui murmure à l'oreille de l'enfant Clare (Clare Newton son nom) ou chante quelque chant insignifiant ; et peut-être est-ce le reflet de ces eaux bleues (ou noires, parce qu'il était nuit) qui porte en lui la sensation de chute, la sensation de charge, la sensation de vertige, de glissement et "gravidité" et poids, de fausse graisse et abattement. Cette sensation était déjà dans le regard vu, dans le regard regardé pendant une minute à une autre table au cours d'un haut dîner il y avait de cela neuf plus sept mois, et en revanche elle n'était pas dans le mien, vu aussi et regardé pendant la même minute d'il y a seize mois et qui renvoyait l'image de quatre enfants accompagnés d'une vieille servante dans la rue de Génova, ou de Covarrubias, ou de Miguel-Ángel. Je suis très perturbé bien que ma perturbation n'ait jamais été sans articulation ni logique, ma perturbation est légère et elle est logique et articulée, et elle est passagère, mais maintenant elle est plus importante que jamais parce que je pense à tout cela, à l'enfant, au vieillard, au baiser et à la rivière, à l'ample rivière Yamuna ou Jumna qui traverse Delhi et à la Cherwell au bord de laquelle vit Rylands, et dans laquelle il voit le passage ; à l'Evenlode et à la Windrush entre lesquelles se trouve Wychwood Forest ou ce qui *fut* une forêt ; à l'Avon au bord duquel étudie Eric ; au Guadalquivir dont l'embouchure se trouve à Sanlúcar ; au fleuve Isis, le plus proche, au-dessus duquel je vomirai peut-être. Comme c'est fatigant d'être perturbé, comme cela fatigue et lasse de penser de façon perturbée et à cause de cela penser autant, la crise procède toujours de la pensée qui rime et oscille et ponctue arbitrairement, je dois cesser de penser et parler en revanche pour me reposer de ma pensée qui unifie, associe et fait trop de rapprochements, parler avec Rylands ou avec Cromer-Blake ou avec Kavanagh ou avec l'Équarisseur, ou avec Muriel (mais je ne lui ai pas demandé son numéro de téléphone). Parler avec Clare Bayes et lui proposer quelque chose, ne pas nous dire adieu, ne pas nous séparer, qu'elle me permette de faire mienne la sensation de chute dont ils participent tous et que moi je ne connais pas encore, ou peut-être plus simplement, à laquelle je n'ai pas assisté. »

Quand l'enfant Eric revint des toilettes, je

n'entendis que ses pas rapides et ne sentis que le frôlement de l'air tout près de moi, car je ne regardais plus personne, occupé que j'étais à payer l'addition sans qu'on ait retiré mon assiette de saucisses loin d'être vide : j'avais renoncé au dessert et je savais que le fleuve Isis n'était pas loin, pour le cas où je n'aurais pas le temps d'arriver jusqu'à la maison et à la poubelle.

Ce fut le jour suivant que je décidai de soumettre ce que j'allais proposer à Clare Bayes, d'abord à Cromer-Blake, mon meilleur ou unique ami, car c'est avec ses amis que l'on éprouve ses capacités d'éloquence avant l'épreuve réelle, et c'est sur eux que l'on peut tester les projets dont on doute (afin qu'ils en amortissent l'échec), et c'est d'eux que l'on attend l'encouragement et la réponse que l'on désire entendre plus tard, lorsque c'est pour de bon, et que peut-être nous n'entendrons pas.

J'allai le voir sans l'en aviser ; au sortir de mon cours du matin je passai par son *college*, comme je le faisais si souvent, supposant qu'il serait chez lui, au pire en train de donner une leçon à un élève, et que je pourrais attendre derrière la porte qu'il ait fini. En montant à son appartement, encore dans l'escalier — lui aussi au troisième —, j'entendis sa voix et je pensai qu'en effet ce devait être le discours adressé à un élève qui, assis face à lui, devait somnoler sur le canapé tout en feignant d'approuver ses dissertations sur *Tirano Banderas* ou *Automoribundia.* C'est à cause de cela que je n'ai pas frappé tout de suite, non parce que je désirais espionner ce qu'il disait ou ce dont il parlait. J'écoutai dans le seul but d'obtenir la confirmation de son occupation et d'évaluer, rapidement, s'il valait la peine ou s'il me convenait d'attendre la fin de son cours — comme je l'ai dit, derrière la porte — ou bien si je l'ouvrais un moment, pour lui dire que j'avais besoin de lui parler d'urgence et que je reviendrais un peu plus tard après avoir fait un tour. Mais la première phrase que j'entendis clairement alors que j'étais déjà devant la porte (non murmurée cette fois) me laissa indécis et en arrêt les secondes suffisantes pour qu'ensuite (au bout de ces secondes : une, deux, trois et quatre, ou cinq) ce fût déjà trop tard pour me décider en quelque façon à faire un pas de plus, soit vers l'intérieur de la pièce soit vers l'escalier.

Il est un verbe en anglais que l'on ne peut traduire en espagnol qu'en l'expliquant, et *to eavesdrop* (c'est là ce verbe) signifie (en voici l'explication) écouter indiscrètement, en secret, furtivement, de façon délibérée et non fortuite ou sans intention (pour cela, en revanche, on utilise *to overhear),* et ce mot se compose à son tour de deux autres, le mot *eaves*, qui signifie *auvent*, et le mot *drop*, qui peut signifier différentes choses mais qui a surtout à voir avec *goutte* et avec l'idée de *goutter* (celui qui écoute se met à une certaine distance, minimum, de la maison : il se place à l'endroit où l'auvent s'égoutte, et de là il écoute ce qui se dit à l'intérieur). Vladimir Vladimirovitch des colonies a une fois mené une réflexion sur le recours à l'*« eavesdropping »* dans le roman du XIXe siècle, et plus concrètement dans *Un héros de notre temps*, et bien que Nabokov n'ait pas séjourné à Oxford mais à Cambridge comme étudiant, je ne doute pas qu'il ait eu là-bas l'opportunité de découvrir dans les années vingt la même chose que moi à mon époque à Oxford, à savoir que l'*« eavesdropping »* non seulement était et continue à être une pratique en vigueur dans les deux villes, mais en outre reste le meilleur moyen (bien que primitif) d'obtenir l'information précise pour ne pas faire partie de ces marginaux qui n'en possèdent ni n'en transmettent aucune. À Oxford (et à Cambridge, je suppose), l'*eavesdropping* se transforme, comme l'a dit Nabokov en se référant au roman de Lermontov déjà mentionné, en l'« à peine perceptible routine du destin ». J'avais bien vu des *dons* circonspects et sentencieux en pleine génuflexion (les genoux couronnés de poussière) guettant par un trou de serrure dans un couloir de la Tayloriana, ou à plat ventre sur la moquette d'un *college* (faisant littéralement l'Indien, la toge épandue, comme une tache d'encre qui s'étend), l'oreille collée à la rainure d'une porte, ou à l'aide d'une lunette (japonaise de marque) balayant l'espace depuis une fenêtre gothique ; négligeant plus souvent encore leur propre conversation au salon de thé de l'hôtel Randolph pour pêcher un propos flottant échappé d'une autre table ou étirant imprudemment le cou lors d'un dîner à une *high table* (de préférence au dessert, leur serviette déjà perdue — perdue sous les taches). Mais moi je ne l'avais jamais fait, me mettre sous l'auvent. Ce fut alors ce que je fis pour la première fois, et je me sentis ce faisant (presque à la fin, et passagèrement) mieux intégré ; bien que, pour être exact, je crois que la première phrase nette qui me parvint aux oreilles de la bouche de Cromer-Blake qui semblait exsangue fut *overheard*, et rien d'autre. Ensuite, cependant, je reconnais que je me rendis coupable d'*eavesdropping*.

« Allez, s'il te plaît, sois gentil, couche avec moi », ce furent les premières phrases distinctes de Cromer-Blake ; et dans l'instant qui suivit, au cours duquel je restai immobile, mon ami ajouta : « Juste cette fois, encore une fois, s'il te plaît, je t'en supplie au nom de ce que tu aimes le plus, ce sera la dernière. » La voix qui répondit était jeune, plus jeune, un peu désagréable, un peu fêlée comme si encore, curieusement, elle n'avait pas tout à fait mué chez cet inconnu, jeune, mais assez mué pour qu'elle se soit stabilisée. Et cette voix de haute-contre répondit sans irritation, avec patience, avec confiance, comme celle d'une vieille connaissance : « N'insiste plus, je t'ai déjà dit que non, c'est fini. En outre, Dayanand dit que tu es malade et que tu ne dois pas faire d'efforts, il dit que c'est dangereux, et pour moi aussi. » La diction était inégale, peu différente de celle de Muriel, semblable à celle du mécanicien Bruce (mais ce n'était pas Bruce, il avait la voix grave), comme celle de quelqu'un qui en espagnol prononcerait « ciudaz » et « ustez » et « ijnorante » et « ecceso »[1] (un présentateur de télévision). Je pensai aussitôt qu'il ne pouvait s'agir d'un étudiant (l'idée du jeune Bottomley m'avait d'abord effleuré) à cause de cela, de sa diction populaire et parce que Cromer-Blake était incapable d'une telle folie, même amoureux ou désespéré : rien de plus grave à Oxford que l'accusation de *sexual harassment* ou de harcèlement sexuel envers un étudiant, ou encore pire (et possible), de *moral turpitude*, de turpitude morale, autre sentence latine (bien qu'anglicisée), exquise métaphore de la pénétration sans

1. Prononciation populaire des mots « ciudad » (ville), « usted » (vous), « ignorante » (ignorant) et « exceso » (excès).

ambages. « Ah ! Dayanand dixit, notre omniscient docteur », commenta Cromer-Blake (peut-être pour lui-même) ayant recouvré le ton ironique qui lui était tellement plus caractéristique que le ton suppliant : entendre ce dernier me mettait mal à l'aise. « Dayanand ne sait rien de ma santé, il dit cela pour t'éloigner de moi, pour m'éliminer, ça fait des siècles qu'il ne m'a pas vu en tant que médecin, c'est comme si maintenant je te disais qu'en fait c'est lui qui est malade. Dire de quelqu'un qu'il est malade c'est toujours le rabaisser. C'est une façon d'en finir avec les gens. J'ai eu quelques petits ennuis de santé, mais maintenant je suis bien, je suis guéri, j'ai l'air malade peut-être ? » J'avais vu Cromer-Blake deux ou trois jours avant, et il avait une bonne mine qu'il avait dû conserver, imaginai-je, sur le moment, de l'autre côté de cette porte. Je me demandai si le jeune qui parlait était ce « Jack » dont le nom avait échappé un soir à Cromer-Blake des mois auparavant, juste après ma première rencontre avec Clare Bayes (son visage et son décolleté du meilleur goût) ; et j'espérais entendre un vocatif dans sa bouche — celle de Cromer-Blake — qui m'eût éclairé, mais je peux dire qu'il n'en fut rien de tout cet *eavesdropping*.

« Non, tu as très bonne mine, dit la voix du jeune, mais ça ne change rien, c'est fini, ça ne peut plus durer. En outre Dayanand se fâcherait de toute façon. » « Que je me fâche moi n'a donc aucune importance ! » La voix fêlée s'adoucit un instant : « Si, ça en a, mais c'est moins grave. Dans l'état actuel des choses. » Il y eut alors une pause de plusieurs secondes (peut-être la pause d'un baiser, les baisers imposent le silence), et ensuite la voix se remit à parler, protestant alors avec rudesse (encore plus juvénile et moins aimable) : « Laisse-moi ! Arrête, arrête ! Tu me fais mal. » « Excuse-moi », dit Cromer-Blake, et son ton redevint quémandeur : « Mais s'il te plaît, je t'en prie fais-moi plaisir, je te jure que ce ne sera pas dangereux, et Dayanand n'a pas besoin de le savoir. Je veux seulement que nous nous allongions et t'embrasser un peu, il y a longtemps que personne ne m'a embrassé. » « Eh bien va chercher ailleurs ! », dit la voix avec acrimonie (pareille à la voix d'un *don* refusant une aumône et chassant un clochard). À ce moment-là je sentis le sang me monter au visage, une sensation de honte et d'offense mêlées, je m'offensais de ce que ce jeune, quel qu'il fût, maltraitât et repoussât mon ami Cromer-Blake, qui l'implorait. Mais je restai tout de même là, immobile, devant cette porte. La porte avait une poignée dorée, elle était fermée mais sûrement pas à clef ni au verrou, il aurait sans doute suffi de faire tourner la poignée et de pousser pour qu'elle s'ouvrît : Cromer-Blake avait coutume de la laisser ainsi quand il était là, sans verrou tiré ni tour de clef, avec une plaque que j'avais alors sous les yeux et qui disait : « Dr P.E. Cromer-Blake », Cromer-Blake, son nom. Il y eut une nouvelle pause, comme si Cromer-Blake était resté momentanément dans l'incapacité de répondre, sans sa capacité habituelle d'ironie et de colère. J'entendis le grincement de l'autre porte, celle de la chambre, Cromer-Blake avait dû y entrer, je ne pouvais savoir si c'était seul ou accompagné ; mais aussitôt le grincement se répéta, Cromer-Blake avait dû aller chercher quelque chose et il revenait dans le séjour. Il dit : « Bon. Mais fais-moi au moins les photos, là il n'y a pas de danger ou de brouille possible, hein ? » Maintenant il avait repris son ton légèrement ironique, bien qu'il continuât à *demander* (mais pas à être embrassé cependant). Je m'interrogeai sur son ami Bruce, sur ces offres si tentantes et sur ces meilleures prémices de séduction qu'il avait évoquées ce soir-là, sur ces jolis visages ou ces corps athlétiques qui, comme il l'avait dit, étaient parfois dans son alcôve, à sa disposition. Cromer-Blake était bel homme, mais, à ce que j'entendais sous l'auvent, il avait en ce moment quelques difficultés à tirer profit de sa prestance, bien avant d'être vieux, bien avant l'heure du recours aux souvenirs, produits et stockés en vue de trouver un peu de variété dans sa vieillesse, quand normalement il devrait encore être en pleine période de production et de stockage pour l'avenir. Je pensai que la maladie, quelle qu'elle fût et si elle n'était pas déjà terminée, ne pouvait en être la cause : il est des choses devant lesquelles aucun danger ne compte. Cromer-Blake lui-même demandait à être embrassé même si peut-être, en effet, le moindre effort lui était déconseillé. Dayanand, je m'en souvins, était un homme redoutable à ce que j'avais pu voir dans son regard ardent à cette *high table.* Dayanand devait avoir plus de volonté et de force pour obtenir ce qu'il se proposait, plus de force que Cromer-Blake, ses yeux n'étaient pas voilés, ils venaient du Midi, comme les miens, le médecin indien portait son démon en lui, tout comme Toby Rylands, qui peut-être avait été sud-africain, et comme Clare Bayes qui avait passé son enfance dans des pays lointains et méridionaux, et probablement aussi comme le mort Gawsworth, qui s'était trouvé en Tunisie et en Algérie, en Italie, en Égypte et en Inde (pas à Redonda toutefois) ; et comme moi sans aucun doute, qui étais, suis et serai de Madrid (je le sais maintenant). Mon sang est chaud, ou il est tiède, ou froid. Mais moi aussi j'allais être quémandeur dès que j'en aurais l'occasion, dès qu'on me la donnerait. Je l'étais depuis des semaines, à distance, avec Clare Bayes, à qui je *demandais.*

« D'accord, répondit la voix de ce jeune qui avait du retard dans son développement, mais faisons vite. » « Tu vas me les faire ? », dit Cromer-Blake avec une gratitude non dissimulée et subite, et avec soulagement. « Tant mieux, dans ces prises de contact par l'intermédiaire d'agences on finit toujours par te demander des photographies. Je ne sais comment te remercier, sans ça rien n'est possible, et si ce n'est pas toi qui me les fais, je ne vois pas qui. Je ne peux pas le demander à Bruce. » « Allez, prépare-toi, plus tôt nous commencerons plus vite nous en aurons fini », dit avec condescendance la voix cassée. Cromer-Blake, pensai-je, se faisait faire des photographies spéciales pour les envoyer à une agence d'un type particulier, ou à quelqu'un qu'il avait dû contacter par l'intermédiaire de cette agence. Je commençai à me demander, alors que je n'entendais plus de dialogue, mais des propos isolés et le clic caractéristique d'un Polaroid (« Comme ça, ça va ? », disait Cromer-Blake. « Cadre-la bien », disait Cromer-Blake. « Elle est bien droite comme ça, non ? » disait Cromer-Blake. « Clic », faisait le Polaroid) ; quelles poses ils prenaient ou dans quelles poses ils prenaient ces photographies que ni le mécanicien Bruce, ni par exemple Clare Bayes, ni moi non plus, n'aurions pu faire. Et en y pensant, je sentis mon visage s'empourprer encore plus violemment (là derrière la porte), mais je sais que cette fois-ci ce ne fut que d'une honte sans mélange. Et bien qu'il n'y eût personne pour me voir rougir (seule me regardait la plaque brillante avec le nom incomplet de Cromer-Blake), je crois que mes suppositions n'en furent pas la cause, mais plutôt ma réaction, ou celle de ma conscience (un reste). Car ce fut à ce moment-là que j'eus honte de mon *eavesdropping*.

Avec beaucoup de précautions, avec les précautions que je n'avais pas prises en montant l'escalier et en arrivant en haut parce qu'alors je n'étais pas encore indiscret, secret, furtif, je fis demi-tour et commençai à redescendre sur la pointe des pieds, tandis qu'encore me parvenait aux oreilles (maintenant c'était de l'*overhearing*, puisque je ne voulais plus rien entendre) une dernière phrase (« C'est important qu'on la voie en plongée », disait Cromer-Blake. « Clic », faisait le Polaroid). Et en même temps je ne pus éviter, alors que j'avais déjà descendu quelques marches, de sourire aussi avec un peu d'ironie (comme si j'étais Cromer-Blake), à l'idée de la scène possible que je n'avais pas vue. Cependant mon sourire s'effaça d'un coup, dès que me revint la raison de ma venue et que je m'aperçus que je ne pourrais pas soumettre ce que je me proposais à Cromer-Blake ni prétendre qu'il amortît par anticipation mon échec probable, ni entendre de sa bouche l'encouragement et la réponse que je désirais entendre par la suite, quand ce serait pour de bon, car je venais d'entendre le découragement et la réponse que je ne désirais pas, d'une autre bouche inconnue et d'une voix fêlée.

Clare Bayes et moi nous rendîmes à Brighton alors que la séparation était dans l'air, que l'enfant Eric était enfin reparti et qu'elle avait accepté de me revoir (de me voir seule à seul) et d'entendre mes propositions, de parler avec moi en prenant le temps et sans hâte, ni réveil ni cloches qui donnent les heures et les demies et les quarts et aussi qui carillonnent inconsidérément à la tombée du jour (et continueront à le faire jusqu'à la fin des temps, même si je n'ai plus l'occasion de les entendre). Nous nous rendîmes à Brighton une fin de semaine, un samedi, pour y passer une seule nuit, la première et la dernière que nous passâmes ensemble, car avec elle je n'avais jamais dormi alors que j'avais dormi une nuit avec Muriel (l'enfant Eric était de retour à Bristol et Edward Bayes en voyage sur le continent). Mais c'est à peine si nous quittâmes l'hôtel à Brighton, un hôtel différent et moins conventionnel que ceux de

Londres et de Reading et par les fenêtres duquel nous voyions d'un côté les minarets et les coupoles en bulbe du si célèbre Royal Pavilion, de style pseudo-indien ou indien grotesque, et de l'autre côté la plage (ce fut la seule fois où être ensemble nous coûta cher : l'adultère tend à être bon marché). Je ne suis pas très sûr que nous ne soyons pas sortis, mais c'est la sensation que j'en garde, toujours enfermé avec Clare Bayes, à Oxford, à Londres, à Reading et à Brighton. Nous ne sommes pas allés en train à Brighton, mais avec sa voiture, et là encore il y eut quelque chose d'inaugural ou nouveau (bien que finissant) : être assis tous deux dans sa voiture en route vers le Sud, en voyage, tournant le dos à Londres et Reading pour la première fois, moi avec la fausse impression de conduire, à gauche, elle avec la même impression (réelle) de m'emmener. Mais tout cela fut faux, je crois (tout ce qui nous concernait, et pas en revanche ce qui en concernait d'autres, dont l'un était mort trente ans auparavant dans un pays lointain et dont l'autre ne mourut pas mais aurait dû mourir, là-bas et alors). Cette atmosphère de séparation, à l'odeur intense et très caractéristique, nous enveloppait, mais même ainsi nous feignîmes de croire que les adieux et la séparation n'étaient pas du tout prédéterminés comme ils l'avaient été depuis le début (avoir ce qu'on nomme *un amour* sur un territoire de passage, et à *qui* penser, tels avaient été la résolution et le projet), mais qu'ils pouvaient dépendre de cette rencontre ou de cette fin de semaine, qu'ils pouvaient ou non se décider dans la ville et dans une chambre d'hôtel de Brighton. Et je ressentis la grande consolation (peut-être même l'immense plaisir) de proposer l'impossible dont on sait qu'il ne sera pas accepté : car ce sont justement l'impossibilité évidente et le refus assuré — le refus que ne fait rien d'autre qu'attendre celui qui propose et prend la parole le premier — qui permettent de parler sans réserve et d'être véhément, de se montrer plus sûr en exprimant ses désirs que s'il existait la moindre chance de les voir satisfaits. Et Clare Bayes feignit de me croire — je crois —, de me prendre au sérieux, et elle me donna des explications comme si elles étaient vraiment nécessaires et qu'un *non* ne suffisait pas, comme s'il fallait qu'elle s'efforçât de ne pas me blesser et qu'il était important que je comprenne (elle se comporta avec délicatesse). C'est la formalité dont doivent s'acquitter les relations non consanguines afin de s'élever car jamais elles ne sont fructueuses ni très intéressantes, et cependant elles semblent nécessaires à la pensée, pour que la pensée rêve à l'avenir et ne s'alanguisse pas. Ou ne décline pas. Pour qu'elle ne subisse pas d'abattement.

Mais nous ne parlâmes pas du tout de cela —

je gardai mon petit discours, et elle garda sa longue réponse — jusqu'après le dîner et la promenade sur la plage sans limites, alors que nous étions revenus à la chambre d'hôtel sachant que le plus grand effort — la représentation, la figuration — devrait être fait maintenant. Pour cela nous avions économisé notre énergie (les mots, et les mots d'adieu) au cours du trajet en voiture et pendant la visite du palais contrefait ou Royal Pavilion avec ses créneaux et ses pinacles, ses fenêtres aux moucharabiehs méridionaux ; pendant les emplettes à travers la ville (toujours une librairie de livres anciens qui m'attend où que ce soit en Angleterre, toujours des sacs de plastique pour Clare Bayes et un cadeau pour l'enfant Eric) et pendant le dîner en regardant la plage et le retour de l'eau ; et pendant la promenade les pieds nus, moi aussi nu-pieds cette fois, avec mes chaussures suspendues à deux de mes doigts, annulaire et index (sans gants). Et quand nous fûmes montés après tant de propos sans suite et tant de pauses (mais il n'était pas tard, car nous savions qu'il restait encore des heures pour que nous puissions considérer la journée comme terminée et tenter de dormir, et peut-être ne voulions-nous pas rendre les choses trop pénibles ou trop sincères), elle se déchaussa à nouveau comme d'habitude et moi pas, malgré le sable dans mes socquettes, et elle s'étendit sur le lit et sa jupe remonta comme il était écrit qu'elle devait toujours remonter pour bien laisser voir ses jambes non musclées et fermes, comme elles le seraient pour tant d'autres, mais sveltes et presque puériles dans leurs mouvements. Cette nuit-là nous pouvions éterniser le contenu de notre temps, ou avoir l'impression de le faire, et donc rien ne pressait, ni de commencer à parler, ni même de s'embrasser, ni même que ma queue aille vers sa bouche ou sa bouche vers elle, ou qu'elle n'aille nulle part. La nuit de printemps était une nuit de printemps, et l'une des fenêtres de la chambre — celle qui permettait de distinguer quelque minaret incongru ou coupole en bulbe illuminé au fond — était ouverte. Je lui tournai le dos. Je m'appuyai sur l'encadrement. De là je voyais la plage et l'eau par la fenêtre d'en face. J'allumai une cigarette. Je dis :

— Clare, je ne veux pas m'en aller. Je ne veux pas partir maintenant — et je pensai que ces deux phrases si semblables pouvaient suffire pour que ce fût elle qui prît maintenant la parole et dût répondre quelque chose (et immédiatement je me mis à penser que bien qu'ayant commencé à parler je continuais quand même à penser et ne me reposais pas). Elle prit la parole, mais ne répondit pas (pas exactement, ce ne fut pas une réponse).

— Tu veux dire d'Oxford.

Je dis :

— Oui, mais ce n'est pas tant Oxford, je suppose que bien sûr je voudrais quitter Oxford, et de plus je n'ai pas le choix, mon contrat se termine. Mais je ne veux pas me séparer de toi. Tu m'as trop manqué pendant ces semaines interminables, et je ne veux pas me séparer de toi pour des raisons purement géographiques, ce serait ridicule — et je pensai qu'avec cela je m'étais montré bien plus explicite, comme l'exigent toujours les conversations graves entre amants, qui doivent rouler sur une surface plane, et dans le diaphane, et dans le futur.

— Les raisons géographiques sont suffisamment puissantes pour séparer les gens. Parfois c'est sans appel. Tu ne veux pas partir et tu voudrais partir ; en fait, tu ne sais pas très bien ce que tu veux. Moi je sais que je ne peux ni ne veux partir de nulle part. Mais finalement, c'est égal que tu ne le saches pas puisque de toute façon tu dois t'en aller et tu partiras. Ça n'a pas de sens de parler de ce qui est indéniable.

Je dis :

— Mais tu pourrais venir avec moi — et je pensai qu'avec cela, à ma grande surprise, je venais de dire presque tout ce qui semblait essentiel à dire (et ce devait être explicite) ce soir de juin et de samedi dans la ville de Brighton (et je pensai aussi que Clare Bayes dirait que c'était impossible).

— Où ? À Madrid ? Tu rêves ! C'est impossible !

Je dis :

— Mais, tu viendrais avec moi si c'était possible ? Et je pensai que je lui donnais à elle aussi l'occasion de dire qu'elle ferait ce que tous deux nous savions irréalisable. Mais elle ne la saisit pas, parce que là n'était pas son rôle, c'était le mien.

— Je voudrais bien savoir comment, par curiosité.

Je dis :

— Je ne sais pas comment, il faudrait trouver un moyen, on en trouve toujours quand on veut. Mais d'abord il faut vouloir en chercher, j'ai besoin de savoir que tu le voudrais, ou que tu es disposée à y réfléchir ; et que tu ne vas pas tolérer quatre nouvelles semaines comme celles-ci. Je ne veux pas non plus, si je vois ton fils, qu'il me regarde avec ce drôle de regard mais qu'il me connaisse et qu'il vive avec nous si nous vivons ensemble, qu'il soit aussi mon fils, ou mon beau-fils. Je ne peux pas vivre sans toi, même s'il est possible que je m'en sois aperçu trop tard, si près déjà de devoir le faire. Mais il en est toujours ainsi — et je pensai que je me risquais à dire, et trop vite, ce que je n'avais pas même envisagé et que je n'étais pas sûr de vouloir dire, au début ni peut-être à la fin (le mot *ensemble*, le mot *fils*, le mot *beau-fils*) ; et je pensai aussi que les dernières phrases, même la dernière, avaient été acceptables dans le cadre de la variété minimum des conduites à l'intérieur de relations non consanguines. Il incombait maintenant à Clare Bayes de se montrer surprise, un peu du moins, bien que d'une surprise feinte. Mais son simulacre consista à ne pas se montrer surprise, ce qui est une façon de laisser la surprise (son simulacre) à l'autre.

— Ce n'est pas qu'il soit trop tard, dit-elle, et elle alluma sa première cigarette sur le lit, première menace pour ses bas : elle avait à peine fumé au cours du dîner et de la promenade, comme si elle s'était réservée pour la soirée et la chambre. Ce n'est pas une question de temps, car pour cela il n'y a jamais eu de temps particulier. C'était en dehors de tout temps, cela a toujours été à part, et continue à l'être, d'autant plus maintenant. Tu retourneras à Madrid d'ici peu, et il vaut mieux que nous ne nous soyons pas vus ces dernières semaines, ainsi nous nous y serons faits peu à peu, moi je m'y suis faite, assez. À Madrid je ne te manquerai pas tant qu'ici, ici tu es seul. Chaque jour que tu passeras là-bas tu me verras plus lointaine et plus floue. Ça n'a pas de sens de parler de ça. Passons cette fin de semaine le mieux possible et demain cessons de nous voir. Du moins en tête à tête. Ç'a assez duré.

Je dis :

— Facile à dire — et je pensai qu'enfin elle venait d'assumer la charge des mots et peut-être même n'aurais-je plus à parler, seulement à écouter et à me reposer.

— Non, ça n'a rien de facile, ne crois pas que ce soit facile. J'ai souvent pensé à toi tandis qu'Eric était à la maison, et j'y penserai encore souvent quand tu seras parti.

Je dis :

— Mais moi je vais continuellement penser à toi, comme j'y ai pensé continuellement tout au long de ces dernières semaines. Si tu ne veux pas venir avec moi, alors je dois trouver le moyen de rester ici, même avec un autre travail — et je pensai que je ne voulais pas rester à Oxford donner des cours d'espagnol dans une école, ni à Londres employé à la radio (c'est tout ce qui me vint à l'esprit à ce moment-là), ni finir avec un visage de Chinois aux yeux bleus, comme elle peut-être, qui avait passé son enfance au loin, à Delhi et au Caire.

— Tu ne tiendrais pas ici beaucoup plus longtemps, tu n'es pas si oublieux de ton pays que tu ne le crois. Et si tu restais, je ne serais pas avec toi, ou du moins pas différemment que jusqu'à présent. Nous continuerions à nous voir comme ça, à l'hôtel, ou un petit moment chez l'un ou chez l'autre entre deux de mes cours. Nous n'en avons jamais parlé, sans doute par délicatesse et parce que ça allait de soi. Ce n'était pas nécessaire ; et aussi par manque de temps, pour ne pas gâcher nos fêtes fugaces.

Nous n'avons jamais beaucoup parlé de quoi que ce soit. Pour ma part je ne cesserai jamais de vivre avec Ted.

Parmi les degrés à franchir dans les conversations diaphanes sur le futur (les degrés qui ne sont que des formalités), j'avais alors deux options : je pouvais demander (je regardai vers la plage) si cet abandon ne se produirait jamais car malgré tout elle aimait son mari (mais au cours de cette nuit de juin et de samedi dans la ville de Brighton je ne voulais pas courir le risque de me l'entendre dire ni d'avoir à tenter de le réfuter par un inévitable recours à la vanité) ; ou bien — feignant d'ignorer délibérément cette possibilité — je pouvais lui reprocher de manquer d'audace et de se conformer aux choses établies (je me retournai et regardai vers les coupoles : je lançai la cigarette par la fenêtre — comme une pièce — lui parlant de dos), à ces choses auxquelles je n'avais pas assisté et envers lesquelles je ne sentais pas de responsabilité ni de respect. Que j'opte pour la seconde solution fut sans importance, parce que Clare Bayes répondit comme si j'avais choisi la première.

— Je ne vais pas te dire maintenant que je suis amoureuse de Ted parce que je ne sais pas bien si je le suis ni de quelle façon, et en revanche je sais bien que je ne le suis plus comme il y a quelques années, quand nous nous sommes mariés et avant cela, et ensuite. À la vérité je ne me pose pas beaucoup de questions, je ne m'interroge pas là-dessus. Mais même s'il était certain que je le sois et que j'en sois convaincue, je ne te le dirais pas non plus. C'est ridicule qu'une femme dise cela à son amant, ou un homme à sa maîtresse, et en outre à un amant non occasionnel, à celui qu'elle connaît et aime bien depuis longtemps. Je ne pourrais le soutenir devant toi, même si j'en étais sûre. Mais ce n'est pas la peine. Il suffit que je te dise que j'aime vivre avec lui, ça tu le sais déjà. Ce n'est pas seulement agréable, c'est que j'y suis habituée. C'est la vie que j'ai choisie, et je persiste à la choisir parmi toutes les autres vies possibles, oublions les impossibles. Avoir un amant n'est pas en contradiction avec cela, et ce ne le serait même pas si je te disais, comme une femme un peu ridicule, que j'aime Ted par-dessus tout.

Je dis :

— Les amants prennent leur temps et font preuve de bonne volonté et montrent beaucoup d'enthousiasme, n'est-ce pas ? Et je pensai que j'avais pris mon temps moi aussi et que j'avais fait preuve de bonne volonté avec Muriel, la fausse grosse de Wychwood Forest ; mais je n'y avais mis aucun enthousiasme.

— Tu es un imbécile, me dit Clare Bayes comme elle me l'avait dit ce 5 novembre dans son bureau de « All Souls », dans Catte Street face à la Radcliffe Camera, et par conséquent ce fut la seconde fois qu'elle me traita d'imbécile (sans que je m'en offense cette fois-ci plus que l'autre) ; mon intervention l'avait irritée et sans doute aussi que je l'aie interrompue alors qu'elle était tout à fait décidée à conserver la parole et à avoir une conversation infantile avec moi : à refaire complètement le processus de l'approche, de l'accomplissement et de l'éloignement ; de la plénitude, du combat et des doutes ; des certitudes, de la jalousie et de l'abandon ; et du rire (à en finir avec toute cette fatigue). Tu es un imbécile, me dit-elle. Oui, vous prenez votre temps et vous faites preuve de bonne volonté et vous montrez beaucoup d'enthousiasme, mais pas très longtemps, et c'est bien ainsi. C'est là votre rôle d'amant et aussi votre charme. Et le mien, étant ta maîtresse, ne l'oublie pas ; le mien aussi même si tu n'es pas marié. Notre mission consiste à ne pas durer, ne pas persister, ne pas rester, parce que si nous durons un peu plus qu'il ne faut, alors, le charme est rompu et commencent les souffrances et surviennent les tragédies. Tragédies imbéciles, tragédies évitables, tragédies cherchées.

Je dis :

— Je n'ai pas vu beaucoup de tragédies ces temps-ci. Et je pensai qu'entre Clare Bayes et moi il était impossible qu'il pût y en avoir, ni à Oxford, ni à Londres, ni à Reading, ni à Brighton. Ni même dans la gare de Didcot.

— Peu importe qu'elles surviennent ces temps-ci ou qu'elles soient survenues en d'autres temps, les époques ne sont jamais bien différentes, même si elles en ont l'air. Qui connaît d'autre époque que la sienne ? Il y a trente ans, c'est-à-dire de mon temps, j'ai vu une tragédie probablement imbécile, et depuis lors, ou peut-être depuis que j'ai su que je l'avais vue, je passe ma vie à tenter d'être invulnérable, suffisamment pessimiste et froide pour être invulnérable aux tragédies imbéciles ; pour être immunisée contre elles, et ne pas les chercher. Toi tu n'as rien vu et tu peux encore te permettre beaucoup de choses, mais moi je ne peux pas. Je ne veux pas non plus.

Ce fut alors que Clare Bayes, étendue sur le lit et voyant d'un côté la plage et l'eau et de l'autre l'extravagante imitation d'un palais indien au fond, et au premier plan celui qui avait été seize mois son amant et qui était tout près de cesser de l'être, ce fut alors que Clare Bayes, dis-je, se montra disposée (comme le font les hommes) à remémorer à voix haute les choses lointaines. Ce fut alors que la conversation entre les amants cessa de rouler sur une surface plane, dans le diaphane et le futur, pour continuer sur une surface rugueuse et chaotique, dans le flou et le passé. « Écoute », dit-elle, et elle alluma une nouvelle cigarette, appuya la tête sur sa main et posa son coude sur le traversin du grand lit (elle se mit ainsi pour me raconter cet épisode si mélodramatique en lien avec une mort concrète qui avait eu plusieurs témoins, bien que le seul qui vécût encore ne pouvait s'en souvenir). « Écoute », dit-elle, et je me retournai lorsqu'elle le dit, à nouveau le dos à la fenêtre donnant sur la ville ; je ne pus m'empêcher de remarquer, ce faisant, que dans son mouvement pour se tourner sur le côté et vers moi, sa jupe était remontée plus encore : presque comme si elle n'en portait pas. « Écoute, dit-elle, ma mère a eu un amant qui a trop longtemps duré. Il se nommait Terry Armstrong et je ne sais qui il était ni ce qu'il faisait car ce que j'appris à ce propos je ne le sus que bien après les faits, survenus lorsque je n'avais que trois ans. Il ne laissa aucune trace. Ce ne fut que lorsque j'eus l'âge de me poser des questions sur ma mère que je pus interroger d'autres personnes, sans toutefois jamais obtenir qu'une version et qu'une réponse, que j'ai dû tenir pour bonnes puisque ce sont les seules. Mon père a toujours gardé un douloureux silence, et peut-être non seulement parce qu'il ne veut pas parler, mais aussi, je le pense parfois, parce qu'il ne doit pas tout savoir ; il ne pourrait raconter toute l'histoire. La seule personne qui accepta de me la conter, avec le temps, fut madame Munshi, Hilla, ma nurse, la nurse qui s'occupait de moi à Delhi. En revanche, mon père a toujours refusé de me répondre chaque fois que je l'ai questionné ou que je l'ai accusé de quelque chose, autrement dit il n'a jamais nié non plus, il n'a jamais rien nié de ce qu'autrefois je lui ai raconté que m'avait raconté la nurse. Chaque fois que j'abordais le sujet, il se levait et quittait la pièce l'air ombrageux ; je le suivais, en insistant, jusqu'à la porte de sa chambre, dans laquelle il s'enfermait et d'où il ne sortait qu'au bout de plusieurs heures, pour le dîner, comme si rien ne s'était passé. Mais ces harcèlements sont déjà bien lointains, il ne m'arrive plus d'insister ni de lui demander des comptes, je ne parle jamais de cela ni ne tente de le faire, ni avec lui, ni avec personne, et Hilla est morte il y a des années, ici, en Angleterre, où vivaient ses enfants et où elle avait ses petits-enfants. Je ne sais pas même si je dois t'en parler, mais c'est sans importance, et puis tu partiras bientôt », et je pensai que, bien que ce ne fût pas indispensable, il était agréable et flatteur pour moi que Clare Bayes me donnât des explications comme si au cours de cette nuit de Brighton elles étaient nécessaires ; et je pensai aussi : « C'est vrai. Une fois que je serai parti, quelle importance pourra avoir ce qui se passe maintenant ? Je ne laisserai aucune trace. Comme Terry Armstrong. » Et je pensai encore : « Terry Armstrong ». Mais tandis que je pensais cela, Clare Bayes continuait de parler le regard de plus en plus perdu ou fixe, car c'est le regard — celui-là même — de la remémoration et du récit : « Selon la nurse, ce Terry Armstrong dont elle ne sut jamais que le nom était enthousiaste et de bonne volonté, en bon amant. Un de ces hommes qui écrivent des lettres et des vers avec ce qu'il faut de sérieux et d'ironie, et qui transmettent leur énergie, galvanisent par leur vitalité et font rire et trop rêver ceux qui se sentent aimés d'eux. Il apparaissait et disparaissait et on ne savait jamais vraiment quand il allait réapparaître ; il était à Calcutta, peut-être lui aussi dans le Corps diplomatique ou pour son propre compte, c'était sans doute le cas, puisque ce nom ne figure pas dans les archives diplomatiques du Corps auquel j'avais écrit pour le demander à l'époque où ma curiosité était à son comble et se faisait très pressante. Peut-être n'était-ce pas son véritable nom, je ne sais pas ; peut-être seule ma mère l'a-t-elle su, ou peut-être même pas elle. En tout cas, il devait être depuis un certain temps en Inde ou bien il devait y avoir déjà séjourné, parce qu'il parlait un peu l'hindi avec la nurse, pour la courtiser disait-elle. Il courtisait la nurse et il courtisait ma mère, c'était semble-t-il sa principale occupation. Pour la nurse, il ne dut être ni ne fut rien de plus que cette présence flatteuse et ce nom, elle ne se préoccupa jamais d'en savoir davantage, ce n'était pas de son ressort, ceci lui suffisait : c'était Mr Terry Armstrong ou Armstrong Sahib comme mon père était Mr Newton ou Newton Sahib et moi Miss Clare, l'enfant de la maison, sans qu'il importât que nous fussions rien de plus ou que nous fussions autre chose. La relation clandestine de ma mère avec Terry Armstrong dura ce qu'a déjà presque duré la nôtre, un an et demi, et bien que mon père tardât certainement à s'en apercevoir, il semble cependant qu'il en vînt à la découvrir un certain temps avant sa fin, et qu'il la tolérât, ou la supportât, ou fît comme s'il la supportait, peut-être dans l'attente d'une nomination ailleurs ; ou qu'Armstrong soit muté si tant est qu'il appartînt au Corps ou dépendît d'une entreprise, les diplomates ne restent jamais bien longtemps nulle part, de même que les étrangers qui ne nouent pas de liens conjugaux, comme toi qui ne vas plus rester ici bien longtemps. L'intermittence aide beaucoup à supporter les charges, et qui sait, si Terry Armstrong allait et venait, s'il était à des centaines de "miles" et qu'il ne les franchissait que lorsqu'il en avait la possibilité, alors il se peut que la situation n'ait pas été vraiment insupportable pour mon père et qu'il ait été disposé à attendre, comme il se peut que Ted, si pendant tout ce temps il a soupçonné quelque chose, n'attende plus que ton départ. Peut-être suis-je moi-même en train de l'attendre. Je ne sais pas. Il y a longtemps que j'ai renoncé à savoir quoi que ce soit par mon père, je l'ai bien assez tourmenté autrefois, et il a dû vivre assez mortifié si ce que disait la nurse est vrai. Et ça l'est certainement. » « Que racontait d'autre la nurse ? », demandai-je dans l'encadrement de ma fenêtre (de la fenêtre qui donnait sur la ville) ; mais plus que toute autre chose, j'étais en train de retourner le nom de Terry Armstrong dans ma tête, bien que sans encore oser penser plus avant, ce simple nom. Je me remis à penser « Terry Armstrong ». Les noms en disent long.

— La nurse m'a raconté que ma mère s'était trouvée enceinte, répondit Clare Bayes, et qu'elle pensait que ce nouvel enfant était de Terry Armstrong, bien qu'elle n'en fût pas certaine, ou peut-être l'était-elle, mais sans vouloir se l'avouer. Quoi qu'il en soit, ce doute feint ou authentique suffit pour que mon père n'en supportât ni n'en tolérât davantage. Que mon père fut au courant de ce doute, je le sais, parce que la nurse Hilla entendit des bribes de ce qui dut être leur dernière conversation. Leur dernière discussion. Clare Bayes se tourna et changea de position : maintenant elle avait les jambes sur le traversin, le menton dans les mains, les deux coudes sur le pied du lit. Ce que je voyais bien maintenant c'était la partie postérieure de ses cuisses et la naissance de ses fesses sous le collant. Et je pensai : « On n'en laisse voir autant sans arrière-pensée que lorsqu'on a entière confiance en celui qui regarde, quand c'est un frère, un mari, quelqu'un de la famille. Je ne suis ni son mari ni son frère, mais son amant étranger tout près de cesser de l'être. Or ce soir elle est en train de me confier un secret de sa famille.

— Une nuit de mes trois ans, alors que je dormais depuis des heures et qu'elle était couchée depuis quelques minutes, la nurse Hilla m'a entendue pleurer. Elle se leva et vint, comme d'autres nuits, me calmer, me consoler et me chanter une chanson qui me rendrait le sommeil, et ce fut alors qu'elle entendit aussi ce qui avait sans nul doute provoqué mon réveil et mes pleurs : mes parents étaient rentrés depuis peu, et de leur chambre, proche de la mienne, venaient des cris et de temps en temps le bruit d'un coup, d'un coup au sol ou sur une table. La nurse, effrayée, se mit aussitôt à me chanter quelque chose pour couvrir les cris et vaincre sa peur, et ce fut son propre chant mêlé à mes sanglots qui l'empêcha d'entendre leur conversation, bien qu'à certains moment les cris étaient si forts qu'ils la faisaient à nouveau sursauter, l'obligeant à s'interrompre et à entendre contre son gré des phrases isolées. Quelques rares phrases, huit exactement, huit phrases entendues deux par deux qu'à ma demande elle me répéta tant de fois que maintenant c'est comme si c'était moi qui me les rappelais. Car moi aussi j'ai dû les entendre, mais il m'est impossible de m'en souvenir, de même qu'il m'est presque impossible de me souvenir de ma mère. Cependant je me souviens de ces phrases que j'ai d'abord notées et qu'ensuite j'ai retenues sans effort particulier, et je sais que l'une des choses que ma mère dit ce soir-là fut, selon la nurse : “Mais je n'en suis pas sûre, Tom, et il peut aussi bien être de toi.” Et je sais ce que répondit mon père : “Ce doute seul suffit pour qu'il ne puisse l'être ni ne le soit jamais.” Et je sais qu'à un autre moment ma mère a dit : “Je ne sais pas ce que je veux, ah ! si seulement je pouvais le savoir, je suis fatiguée de ne pas le savoir.” Et mon père répondit : “En revanche moi je suis fatigué de le savoir et de ne pouvoir rien obtenir.” La troisième phrase de ma mère fut : “Si c'est ce que tu veux, je partirai demain, mais j'emmènerai l'enfant avec moi.” Et mon père répondit : “Tu n'es pas en condition d'emporter plus que ce que tu portes sur toi et ce que tu portes en toi, et il se peut que tu ne revoies plus jamais Clare.” Et plus tard la nurse entendit ce que furent les derniers mots qu'elle entendit de ma mère : “Je n'en peux plus, Tom.” Et mon père répondit : “Moi non plus je n'en peux plus de tout cela.” La nurse Hilla chanta jusqu'à ce que je me rendorme, de plus en plus bas à mesure que s'apaisaient les cris, et comme je venais de retrouver le sommeil et que les cris avaient cessé, la nurse me raconta que la porte de ma chambre s'ouvrit et que la silhouette de mon père se détacha à contre-jour. Il n'entra pas. “L'enfant s'est rendormie ?”, demanda-t-il. La nurse le regarda et porta son index à ses lèvres, et mon père, baissant le ton, ajouta : “Mrs Newton part en voyage demain très tôt. Il vaut mieux que l'enfant ne la voie pas s'en aller. Emmenez-la dormir avec vous cette nuit.” La porte se referma, et alors la nurse, tout doucement, dans l'obscurité, sans me réveiller, fit ce qu'on lui avait ordonné et me prit dans ses bras et m'emmena dans sa chambre passer le reste de la nuit. Elle me mit dans son lit et dormit d'un œil sur une chaise. » Clare Bayes se tut, fit une pause. Elle quitta le grand lit qu'elle seule occupait et partit dans la salle de bains ; mais notre confiance réciproque n'était pas suffisante pour qu'elle ne refermât pas la porte. Même ainsi je ne pus éviter d'entendre la chute du liquide dans l'autre, et tandis que je l'entendais involontairement, je répétai ce nom « Terry Armstrong », et cette fois ma pensée alla plus loin : « Armstrong est un nom très courant, et Terry aussi, pour une femme c'est Theresa, son diminutif, et pour un homme Terence, son diminutif également. Mais Armstrong est très courant, il y en a des milliers en Angleterre et il y en a toujours eu, autant si ce n'est plus que de Newton et presque autant que de Blake, et en revanche le nom composé de Cromer-Blake est rare. Et Terence ou Terry est aussi très courant, bien que pas autant que John, ni que Tom, ou Ted, qui sont Edward et Theodore. « Armstrong », pensai-je, « Armstrong signifierait Bras-fort. » Et quand elle revint, Clare Bayes s'assit sur le lit et appuya ses reins sur le traversin plié en deux, le dos au mur. Elle alluma une autre cigarette, replia les jambes, et sa jupe remonta. Elle s'était mouillé le visage et n'avait plus le regard aussi fixe, mais elle n'avait pas perdu le fil. « Le lendemain ma mère n'était plus à la maison, on me dit qu'elle était partie en voyage quelques jours. J'avais encore ma nurse Hilla, et à partir de ce jour je l'eus encore davantage, toujours près de moi pendant les quelques années où nous restâmes encore à Delhi, sans être envoyés ailleurs malgré ce qui s'était passé. Elle ne put rétablir le contact avec ma mère ni évidemment avec Terry Armstrong, qu'elle ne savait même pas où joindre. Mon père, en outre, la soumit à une surveillance discrète pendant cette période, l'obligeant à rester tout le temps avec moi à la maison, à ne pas me laisser un instant, et c'est ce qu'elle fit dès lors, elle resta tout le temps avec moi et ne me laissa pas un instant ; des années plus tard nous quittâmes enfin Delhi et elle choisit de ne pas nous suivre. La nurse Hilla ne sut jamais ce qu'il advint de ma mère pendant ces quelques jours, mais on peut supposer qu'elle eut recours à Armstrong et qu'elle se réfugia avec lui dans quelque hôtel ou chez l'une de ses connaissances à Delhi, un Indien, mais sans doute personne de la colonie britannique, à qui il pouvait difficilement expliquer ce qui s'était passé. À ce moment-là la grossesse de ma mère commençait à se remarquer, on la remarquait un peu selon la nurse, aux traits estompés de son visage et à sa silhouette qui commençait à s'alourdir ; peut-être est-ce la raison qui la poussa à en parler à mon père, à tout lui raconter ce soir-là, ce qui provoqua son départ. La nurse ne sut pas non plus si Terry Armstrong se trouvait déjà dans la ville quand ma mère abandonna la maison, s'il y était déjà ce soir-là et s'il l'attendait le lendemain matin quelque part, ou s'il accourut à son appel dès qu'il le put, plus tard, et si par conséquent ma mère dut rester seule au début. La nurse disait que jamais Armstrong ne lui parut un homme pratique, ni de beaucoup de ressources, mais plutôt un rêveur, ainsi le définissait-elle, un rêveur, c'était son mot. Elle se souvenait surtout de son humour savoureux et de ses plaisanteries incessantes. Elle disait qu'il tirait fréquemment de sa poche une flasque métallique et que tout en riant il l'approchait des lèvres de ma mère et même de celles de la nurse, qui la repoussaient toujours enjouées, et il discourait alors, la flasque brandie, portait des toasts à des Anglais dont les noms ne disaient rien à la nurse et il buvait, à longs traits et joyeusement, bien qu'elle ne le vît jamais ivre. Ma mère riait toujours, tout lui souriait et elle riait de tout comme rient les jeunes, et Armstrong aussi : toujours à plaisanter, disait la nurse, un éternel éclat de rire. » Et tandis que Clare Bayes parlait de l'homme dont elle ignorait tout sauf un trait de caractère et le nom, je finis par abandonner mon poste et m'approchai du lit, au pied duquel je m'assis, par terre, pour mieux écouter et penser moins. Mais là encore une pensée vint me distraire, pourtant rapide et brève, parce que la seule chose que je parvins à penser (le temps de m'approcher tout en prenant conscience du sable dans mes socquettes, et une fois au pied du lit) fut un simple nom : « Terence Ian Fytton Armstrong. » « Quatre jours après la nuit de la discussion, nous le vîmes, Terry Armstrong. Nous l'avons vu la nurse et moi et peut-être mon père, bien qu'il ne l'ait jamais admis et que moi je ne puisse m'en souvenir, comme je ne me souviens pas des phrases qui cette nuit-là m'avaient fait pleurer et m'avaient réveillée. Ou peut-être ai-je très longtemps oublié ce que j'avais vu, et ce n'est que beaucoup plus tard, en apprenant cela et le fait que je l'avais vu, que je retrouvai une sorte de souvenir de ce que, selon la nurse, j'avais vu aussi de mes propres yeux. Il est fort probable que si je le raconte maintenant comme si je m'en souvenais, c'est seulement parce que je le sais maintenant et que j'ai passé des années à me l'imaginer, depuis que je le sais. Mais je ne peux éviter, tu comprends ? de savoir que je l'ai vu, et même si je ne l'ai pas compris sur le moment ni ne peux le retrouver maintenant par la mémoire, je crois m'en souvenir par la seule connaissance. » Et tandis que Clare Bayes, qui avait été auparavant Clare Newton, me parlait de sa connaissance ou souvenir de la première Clare Newton qui portait auparavant un autre nom que j'ignore (soit : tandis que l'enfant Clare me parlait de sa mère morte), je continuai à penser au nom d'Armstrong, et cette fois je pensai (tandis que j'entendais raconter cet épisode si mélodramatique par l'un de ses témoins) : « Ce n'est pas possible, ça ne peut l'être, c'est impossible, Armstrong, c'est très courant, et Terry aussi, il y a des milliers de Terry, des milliers d'Armstrong, des centaines de Terry Armstrong, et de plus il n'y a aucun moyen de le vérifier parce que personne ne sait rien de Terry Armstrong, qui n'a laissé aucune trace à Calcutta après y être retourné dans les années cinquante, comme il retourna à Vasto à la fin de son temps, peut-être retourna-t-il à Calcutta pour *une dernière fête* qui entraîna quelques complications, l'occupant un an et demi (ce fut plus qu'une fête), et le mena jusqu'à Delhi ; *une dernière fête*, bien qu'elle eût lieu quinze ans avant sa mort véritable. » « Quatre jours seulement étaient passés, et j'étais dans le jardin avec la nurse, regardant la rivière et attendant les trains de la soirée, comme je t'ai raconté que je le faisais toujours depuis mon plus jeune âge et que j'ai continué à le faire jusqu'à notre départ de Delhi. Mon père se tenait en retrait à la lisière du jardin, près de la maison, et de ce fait il est possible qu'il ait tout vu et tout aussi possible qu'il n'ait rien vu. Mais moi j'ai vu ce que je sais avoir vu et dont je ne me souviens pas ni ne me suis souvenue plus tard, ni même aussitôt après que c'est arrivé, parce que ce soir-là, quatre nuits après le départ de ma mère, et tandis que j'attendais le passage du train postal qui venait de Moradabad et arrivait toujours avec un si grand retard, deux silhouettes apparurent, une femme et un homme, passant sur le pont de fer qui enjambe la rivière. » « Le pont sur la Yamuna ou Jumna que Clare Bayes m'a décrit », pensai-je. « Le long pont aux poutrelles de fer en diagonales entrecroisées, la plupart du temps vide, enténébré, oisif et flou, exactement comme l'une de ces figures dévouées et secondaires de l'enfance qui se dérobent pour réapparaître et s'illuminer juste un instant longtemps après, lorsqu'on les appelle, et retournent se perdre aussitôt dans l'obscurité de leurs existences ignorées et interchangeables après avoir accompli leur bref service ou révélé le secret que soudain on exige d'elles. Exactement comme la nurse Hilla ou comme la vieille servante qui m'accompagnait avec mes trois frères dans la rue de Génova, ou de Covarrubias, ou de Miguel-Ángel : la nurse indienne Hilla et la vieille servante madrilène, qui sont interchangeables et existent seulement pour qu'à travers elles transite l'enfant chaque fois qu'il en aura besoin. » Et tandis que Clare Bayes me racontait ce qu'elle avait vu et dont elle ne se souvenait que par la connaissance, j'y réfléchissais au pied du lit, en regardant ses jambes sveltes et fermes, ses jambes de face et la pointe de son slip : « L'enfant anglaise regarde maintenant le noir pont de fer attendant que le traverse un train, pour le voir tout illuminé et reflété dans l'eau, l'un de ces trains aux couleurs vives, pleins de lumière et de bruit inaudible, qui traversent la Yamuna de soir en soir, la Jumna qu'elle regarde patiemment de sa maison sur la hauteur, alors que la nuit est déjà tombée. Mais ce train n'apparaît pas encore, et en revanche, passent maintenant sur le pont enténébré, vacillantes et apeurées, trébuchant peut-être sur les rails, foulant le ballast, deux silhouettes, celles de John Gawsworth et de la mère de l'enfant qui regarde, Clare Newton, une femme jeune, plus jeune que ne l'est sa fille cette nuit à Brighton. Ils se tiennent par la main, et c'est Armstrong qui guide la mère, ils s'appuient sur les poutrelles de fer en diagonales entrecroisées, ils s'y accrochent comme s'ils craignaient de trébucher et de tomber à l'eau, bien qu'ils soient peut-être venus sur le pont dans ce but, pour tomber et s'engloutir, ou peut-être pas et ils sont simplement en train de le traverser à pied, avec difficulté, peut-être fuient-ils, ou sont-ils affolés ou perturbés, ou ivres, ou malades, peut-être ne savent-ils pas ce qu'ils font. L'enfant distingue aussitôt leurs deux silhouettes dans l'obscurité parce qu'elles sont toutes deux vêtues de blanc et parce que l'une d'elles est sa mère (et parce que celle qui sera Clare Bayes n'a d'yeux que pour la structure métallique qui annonce les wagons aux mille couleurs). "C'est maman là-bas", dit l'enfant en montrant le pont, et d'abord la nurse n'y prend pas garde, elle ne regarde pas, ne lève pas les yeux et continue à chantonner quelque chant insignifiant tandis qu'elle coud ou ne fait rien, et se borne à tenir les mains jointes dans son giron tout en veillant sur l'enfant qu'on lui a confiée. L'enfant voit l'homme qui peut-être est Gawsworth avancer jusqu'au milieu du pont, entraînant toujours derrière lui la mère, et bien que l'enfant ne le sache pas encore — la nurse le lui murmurera pendant toute son enfance future, sans tout lui dire avant longtemps : sans le lui dire avant qu'elle ne l'exige ; ils sont sur le pont d'où s'est jeté plus d'un couple d'amants malheureux. Mais eux peut-être ne vont-ils pas le faire, bien qu'il soit fort possible que cette nuit ils soient cela, un couple d'amants malheureux ; peut-être cependant sont-ils sur le pont pour une autre raison, qui sait, il se peut que Gawsworth luimême, qui guide la mère, ne sache pas très bien quelle est cette raison. Armstrong tire sa flasque métallique de la poche de sa veste blanche, il ne porte plus de toasts, ne fait pas de discours et ne l'approche pas des lèvres de la première Clare Newton, qui riait tant (ses lèvres tant embrassées) ; il boit quelques gouttes à la hâte, presque en cachette de la femme qui l'aime et le suit : elle va le regard bas, lui porte haut le sien, il est possible qu'elle ait le vertige, qu'elle ne puisse s'empêcher de regarder en bas, vers l'ample rivière aux eaux bleues (ou noires, parce qu'il fait nuit), et que ce soit la seule façon de s'y accoutumer, car peut-être que la mère va vraiment s'y jeter, il se peut qu'elle y soit plus déterminée et qu'elle se demande si Gawsworth, ou Terry Armstrong, sautera lui aussi, comme ils se le sont promis et l'ont décidé. Il n'échappe pas à la première Clare Newton qu'il boit des gorgées de sa flasque métallique, peut-être pour s'accoutumer peu à peu au liquide qui les attend ; et cela n'échappe pas non plus à la nurse, qui maintenant regarde vers le pont parce que l'enfant a insisté ("Regarde, maman là-bas avec un monsieur"), bien qu'elle regarde interdite et sans comprendre encore ce qu'elle est en train de voir. Peut-être se le sont-ils promis, et l'ont-ils décidé et s'y sont-ils résolus la nuit dernière, la mère et l'homme, ou bien au cours de la journée, dans une chambre d'hôtel, et ils ont pris cette décision (Clare Bayes ne le sait pas, personne ne le sait) parce qu'ils n'ont pas trouvé d'autre solution que celle de s'arrêter net ; Gawsworth est calamiteux et inconscient et de plus il n'est pas sérieux et il plaisante et il joue (sa pensée est vagabonde, son caractère faible), et il ne peut accepter de se mettre lui aussi en règle avec la vie, qu'elle le recentre et lui confie des charges, le roi de Redonda ne peut avoir d'héritier ni prendre en charge aucun enfant, ni même peut-être prendre en charge la femme qu'il aime et qui porte le sien en elle, peut-être ne le pourrait-il pas même si elle ne le portait pas. Et Clare Newton l'a décidé en accord avec lui (Clare Bayes ne le sait pas, personne ne le sait) parce qu'elle est effrayée et désespérée, trois nuits et quatre jours qu'elle est seule et sans abri et peut-être sans argent, dans des hôtels bon marché, elle erre peut-être à travers la ville maintenant inhospitalière tandis qu'Armstrong tarde à apparaître, et sans personne pour s'occuper d'elle ; trois nuits et quatre jours déconcertée, atterrée, elle a du mal à croire ce qui lui arrive : sa volonté est vagabonde, elle ne sait plus la retenir, ralentir sa fuite, déjà elle ne lui appartient plus tout à fait, comme celle d'un malade ou d'un vieillard ou d'un être perturbé. Il boit, elle regarde l'eau. Tous deux s'arrêtent au milieu du pont, ils vacillent. Gawsworth passe son bras — son bras fort — autour de ses épaules, comme on le fait pour ceux que l'on veut protéger et que l'on aime, et de l'autre main il s'accroche à une poutrelle de fer diagonale qui doit en croiser une autre, et dans sa première main il doit tenir la flasque, certainement vide, bien qu'il ne s'en soit pas aperçu. Maintenant Armstrong regarde vers le bas, et la mère en revanche regarde vers le haut, essayant de distinguer le jardin de la maison où elle ne reviendra pas, et sa fille sur la hauteur, se demandant si elle regarde encore, espérant qu'elle ne regarde plus, que la nurse Hilla l'a déjà mise au lit et qu'elle lui chante quelque chose puisque a déjà dû passer le train postal qui vient de Moradabad et qui marque la fin du jour pour l'enfant (mais Clare Newton ignore qu'aujourd'hui aussi ce train a beaucoup de retard). Le couple d'amants qui depuis peu seulement est malheureux, reste immobile, il ne poursuit pas sa marche, ce couple n'en finit pas de traverser le pont. Et c'est alors qu'apparaît au détour d'une courbe le train postal de Moradabad, le train que l'enfant anglaise attend comme chaque soir de son enfance étrangère présente, future et méridionale, ce train qui arrive toujours avec un incalculable retard (personne ne peut le calculer, et ce soir personne ne l'a calculé), et qui pour cette raison, bien qu'il soit proche déjà de sa destination, semble ne devoir jamais ralentir sa marche. Gawsworth tourne les yeux vers le train qui surgit, tandis que la mère l'entend venir (elle entend au-dessus d'elle le bruit de fer inaudible pour l'enfant) sans avoir à le regarder, elle ne regarde que l'eau. La lune est pulpeuse, mouvante et comme une écharde. Alors Armstrong enlève le bras qui enserre les épaules de la première Clare Newton, il se libère et la lâche, et maintenant de ses deux mains — de ses mains qui ont piloté des avions et qui demanderont l'aumône — il s'accroche et colle son corps aux poutrelles de fer en diagonales entrecroisées ; l'ivresse subitement disparue, la flasque abandonnée, les yeux écarquillés et pleins d'effroi comme ceux du chien d'Alan Marriott juste avant qu'on ne lui coupe la patte arrière gauche dans la gare de Didcot. "Les choses qui nous retiennent sont si nombreuses", pense peut-être Gawsworth agrippé aux poutrelles, "et tout peut encore être donné." Ou peut-être ne le pense-t-il pas, il le sait. La mère doit aussi le savoir, mais cependant elle tient bon jusqu'au dernier moment le corps si près de la voie — son corps qui commence à s'alourdir, avec ce qui n'est pas encore ni ne sera le frère cadet de Clare Bayes — et elle ne suit pas l'exemple d'Armstrong, les deux amants ne font pas la même chose, et au lieu de s'y agripper elle aussi, la mère tombe ou saute entre deux poutrelles, se jette à l'eau avec sa robe blanche (blanche comme les cheveux de Cromer-Blake, comme ceux de Rylands, et comme les seins de Muriel, la fausse grosse de Wychwood Forest). Clare Newton, son nom. Et tandis que Clare Newton saute et que Terry Armstrong ne saute pas, le train passe occupant tout entier le pont de fer, de bout en bout, éclairant la rivière de ses fenêtres (les hommes des gabarres se déséquilibrent, regardant vers le haut), et c'est cette image qui aide l'enfant à trouver le sommeil et à se faire à l'idée du lendemain dans une ville à laquelle elle n'appartient pas et qu'elle ne reconnaîtra comme sienne que lorsqu'elle l'aura quittée et qu'elle n'aura plus d'autre possibilité de la remémorer à voix haute qu'avec son fils ou avec son amant, car les amants servent à ce que servent les enfants, avant tout à écouter notre histoire. La mère tombe avec sa sensation de chute, sa sensation de charge, sa sensation de vertige, de glissement, de gravidité et de poids, avec son corps alourdi et ses traits estompés, avec sa fausse graisse et son abattement. Et les yeux de Gawsworth — maintenant fermés depuis des années et sans regard d'aucune sorte — voient comme tombe et s'engloutit le corps de celle qu'il aimait, et sur la hauteur l'enfant Clare voit comme disparaît dans les eaux bleues de cette rivière brillante et claire, dans la nuit, le corps de celle qu'elle aimait — la mère dont elle ne peut se souvenir cette nuit à Brighton — et peut-être le père, de la lisière du jardin, près de la maison, voit aussi comme tarde à remonter à la surface et n'apparaît pas le corps de celle qu'il aimait encore. (Tous trois voient se tuer la personne qu'ils aiment.) Et c'est la nurse Hilla qui voit que les hommes des gabarres ne retrouvent pas le corps aimé emporté par le courant, qui révèlera le secret, parce que ni Terry Armstrong ni le père ne le feront, pas plus que le pont de fer sur la Jumna. Et une fois le train passé et que Clare Bayes, alors Clare Newton, perd de vue la lanterne oscillante du dernier wagon auquel de la main elle a fait un au revoir qui ne demandait pas de réponse parce que n'était plus là celle qui pouvait y répondre, ce pont redevient vide, enténébré, oisif et flou. Seule y subsiste quelques secondes l'autre silhouette blanche, qui peut-être vomit sur la Yamuna comme un clochard oxonien sur l'Isis, avant que ne s'éloigne en courant, rempli d'effroi, le dernier roi de Redonda, l'écrivain John Gawsworth, l'*Écrivain véritable* qui n'écrira jamais plus ni ne laissera aucune trace. Ou peut-être seulement une flasque métallique qui peut-être est restée depuis cette nuit-là, écrasée, oxydée et vide entre les rails. »

Lorsque Clare Bayes acheva son récit, je me relevai et retournai à ma fenêtre, je regardai au-dehors, en pensant : « Mais ce n'est pas possible, ça ne peut l'être, c'est impossible. »

Elle quitta le lit et s'approcha de l'endroit où j'étais, et nous regardâmes tous deux en silence par la fenêtre cette imitation fantastique des palais du pays de son enfance qu'on apercevait au loin : on voyait la lune et des nuages ; sa poitrine frôlait mon dos. Clare Bayes me caressa la nuque de la main, je me retournai et nous nous regardâmes comme si nous étions le regard vigilant et compatissant l'un de l'autre, le regard qui vient du passé et ne suscite plus la gêne parce qu'il sait bien comment il doit voir l'autre, depuis longtemps : peut-être nous sommes-nous regardés comme si frère et sœur nous étions chacun l'aîné de l'autre et que nous regrettions de ne pouvoir nous aimer davantage. Ou même plus que fraternellement. Et à ce moment-là je ne pus m'empêcher de me remémorer quelques vers lus à la façon d'une citation, les vers d'un autre auteur anglais dont (contrairement à Gawsworth) on sait beaucoup de choses, sauf sur sa mort obscure, qui fut violente et reste légendaire et qu'on a dû imaginer comme celle de Clare Newton : il mourut poignardé avant l'âge de trente ans un jour de Trinity, un 30 mai d'il y a quatre cents ans, à Deptford, qui signifierait Guéprofond, près de la Tamise, nom que l'on donne à l'Isis en tout lieu et tout temps sauf quand elle passe à Oxford. Et je pensai : « *Thou hast committed fornication : but that was in another country, and besides, the wench is dead.* » Soit : « *Tu t'es livré à la fornication : mais c'était dans un autre pays, et de plus, la fille est morte.* »

Le lendemain, lorsque Clare Bayes me déposa devant ma porte à Oxford (et bien que ce ne fût pas de nuit, nous ne nous cachions plus), je vis qu'au même moment la fleuriste gitane qui se mettait en face les jours fériés était emmenée par son invisible mari dans sa camionnette propre et moderne. Ceci signifiait que le jour déclinait déjà malgré la lumière immuable du printemps, suspendue et tiède, et qu'il restait peu de temps avant que la faible roue du monde ne se remît en marche et que la quiétude s'achevât. Je m'aperçus avec joie que je m'étais épargné un dimanche banni de l'infini.

Deux sur trois sont morts depuis mon départ d'Oxford, mais non Clare Bayes, puisqu'il s'agit de Toby Rylands et de Cromer-Blake et il devait en être ainsi. Celui qui fut ma figure paternelle et maternelle, mon guide dans cette ville, mourut quatre mois après mon départ et ne connut pas d'autre « Michaelmas » ni d'autre année universitaire ; ainsi ma dernière et seconde année fut aussi la dernière du docteur Cromer-Blake, qui était resté beaucoup plus longtemps dans l'eau. Ce fut Toby Rylands, qui devait mourir deux ans plus tard (il y a donc tout juste deux mois), qui me transmit la nouvelle par lettre expresse et conserva son journal intime qui voyagea, par la suite, en direction du Midi, selon ses dispositions testamentaires et ses dernières volontés, lorsqu'à son tour il mourut. La lettre de Rylands était très sobre, comme s'il ne voulait pas trop parler de ce qui était arrivé et à quoi on s'attendait, ni de celui qui à partir de sa mort devenait le miroir dans lequel il ne voulait sûrement pas se voir : comme si Rylands maintenant n'était pas disposé à rendre visite à Cromer-Blake, à sa tombe ou à son souvenir.

Cromer-Blake fut enterré à Londres, où il était né (au nord), et bien qu'il n'y eût pas à faire de collecte pour payer l'enterrement de celui qui n'était pas parvenu à être *« bursar »*, les personnes assistant à ses funérailles furent peu nombreuses, pratiquement que des collègues (si solidaires, si pleins d'humour) de la Tayloriana. Le curé qui prononça l'oraison et assuma la charge des mots eut le mauvais goût de demander la sortie des enfants présents dans l'église catholique de Marble Arch, enfants de deux collègues qui avaient accompagné leurs parents pour profiter du déplacement un samedi et passer le reste de la journée au zoo de Londres. De la famille de Cromer-Blake (il avait ses parents, un frère célibataire et une sœur mariée) seul était présent son frère Roger, qui, semble-t-il, partit à la hâte dans une voiture de sport (peut-être une Aston Martin) sans saluer personne, la cérémonie à peine terminée. Son ami Bruce ne s'y rendit pas, pas plus que Dayanand dont, selon le journal intime que j'ai lu entièrement tout en n'en comprenant que certains passages, Cromer-Blake s'était éloigné définitivement au cours des derniers mois.

Certains membres de son *college* y assistèrent,

mais pas le *warden* lord Rymer, à qui il avait rendu des services — avec qui il était comme les deux doigts de la main —, et en revanche il y avait l'économiste Halliwell, que tous avaient dû fuir à la sortie des funérailles pour ne pas être submergés par son unique sujet de conversation. La nouvelle de la mort de Cromer-Blake parut « dans deux quotidiens nationaux, tous deux fort peu aimables », comme le disait énigmatiquement Rylands. Le professeur émérite était sobre dans sa lettre, on pouvait voir qu'il l'avait écrite à la hâte, pour en finir au plus tôt avec ses obligations, mais on sentait son émotion. « Cromer-Blake savait la nature de son mal depuis près d'un an, il l'avait su en décembre dernier. Quel courage. Face au monde, il supporta sa terrible condamnation sans s'en préoccuper, c'est ce que disent tous ceux qui ont continué à le voir. Il est surprenant de constater comme parfois des personnes que nous jugerions "peu fiables" font preuve d'un grand courage. Quelle immense tristesse. Je ne peux m'empêcher de penser à lui. » C'était avec quelques phrases de plus le contenu de la lettre expresse, à la fin de laquelle il me donnait quelques adresses à Londres pour que, si je le désirais, j'envoie à la mémoire de Cromer-Blake un don à une institution de bienfaisance.

Je n'envoyai rien, bien qu'ayant pensé le faire. À la vérité je tentai d'oublier sa mort dès que je l'appris, et j'y parvins en partie, parce qu'il n'est pas vraiment impossible d'oublier un tel événement quand le mort est loin et que le vivant commençait déjà à appartenir au passé. La dernière fois que je l'avais vu il était à nouveau, comme d'habitude, souffrant. Aimablement, comme toujours, il s'était offert à m'accompagner en voiture avec mes valises énormes et pleines de livres jusqu'à la gare, d'où je devais partir pour Londres pour continuer ensuite jusqu'à Paris en train et en hovercraft et à nouveau en train, et de là vers Madrid, vers le Midi. Mais le soir précédant mon départ, il se sentit plus mal et m'appela pour me dire qu'il vaudrait mieux qu'il ne bouge pas de chez lui le lendemain. Je fis donc une pause dans mes préparatifs et allai jusqu'à son *college* pour lui faire mes adieux. Bien que juin s'achevât et qu'il fît une température très agréable, il me reçut étendu sur son canapé et recouvert d'un plaid, comme s'il eût été Saskia : la cascade qui enveloppait ses jambes était à carreaux, la toge était pendue derrière la porte, noire, si longue, comme la mienne maintenant à Madrid, chez moi. Il avait perdu une part de son déguisement esthétique. La télévision était allumée, un opéra sans le son. Il dit qu'il avait froid, un peu de fièvre, je ne me souviens pas de nos propos, je les ai oubliés, comme on oublie les choses auxquelles sur le moment on n'accorde pas d'importance, les choses qui n'émeuvent pas parce que l'on ne sait pas en les faisant que ce que l'on dit ou fait — ou ce que l'on voit — a signification et poids. Et ces adieux n'en avaient pas alors, ou pas tant, peut-être voulais-je penser que Rylands exagérait avec ses augures (Cromer-Blake se montrait, en effet, si peu préoccupé), et je pensais davantage à mon départ, à ce qui m'attendait (dans un futur lisse et diaphane), qu'à ce que je laissais (dans le passé, rugueux, chaotique et flou). Je me souviens seulement que son habituelle pâleur était extrême, tandis qu'il jetait des coups d'œil involontaires à un Falstaff qui vociférait, muet, mais cela n'avait rien de très particulier : en période d'examens le teint des *dons* pâlit toujours. Le sien avait ce soir-là presque la couleur de ses cheveux prématurément chenus, de moins en moins gris et de plus en plus blancs. Je ne restai qu'un instant, il était tard. Je devais finir de faire mes valises et lui désirait peut-être écouter Falstaff.

Les dernières notes de son journal, que je conserve à mon tour, sont brèves et blasées, deux ou trois lignes chaque fois qu'il écrit, et quoi qu'il en soit, pas tous les jours. Ainsi, le 3 septembre il dit : « Aujourd'hui c'est mon anniversaire. J'ai réussi à parvenir jusqu'à trente-huit ans. Je ne suis plus jeune. Clare m'a offert un chandail qu'elle a fait elle-même. B rien, il l'avait oublié. » Et trois jours plus tard, le 6, la note est plus limitée encore : « B veut partir vivre à Londres. Ma ville, absurde. Cela me paraît très loin, bien que ce ne soit qu'à une heure d'ici. » Puis il n'y a rien jusqu'au 12, où il écrit : « Aujourd'hui j'ai commencé à relire le *Quichotte*, j'espère avoir le temps de le finir d'ici la semaine prochaine. Peut-être devrais-je commencer par la seconde partie. » Et puis, le 14 : « Il reste sept jours avant la fin de l'été. J'en ai assez. D'aller mal et de l'été. » Et le 20 il parle de moi : « Aujourd'hui c'est l'anniversaire de notre cher Espagnol. Il a eu trente-quatre ans, lui non plus n'est plus si jeune. Je l'ai appelé à Madrid, mais il était sorti. » (Et il est vrai que ce jour-là je n'étais pas chez moi, ni même à Madrid, mais à Sanlúcar de Barrameda avec Luisa, qui est maintenant ma femme, et que j'avais connue à Madrid un mois plus tôt.) La note suivante est du 29 et semble avoir été copiée sur un agenda ou un calendrier, car elle dit simplement : « Saint Michel et tous les Anges. Dix-septième dimanche après la Trinité (dix-huitième après la Pentecôte). Premier jour du trimestre. Le soleil se lève à 07 h 02, se couche à 18 h 47. Pleine lune à 00 h 08. » Ensuite plus rien à nouveau jusqu'au 7 octobre, où il écrit : « Lune au dernier quartier à 05 h 04. Toby a appelé, j'ai trouvé des prétextes pour qu'il ne vienne pas me voir. Pauvre vieux, il ne comprend rien. » Et le 14 : « Nouvelle lune à 04 h 33. Aujourd'hui c'est le début de "Michaelmas" et la rentrée, et je ne peux l'assurer. Dewar et Kavanagh ont été très aimables de proposer de me remplacer jusqu'à ce que je sois remis. » La dernière note est du 17, et elle dit : « Sainte Etheldreda, reine de Northumbria contre sa volonté, l'imbécile. D'ici quelques années cette maladie sera vaincue, c'est sûr, quelle sottise. Comme j'en ai assez. » Il mourut le 19, le vingtième dimanche après la Trinité (vingt et unième après la Pentecôte) et jour de Sainte-Frideswide (du moins à Oxford). Le soleil se leva à 07 h 38 et se coucha à 18 h 01, et la lune était au premier quartier à 20 h 13. Cromer-Blake vit le premier et aussi le second, mais pas cette lune.

Sur la mort du pauvre vieux, j'en sais moins ou presque rien, parce qu'il n'y avait plus de Cromer-Blake pour me la raconter, personne pour dire ne serait-ce que : « Quelle immense tristesse. » C'est Kavanagh, plus dynamique et moderne que Rylands, qui s'est chargé de m'appeler à Madrid il y a deux mois pour m'en faire part, sans se préoccuper des lettres expresse et des dons. C'est lui aussi qui m'a envoyé le journal du premier mort. Mais je sais que Rylands, contrairement à Cromer-Blake, ne le sut pas à l'avance, si ces mots peuvent avoir un sens pour quiconque. Ce que je veux dire c'est qu'il n'avait pas été malade avant. Il n'était pas à l'hôpital, mais chez lui, son cœur s'arrêta net, d'un coup, c'est tout. Je ne sais pas à quelle heure, ni où il se trouvait ni ce qu'il faisait. Peut-être madame Berry l'appela-t-elle pour le repas et qu'il ne se rendit pas à la cuisine, et alors madame Berry, pressentant peut-être quelque chose, s'approcha prudemment du bord de la Cherwell, où il se peut que Rylands ait été assis sur sa chaise à coussin pour ne pas manquer le soleil d'automne. Ou peut-être n'alla-t-elle pas jusqu'à lui, la trop prévisible madame Berry, et il lui a suffi de voir par la fenêtre le torse énorme et convexe affalé sur la chaise. Le verre de Jerez tombé sur l'herbe. Le regard sans autorité ni couleur. Le chandail jaune désarticulé. Je ne sais pas, ça n'a pas d'importance, ce n'est pas immensément triste.

Peu de temps a passé depuis mon départ d'Oxford, mais tout cela est bien loin. Trop de choses ont changé, ont commencé ou cessé d'être depuis lors (maintenant les grands projets de l'« impulseur » Estévez, ma femme Luisa et mon nouvel enfant m'occupent et me font rêver). Rylands n'a publié aucun livre sur *A Sentimental Journey*, et il semble que dans ses papiers on n'ait trouvé aucun manuscrit qui pût correspondre à ce texte qu'il m'annonça un dimanche de fin d'Hilary. En fait, on n'a trouvé aucun écrit de lui de ces dernières années, rien d'inédit. Il les a détruits, ou ils n'ont jamais existé, et il a dû passer ces années, depuis sa retraite, sans écrire une ligne, inactif, à regarder s'écouler la rivière, qui de tout temps est l'image du passage, ou une quelconque émission de télévision, à appeler ses cygnes rebelles et à jeter de la mie de pain à ses canards reconnaissants, à recevoir des honneurs par courrier, chaque fois plus insincères. Il dut me mentir à propos de son livre ce dimanche où il sembla me dire tant de vérités. Il se peut qu'il ait menti à propos de tout, je n'en sais rien, peu importe, ma vie a pris maintenant d'autres voies, je ne suis plus le même que celui que j'étais pendant deux ans dans la ville d'Oxford, je crois. Je ne suis plus perturbé, même si ma perturbation d'alors n'a pas été grand-chose, elle fut légère et passagère, articulée et logique, comme je l'ai déjà dit, une de ces perturbations qui ne vous empêchent pas de continuer à travailler, ni de vous conduire de façon sensée, ni d'être correct, ni d'être avec les autres comme s'il ne vous arrivait rien ; une de ces perturbations qui probablement passent inaperçues pour tout le monde sauf pour celui qui la ressent, une de celles que l'on connaît tous de temps en temps. Tout est bien loin, et mon plus grand lien, maintenant qu'après Cromer-Blake, Rylands est mort lui aussi, et qu'il n'est pas possible d'entretenir de correspondance avec Kavanagh et

Dewar, c'est le paiement régulier, depuis ma ville natale, de ma cotisation à la « Machen Company » en échange de quoi et avec un supplément je continue à recevoir périodiquement certains mois une de ces publications minutieuses et maniaques en rapport avec lui ou son cercle d'amis, parmi lesquels parfois Gawsworth est mentionné sans qu'aucun renseignement ne soit donné sur sa vie : et si à dire vrai il y en avait, je ne voudrais pas non plus le savoir ; c'est pour cela que je n'ai jamais acheté aucun des très rares titres du roi sans royaume que j'ai parfois vus proposés, très cher, dans les extravagants catalogues que me font toujours parvenir mes libraires de livres rares et anciens d'Oxford et de Londres (jamais, cependant, le titre *Above the river*, qu'il publia à dix-neuf ans et qui intéressait Alan Marriott). Je suppose que c'est Marriott lui-même qui met sous enveloppe et expédie ces pamphlets de la « Machen Company », mais ce n'est pas certain car personne n'ajoute jamais aucun mot à ces envois oblitérés dans différentes villes (Chippenham, Lymington, Scarborough, il doit voyager). Lui, Marriott, je n'ai fait que l'apercevoir, tirant sur la laisse de son chien boiteux, par deux fois au cours de ma deuxième année à Oxford, mais je ne suis pas allé le saluer et lui non plus. Il n'a plus cherché à me voir, c'est un fait, depuis l'époque où il me suivait et où je le rencontrais partout, et depuis sa visite. Peut-être que la seule chose qu'il voulait alors était de recruter un nouveau membre pour sa compagnie, même s'il ne s'agissait pas d'une personne éminente, et de toucher ses cotisations.

Je suis parti seul d'Oxford seulement par hasard, je ne m'en plains pas : Cromer-Blake ne put m'accompagner en voiture, et il était alors trop tard pour que je le demande à un autre collègue. Je leur avais fait mes adieux au cours d'une petite fête trois jours auparavant et de plus je partais très tôt le lendemain. J'appelai un taxi, regardai, nouai et mis sur le trottoir le dernier sac à ordures, ma dernière *œuvre* ; je sortis et refermai ma maison pyramidale aux trois étages, jetai les clefs à l'intérieur par la fente de la boîte aux lettres (elles tombèrent sur la moquette sans sonner), je montai dans le train sans faire au revoir de la main à personne. Et en passant par Didcot, lors de la minute d'arrêt du train, je regardai, encore ensommeillé, par la fenêtre, pendant cette minute, et sur le quai opposé, celui des trains en direction d'Oxford, je vis Edward Bayes qui riait, serrant une femme dans ses bras qui de ce fait me tournait le dos. C'était une blonde, aux cheveux courts ; elle avait une cigarette à la main ; les chevilles fragilisées (affinées peut-être) par son attitude aimante. Ce n'était pas Clare Bayes, bien entendu, mais je ne me risquerais pas non plus à dire que c'était la fille de la gare de Didcot, bien qu'elle fût dans la gare de Didcot. Je ne crois pas que je l'aurais dit même si j'avais vu son visage — si elle s'était retournée —, car à ce moment-là il était déjà très flou et se confondait avec d'autres comme maintenant, dans ma mémoire. Je n'ai pas sursauté, j'ai eu la sensation que cela ne me concernait pas (je n'y assistais pas, j'ai regardé avec un voile), et il me vint seulement à l'esprit que peut-être Terry Armstrong était aussi marié dans les années cinquante. C'est pour cela je crois que je ne me suis pas inquiété pour Clare Bayes, certain comme je l'étais et le suis encore, que son mari et elle resteront toujours ensemble. En me mettant comme d'autres fois à sa place (à la place du mari), je me contentai de penser, mort de sommeil : « J'espère qu'ils ne rencontreront pas Rook en montant dans le train. Ils passeraient un mauvais moment qui leur couperait l'envie de rire, car ce n'est pas une heure pour rentrer à Oxford. » Le soleil s'était levé à 04 h 46 et il ne se coucherait pas avant 21 h 26, et je ne savais pas si on verrait la lune. En tout cas je n'assisterais pas à l'apparition de la lumière tiède et suspendue ni n'entendrais les cloches carillonner inconsidérément à la tombée du jour.

Maintenant la lumière s'altère graduellement, ici à Madrid, et moi aussi j'ai quelque chose à pousser ou à tirer, le landau de mon nouvel enfant, parfois, au Retiro, à la tombée du jour. Pour cette raison maintenant je ressemble davantage à Clare Bayes, qui tenait par la main son fils Eric, et à Marriott, qui tirait sur la laisse de son chien boiteux, et à Jane, la fleuriste gitane, qui traînait sa marchandise sur le trottoir sans que son mari descendît jamais l'aider, et à ce vieux clochard qui conduisait son orgue sauvé d'un brasier portuaire à Liverpool et en jouait. Et à Gawsworth, qui poussait son landau victorien plein de bière dans Shaftesbury Avenue d'un pas tranquille, vers l'obscurité ; et à lui aussi, cependant, je ressemble moins, parce que la vie s'est enfin mise à jour avec moi, m'a recentré et chargé de cet enfant que parfois j'oublie et dont je ne sais rien encore, ni même si c'est à moi ou à sa mère, que j'embrasse tant, qu'il ressemblera davantage. Je ne ressemble plus à Dewar ni à Rylands ni à Cromer-Blake, qui ne poussaient ni ne tiraient rien. Cromer-Blake et Rylands en outre sont morts, ce qui diminue aussi ma ressemblance avec eux : eux ne rêvent pas, et moi en revanche je continue à rêver ce qui est à venir : l'avenir avec l'« impulseur » Estévez, ma femme Luisa, et le nouvel enfant qui normalement nous survivra à tous, y compris à l'enfant Eric. Les autres sont toujours en vie. Clare Bayes vit, elle doit avoir un autre amant et nous ne nous écrivons pas. Dayanand, le médecin indien, vit, bien qu'apparemment pour peu de temps. Kavanagh vit, et de temps en temps il vient à Madrid ; c'est lui qui me parle de la ville statique et conservée dans le sirop, lui qui me parle de l'eau. Dewar qui vit, doit déclamer en trois langues dans sa chambre, tout seul, tandis que résonne son bruit blanc et il a dû m'oublier. Will vit, le vieux portier au regard limpide (il n'y en a pas à Madrid) qui doit continuer à souhaiter le bonjour, à lever la main et à confondre le temps avec mon temps, et peut-être à appeler quelqu'un par mon nom (car pour lui je ne suis pas parti, et pour lui toutes les âmes sont vivantes) ; mais que je sache, jusqu'à présent aucun Mr Branshaw n'a fait son apparition à la Tayloriana. Muriel doit vivre, je suppose, dans ce qui fut Wychwood Forest, entre ses deux rivières, dans ce qui *fut* un bois. J'ai encore, devant moi (je les fais sonner dans une boîte métallique avec une paire de boucles d'oreilles), quelques pièces que je n'ai pas dépensées. J'aurais pu les laisser à l'enfant Eric, qui ces jours-ci doit revenir de Bristol pour les vacances. Mais peut-être ce nouvel enfant voudra-t-il aussi les collectionner un jour. L'enfant Eric vit, et grandit.

Décembre 1988

DU MÊME AUTEUR

Aux Éditions Gallimard

TON VISAGE DEMAIN, Fièvre et lance, tome I, 2004

Aux Éditions Payot et Rivages

L'HOMME SENTIMENTAL, 1988 (Folio n° 4402)

LE ROMAN D'OXFORD, 1989 (Folio n° 4401)

CE QUE DIT LE MAJORDOME, 1991

UN CŒUR SI BLANC, 1993

DEMAIN DANS LA BATAILLE PENSE À MOI, 1996

VIES ÉCRITES, 1996

QUAND J'ÉTAIS MORTEL, 1998

DANS LE DOS NOIR DU TEMPS, 2000

Composition Nord Compo
Impression Novoprint
à Barcelone, le 02 juin 2006
Dépôt légal : juin 2006

ISBN 2-07-031812-5./Imprimé en Espagne.

137829